소백산맥 ⓾

불 붙은 한반도

소백산맥 ⑩ 불 붙은 한반도

발행일 2025년 8월 15일

지은이 이서빈
펴낸이 손형국
펴낸곳 (주)북랩
편집인 선일영 편집 김현아, 배진용, 김다빈, 김부경
디자인 이현수, 김민하, 임진형, 안유경 제작 박기성, 구성우, 이창영, 배상진
마케팅 김회란, 박진관
출판등록 2004. 12. 1(제2012-000051호)
주소 서울특별시 금천구 가산디지털 1로 168, 우림라이온스밸리 B동 B111호, B113~115호
홈페이지 www.book.co.kr
전화번호 (02)2026-5777 팩스 (02)3159-9637

ISBN 979-11-7224-779-9 03810 (종이책) 979-11-7224-780-5 05810 (전자책)

이서빈 대하소설

소백산맥

10

불 붙은 한반도

북랩

머리말

왜 사람은 살아야만 할까?

이 시소설은 외지고 황량한 시대를 외나무다리 건너듯 건너온 선조들과 우리의 이야기다. 선조들은 조선 5백 년이 일본에 어이없이 무너지고 대혼란을 겪으면서 그 참담하고 암울한 상실의 시대를 살아내기 위해 시시각각 밀려오는 죽음의 공포와 싸웠다. 천신만고 끝에 나라의 주권을 되찾기까지 반쪽짜리 나라에서 당해야 했던 그 많은 수모는 형언하기 어려울 정도다.

숨을 쉬는 것이 신기할 만큼 내일을 보장할 수 없던 참혹한 시대. 숨 속에도 죽음과 불안이 섞여 드나들던 시대의 이야기를 시작(詩作)의 키보다 더 높은 자료들을 모아 적어 내려갔다. 아직 세상에 태어나지 못해 역사에 묻혀 있는 말들을 시말서를 쓰듯 내 청춘의 기나긴 시간을 하얗게 지우면서 머릿속을 탈탈 털어 시적인 언어로 썼기에 시소설이라 이름 붙였다.

〈소백산맥〉은 4·3 사건을 비롯해 건국이 되기까지, 그리고 오늘날 경제 강국이 되기까지 살아온, 그럼에도 불구하고 살아내야만 했던 격변기(激變期)로부터 세계 모든 사람이 우리나라에 살고 싶어 하는 순간까지를 그려낸 소설 같은 이야기이다.

35년 전통 '영주신문'에 연재 중 독자의 요청이 많아 총 17권 중 연재가 끝난 5권을 출간했고, 그 후속으로 6~11권을 미리 출판한다. 이 지면을 통해 영주신문에 깊은 감사를 드린다. 나머지도 연재가 끝나는 대로 출간 예정이다.

입으로 다 말할 수 없는 일들을 유교 사상이 에워싸고 있는 영남의 명산 소백산 자락 영주 지방을 무대로 삼아 펼쳐내었다. 소설 속 사라져가는 우리나라의 미풍양속과 문화, 구전 이야기에 많은 관심을 가져주신 독자분들께 깊은 감사 말씀을 전한다.

2025년 8월

이서빈

목차

불 붙은 한반도

I

천추의 한

유령처럼 흔들리는 마음이 그을리기 시작한다. 다 그을려 새카맣게 된 마음은 쏟아지는 빗소리와 반짝이는 어둠 조각에 찔린 상처와 닮아도 너무 닮았다. 달이라도 뜨면 달이라도 빌려서 뒤집어쓰고 걸어보기라도 하지. 처음 보는 영혼의 뜰에 수북하게 자란 풀들을 동물들의 입이 몽땅 다 뜯어먹는다. 저 동물들을 고삐에라도 묶어둬야 할 텐데 괜찮다고 괜찮다고만 한다. 결국, 저 동물들은 저 시뻘건 아가리 속으로 푸르르게 자라난 풀들을 다 삼키고 말 것이다. 마음이 쨍그랑쨍그랑 깨지는 소리가 들린다. 공중에 어두운 그늘조차 바람을 따라 흔들린다. 소리를 잡아당기지도 않았는데 말발굽 소리를 내며 달려온다. 덜거덕덜거덕, 눈을 질끈 감는다. 공산주의의 천성은 분명 예감에 딱 맞도록 행동할 것인데 어쩌나! 어쩌나! 이를 어쩌나! 대통령의 예감은 한 치의 오차도 없이 들어맞고 만다. 밤새 서성이느라 잠을 잃어버리고 막 잠이 들려는 순간 헐레벌떡 누군가 뛰어들어왔다. 숨을 쉴 여유도 주지 않고 헉헉거리는 말에 불길함이 붉붉 타오르고 있었다. 밤새도록 함께 뜰을 거닐었던 불안감이 기어이 달려온 것이다. 머릿속에 불안함이 안개처럼 자욱하게 깔릴 때 북한에서는 이미 남한을 집어삼킬 계책을 꾸미고 있었다. 북한의 목적어는 오로지 남한을 공산주의로 만들려는 야욕의 페이지만 늘려가며 아슬아슬한 현재진행형을 창끝처럼 뾰족하게 견주고 있다. 1950년 1월 17일 관저에서 열린 만찬에서 북쪽 김일성과 박공산은 북한 주재 소련대사 스티코프에게 남침 문제를 또다시 들고나와서 거론하기에 이른다. 오로지 북쪽의 김일성은 남쪽을 무력화하려는 야욕만 몸속에 끓이고 있었다. 무력을 논의하기 위하여 스탈린과의 면담을 노골적으로 피력한다. 박공산은 그 자리에서 아주 당당하고 꼭 그 말이 세상에 꼭 해야만 하는 일이라 생각하면서 *이제 소련이 미국을 남한에서 밀어냈습니다. 이렇게 소련의 공산주의 기운이 하늘로 뻗칠 때 이 기운을 받아야지 기운이 사그라지면 다시 불씨를 피우기란 쉽지 않습니다. 미국이 다시 남한을 돕기 시작한다면 영영 남한을 공산주의로 만들 기회는 물 건너갑니다. 그러니 이번 기회에 남한을 해방해야 합니다. 기회는 자꾸 오는 것이 아니니 기회가 왔을 때 반*

드시 남한 동지들을 우리의 동지로 만들어야 합니다. 하고 군내 나는 말을 씹어 뱉는다. *싸워서 이긴다는 보장이 있습니까?* 김일성이 옆에서 거들자 박공산은 검은빛이 감도는 말을 입에서 꺼내 던진다. *조선민주주의인민공화국은 기강이 세워진 우수한 군대를 보유하고 있고 남한에도 이미 동지들이 각 지역마다 골고루 나누어 기동력과 전투력을 준비해 두었으니 싸우면 반드시 이길 수 있습니다.* 하고 용기 만만을 주장한다. *이 싸움은 우리의 힘으로만은 불가능하니 스탈린의 결정을 들어야 하오. 1949년 3월에 스탈린은 남한이 선제공격을 할 때만 승인을 받으라고 했습니다. 그 말은 선제공격을 하라는 말인데 선제공격을 하면 도와준다는 말은 구두일 뿐이니 스탈린이 도와준다는 보장은 없습니다. 스탈린이 도와주지 않는다면 남한에 미군이 철수했다고 해도 이긴다는 보장이 없으니 다시 한 번 신중하게 검토하시오.* 김일성의 말에 박공산은 입을 십 리는 되게 삐죽 내민다. 박공산은 김일성에게 다시 한번 간청하고 김일성은 전보를 쳤고 1950년 1월 30일 스탈린이 서명한 전보는 평양으로 타전되어 건너왔다. 스탈린의 전보 내용은 *북쪽 김일성의 불만은 이해가 되나 큰일에 관해 치밀하고 철저한 준비와 비장한 각오의 마음을 무장해야 하고 이를 실현하기 위해 지나친 모험과 용기만 앞세워서는 안 되고 철저한 계획과 준비가 있어야 한다*고 쓰여 있었다. 스탈린의 전보 내용을 읽은 박공산은 머리에 있는 가마솥 뚜껑을 열어젖힌다. *이 비겁한 놈 같으니! 이*

렇게 겁이 많아서야 원! 아무래도 직접 만나서 담판을 지어야 할 것 같소. 이렇게 미그적거리고 있다가는 꿩 잃고 알 잃는 신세가 될지도 모릅니다. 어서 스탈린을 직접 만나 결단을 내려 줄 것을 간청해야 합니다. 그렇게 박공산이 불도저처럼 밀어붙이며 조르는 바람에 물렁물렁한 김일성은 *그럼 한 번 만나보는 것도 나쁘지는 않겠구먼.* 하자 박공산은 또 말을 팔팔 끓인다. *그렇게 어중간하게 자신 없는 이래도 그만 저래도 그만이라는 식의 말을 하면 절대로 스탈린은 남한 동지들을 구하는 일에 동참하지 않을 것입니다. 좀 강단 있고 자신 있고 당당하게 말해야 3월에처럼 선제공격할 때만 막으라는 말을 다시 하지 못할 것임을 명심하셔야 합니다. 선제공격할 때만 막으라는 말은 선제공격할 때만 도와준다는 말임을 알지 않습니까?* 박공산의 당찬 말과 자신감에 물렁한 김일성은 혀를 내두르지만 싫지는 않았다. *그래 생각을 해보지. 무슨 생각이 필요합니까? 당장 내일이라도 만나셔야 이 나라를 온전한 나라로 하나로 만들지 그렇지 않으면 영원히 허리 묶은 반쪽나라가 되고 말 것임을 명심하시기 바랍니다.* 박공산의 말은 거의 명령으로 바뀌고 있음에 김일성은 섬뜩한 느낌이 들었다. 박공산의 눈에선 살기가 돌았다. 아니 광기가 번뜩여서 소름이 돋았다. 만약 자신의 말을 듣지 않으면 총으로 쏘아 죽이기라도 할 듯한 기세에 기가 질린 김일성은 *그래 그렇다면 스탈린 만날 계획을 준비해보시오.* 그렇게 말하고도 김일성은 온몸에 식은땀이 났다. 하긴 어린

조카를 죽이고도 왕좌를 빼앗는 게 이 나라 사람들 아닌가? 저 박공산은 나와 피 한 방울 섞이지 않았으니 쥐도 새도 모르게 나를 죽여 버릴 수도 있음을 명심해야 한다. 그렇게 생각이 가지를 타고 나가 나뭇가지 끝에 매달린 이슬방울처럼 대롱대롱 매달리자 김일성은 박공산의 압박에 흔쾌히 수락한다. 그럼에도 그 수락이 시원치 않음을 알았는지 *빨리 서두르시오. 그렇지 않으면 나 혼자라도 서둘러 스탈린을 만날 것이니 그리 아시오.* 박공산의 압박에 더는 주춤거릴 생각을 못 하고 *그 그래 그럼 어서 당신이 서두르시구려.* 하고 말하자 그때야 박공산은 회심의 미소를 유들야들 지으면서 *진작 그렇게 서둘렀어야 했습니다. 지금이라도 그리 생각하니 전광석화(電光石火)처럼 신속하게 일을 진행하십시오. 그리고 마음의 준비를 단단히 해 두십시오.* 하고 명령 같은 말을 김일성에게 던진다. 김일성은 중압감을 느끼지만, 이 상황에서는 만족스럽지 않더라도 만족한 듯 거짓 웃음을 만면에 찍어 발라야만 했다. 박공산의 찬란한 입담과 북쪽의 자신감에 구미가 당긴 스탈린은 *문제를 논의할 준비가 돼 있으며 만나자*는 전갈이 왔다. 박공산과 김일성은 남한을 선제공격할 용의가 있다고 밝히기 위해 소련의 외교관인 스티코프와 먼저 만나기 위해 면담을 요청했고 스티코프는 기꺼이 만나 주었다. 김일성은 스티코프와의 면담에서 *4월 초에 저와 박공산과 함께 스탈린 주석을 만났으면 하니 주석과 만날 수 있도록 주선을 좀 해주시오.* 하자 스티코프는 *할 말이 있으면 나*

를 통해 하면 될 것을 왜 꼭 주석을 만나려 하시오? 하고 반문하자 김일성 대신 박공산이 나선다. *당신과 나눌 대화가 따로 있고 스탈린 주석과 해야 할 일이 따로 있지 않소? 아주 중차대한 국가의 존폐가 걸린 일이라 아무리 존경하는 당신 스티코프지만 여기서 당신에게 그 기밀을 말할 수는 없지 않소. 그러니 한 번만 만나게 해주면 그 은혜를 저버리지는 않을 것이니 만남을 요청해 주시오.* 하고 말하자 스티코프는 길지도 않은 수염을 쓰다듬으며 두 사람의 눈치를 훑어본다. 눈치에 천 단인 박공산은 *뭘 그리 어렵게 생각하오. 당신의 은혜는 잊지 않는다고 하는데.* 하고 확신을 주자 *그럼 한 번 주선해 볼 테니 가서 기다리시오.* 하자 김일성은 *참 부탁할 게 있소. 이번 방문을 1946년의 방문처럼 비공식(비밀)으로 해 주시오.* 하고 말한다. 스티코프는 은혜를 잊지 않겠다는 말을 찰떡처럼 믿고 *알겠소, 내 주선해 보리라.* 하고는 음흉한 웃음을 짓는다. 늘 올바른 일이 아닐 때는 무언가 어두운 그림자를 숨기기 위해 비밀을 숨기지 않으면 안 되는 법. 비밀이란 서로서로 이용하는 데 가장 튼튼한 끈이 됨을 이들은 모두 알고 있는 것이다. 그 비밀이 큰 것일수록 오고 가는 대가도 커지는 것이 세상 이치인 것이다. 그렇게 만남을 주선해 준다는 약속을 받은 박공산은 스탈린과 만났을 때의 약조 사항을 만든다. 김일성은 자신에게 한마디 상의도 없이 만들어 온 것이 괘씸하지만 지금은 자칫하면 목숨을 잃을 수도 있다는 생각에 김일성은 입을 다물고 서류를 받아

서 읽어본다. 박공산은 남북한 통일 후의 북한 경제개발의 전망 그리고 그 후 북한 공산당 내 문제에 관한 모든 일은 스탈린 주석과 협의해서 할 것이라고 단서를 붙인다. 김일성은 조심스럽게 박공산에게 *이렇게 북한 공산당 문제에 관한 모든 일은 스탈린 주석과 협의해서 할 것이란 단서를 붙였다가 남한을 우리 것으로 만든 후에는 어찌하려는 것이오?* 하고 묻자 박공산은 *문서란 하나의 종이쪽지에 불과합니다. 만약 이런 약속을 문서에 기재하지 않고 소련이 우리를 도와준다는 어리석은 생각을 하는 것은 아니시겠지요? 어떤 방법으로든 지금은 스탈린 주석의 전쟁 지원 약속을 받아내는 것이 우선입니다. 문서란 태워버리면 그만 아닙니까? 대어를 낚으려면 찌를 좋은 걸 던져야 하는 법이니 사후의 일은 그때 가서 다시 협상하면 되니 걱정하지 말고 우선 소련의 지원을 받는 일이라면 무엇이든지 약속해야 함을 기억하시기 바랍니다.* 김일성은 또 무서운 생각이 든다. 저렇게까지 생각하다니 남한을 통일한 후에는 박공산을 제거해야겠구나. 무서운 놈이구나. 김일성은 속마음의 표정을 박공산에게 들켰을세라 얼른 얼굴에 놀란 기색을 띠우며 *역시 박동무는 내가 무엇이든 믿고 시킬 수 있겠구려. 용기와 기상이 놀랍소. 고맙소.* 김일성은 마음에 없는 말을 마음을 담아서 박공산에게 건네자 박공산은 만족한 듯 웃는다. 박공산은 어떤 방법으로든 남침을 해서 남한 백성을 구해야 한다고 급하게 밀어붙인다. 그러나 김일성은 남북한 통일의 방법, 북한 경제개발의 전망, 기타 공산당 내 문제에 관해 스탈린과 협의하기를 원했다. 의견이 서로 다르지만, 김일성은 박공산이 시키는 대로 하지 않으면 쥐도 새도 모르게 목이 잘릴 걸 예감하고 박공산이 시키는 대로 하기로 마음먹는다. 1950년 4월 모스크바에서 열린 스탈린과 북쪽 김일성 간의 회담에 박공산은 함께 갔다. 스탈린은 김일성보다 박공산의 박력 있고 패기 있는 말에 더욱 빠져들었다. 남한에 검은 그림자를 길게 늘일 작전을 짜기 위해 서로의 의견을 나누고 서로 의기투합한다. 형제에게 싸움을 시켜놓고 자국의 이익을 얻으려는 스탈린. 스탈린의 검은 속셈도 모르고 북쪽 김일성과 박공산은 오로지 자신의 욕심 채우기에 혈안이 되어 자신의 형제와 혈투를 할 준비에만 여념이 없다. 스탈린은 국제환경이 유리하게 변하고 있음을 조목조목 언급한다. 그리고 북한이 통일과업을 개시하는 데 두말없이 동의하기에 이른다. 다만, 이 문제의 최종결정은 중화인민공화국과 북한에 의해 공동으로 이루어져야 하며 만일 중국 공산당의 의견이 부정적이면 새로운 협의가 이루어질 때까지 결정을 연기하기로 합의하기에 이른다. 국제적인 책임은 회피하려는 수작이었으나 머저리 같은 김일성은 오로지 남침 준비에만 급급했다. 그렇게 모두 같은 방향을 바라보기로 합의를 한 후 1950년 5월 12일에 일을 본격적으로 개시하기 위해 스티코프는 북쪽 김일성 및 박공산과 면담을 한다. 김일성은 결국 마오쩌둥과의 만남을 계획한다. 이두연 주 베이징 대사는 소련에서 돌아와 마오쩌둥과의 면담을 통보한다. 마오쩌둥은 *조선통일은 무력에 의해서만 가능하다며 미국이 남한 같은 작은 나라 때문에 3차 대전을 시작하지는 않을 것이므로 미국의 개입을 두려워할 필요가 없다.* 괴발개발을 늘어놓는 말은 태엽에 감겨 멈추지 않고 돌아가고 있었다. 마오쩌둥과 면담하기 위해 베이징으로 날아간 김일성과 박공산은 확답을 받아내고는 얼싸안고 기뻐했다. 미친 털개불알꽃 같은 짓을 하고 있었다. 마오쩌둥은 욕심에 눈이 멀어 대남 군사행동을 시작할 수 있게 하기 위해 비공식으로 만났으니 국제적 비난은 피할 수 있다고 생각했다. 김일성은 마오쩌둥에게 북한으로 이양되는 중공군 소속의 조선인 사단을 위해 중국이 노획한 일본 및 미국 무기를 제공해 달라고 요청했다. 무기는 제공해 주겠지만 모든 것은 비밀로 해 달라고 요구하고 김일성과 박공산은 그렇게 하기로 약속한다. 손바닥으로 하늘을 가리는 짓을 하는 것이었다. *남침 날짜는 언제로 할까요?* 미친 김일성은 자신의 형제들 죽이는 일을 남의 나라에 묻고 있었다. *올해 6월께로 예정하고 남침계획을 구체적으로 수립 계획하라*고 말했다. 그리고 김일성은 북한군 총참모장에게 시달하기에 이른다. *작전이 6월에 개시될 것이나 준비가 완료되려면 조금 더 시간이 필요하며 아직은 미비한 상태이니 조금 더 준비를 갖추어야 할 것이다. 한 치의 소홀함도 있어서는 안 될 것이니 만반의 준비 태세를 갖추라*고 전한다. 북쪽 김일성과 박공산이 베이징에 도착하여 마오쩌둥과 밀담을 나누며 스탈린이 모스크바 회담 때 현 *국제환경은 과거와는 다르므로 북한이 행동을 개시할 수 있으나 최종결정은 마오쩌둥과의 협의를 통해 이뤄야 한다.*고 했고 그 목적을 이뤘다. 북한은 형제끼리의 혈투를 벌이기 위해 남의 나라와 작당을 하며 무력을 꾀하고 있었다. 미치고 미치고 미쳐 돌아가고 있었다. 1950년 5월 14일 스탈린은 마오쩌둥에게 보낸 특별전문에서 이렇게 연설을 하고 있다. *국제정세의 변화에 따라 통일에 착수하자는 북조선 사람들의 제청에 동의한다. 그러나 이는 중국과 조선이 공동으로 결정해야 할 문제이고 중국이 동의하지 않을 경우에는 다시 검토할 때까지 연기되어야 한다.* 바람이 컹컹 하늘 물어뜯는 소리를 스탈린은 마오쩌둥에게 하고 있었다. *탕! 탕! 탕! 탕!* 늑골까지 총소리가 들린다. 혈관에서 푸른 피가 울컥울컥 터져 나오고 있다. 정지하지 못하고 형제의 몸에서 피를 훑아내려는 저 철없는 짓에 동백꽃조차도 붉은 울음을 울어대고 있다. 1950년 5월 15일 모스크바의 메시지를 받은 뒤 마오쩌둥은 북쪽 김일성과 박공산을 불러 구체적인 의견과 전쟁의 구체성을 이야기한다. 김일성은 *북한 군사력 증강-평화통일 대남제의-대한민국 쪽의 평화통일 제의 거부 뒤 전투행위 개시.* 3단계 계획을 세웠다고 야무진 계획을 입에서 마구 꺼내놓는다. 마오쩌둥은 이 계획을 듣고 만족해하며 드디어 찬성을 표명한다. 그렇지만 일본군의 개입 가능성을 묻지 않을 수가 없었다. 김일성은 일본군이 참전할 가능성은 별로 없는 것으로 보나 미국이 2만~3만 명의 일본군을 파견할 가능성을 전혀 배제할 수는 없다고 자신의 심중을 꺼내놓는다. 그러나 일본군의 참전이 상황을 결정적으로 변화시키지는 못할 것이라며 위안을 덧붙인다. 마오쩌둥은 만일 미군이 참전한다면 중국은 병력을 파견해 북한을 도와주겠다고 손가락을 건다. 소련은 미국 쪽과 38선 분할에 관한 합의가 있으므로 전투행위에 참가하기가 불편하지만, 중국은 이런 의무가 없으므로 북한을 도와줄 수 있다고 우회적으로 합작을 하기에 이른다. 북한이 현시점에서 작전 개시를 결정함으로써 이 작전이 양국 간 공동의 과제가 되었으므로 이에 동의하고 필요한 협력을 제공하겠다고 힘을 실어주며 전쟁을 부추긴다. 1950년 5월 29일 북쪽 김일성은 스티코프에게 4월 모스크바 회담 시 합의된 무기와 기술이 속전속결로 이루어져 이미 대부분 북한에 도착했음을 통보한다. 이 통보에서 새로 창설된 사단들이 6월 말까지 준비 완료될 것이라고. 북쪽 김일성의 지시에 따라 북한군 참모장이 바실리에프 장군과 함께 마련한 형제들에게 총부리를 겨눌 남침공격 계획을 북한지도부가 승인하고 철저한 준비에 만전을 기한다. 군 조직 문제는 6월 1일까지 끝내고 한 치의 빈틈도 없이 준비를 끝내기로 한다. 북한군은 6월까지 완전한 전투준비 태세를 갖춘다는 야심을 불태운다. 6월 말 이후는 북한군의 전투준비에 관한 정보가 남쪽에 입수될 수도 있고 7월에는 장마가 시작된다는 점을 고려해 철저한 준비를 하기에 이른다. 6월 8~10일 병력이동을 집결지역으로 시작할 것임을 보고한다. 김일성은 바실리에프 장군 및 포스트니코프 장군과 의견을 타진한다. 그들은 7월에 공격을 시작하는 것이 가장 시의적절한 것으로 결론이 나는 것이 틀림없다고 결정을 내린다. 그러나 일기 관계로 6월에 공격하는 것이 7월보다 여러모로 유리하다고 판단하고 다시 6월로 변경하기로 합의를 보고 결론짓는다. 이 시간 남쪽의 햇살은 꾸벅꾸벅 졸고 있었다. 어제까지의 평화가 하루아침에 깨질 것을 모르고. 1950년 6월 11일 대한민국은 통일민주조국 전선이 제의한 평화 통일안을 거부한다. 조선민주주의인민공화국은 한국전쟁을 준비함에 앞서 대한민국의 정보를 상당 부분 수집해서 분석해 놓고 있었다. 북한은 이미 몇 년 전부터 대한민국 각 행정 소재지의 군(郡) 단위까지 몇 년간의 쌀, 보리 등의 모든 농작물 수확량과 올해의 예상 수확량까지 세밀하게 조사하며 철저하게 준비했다. 조선인민군은 이 정보를 바탕으로 대한민국에서 한 해 동안 확보할 수 있는 식량의 규모, 즉 공출 양을 계산하고 철저한 준비를 한 상태인 걸 남한은 전혀 몰랐다. 특히 모든 종류의 주식은 물론이며 주식이 아닌 곡물류와 하다못해 깨까지 군 단위별로 예상 수확량과 공출 양을 매겨 놓을 정도로 정보를 비축해 놓는다. 그리고 대한민국 영토인 청단 지역에서는 해방 전부터 농업용수로 사용한 구암 저수지의 수로를 북한이 일방적으로 끊어버리고 청단 평야의 농사를 못 짓도록 훼방을 서슴지 않았다. 그리고 전쟁 보름 전인 6월 10일 조선민주주의인민공화국에서는 전형적인 화전 양면 기만술의 목적으로 대한민국이 체포한 김상룡 및 이주하를 조선민주주의인민공화국에 억류 중이던 조만식과 38선에서 교환하자며 6월 23일을 협상일로 제안하기도 한다. 이는 조선민주주의인민공화국 부수상 겸 외무상인 박공산의 강력한 요구에 따른 것이다. 남한을 안심시키려는 연극은 완벽했다. 1950년 6월 16일 남쪽은 그 시간에도 질서와 혼란과 국민들이 안심하고 살아야 할 일에 정신이 없다. 산꼬대 같은 일이 코앞에 닥치고 있는데도 아무 감각도 없다. 6월 16일 조선민주주의인민공화국 최고 인민 회의가 대한민국 국회에 평화통일 방안을 제의하기도 한다. 그러나 조선인민군은 한 손으로 악수를 청하며 한 손은 식탁 밑에 내려서 전쟁 준비를 마무리하는 걸 모르는 남한은 너무 천진스럽기까지 했다. 6월 16일 소련대사 스티코프는 북한군 총참모부가 작성한 침공 작전 계획을 모스크바에 보고한다. 이 계획은 1개월 기간으로 3단계로 구성되어 있다. 1950년 6월 18일 조선민주주의인민공화국은 동시 교환을 주장한다. 허울뿐인 전략으로 남과 북은 실랑이를 벌이며 신경을 날카롭게 벼리고 있었다. 한동안 *먼저 보내라. 아니다. 동시에 교환하자.* 예정된 깨진 사기그릇 조각 같은 공방만을 되풀이 또 되풀이하기에 이른다. 속셈을 감추고 형식적으로 대한민국을 안심시키기 위한 작전인 것을 대한민국이 알 리 없어 그냥 당하고 말 이 기막힌 상황을 아무도 남쪽에 말해 주지 않는다. 이미 예정된 일로 육감으로라도 알았어야 할 일이다. 어둠이 빠른 걸음으로 남쪽을 향해 걸어오고 있다. 1950년 6월 20일 스티코프는 모스크바에 조선인민군의 수륙양용 작전 선박공급과 소련군 수병을 함께 제공할 수 있는지를 문의한다. 모스크바 시각으로 오후 10시 스티코프는 모스크바로 전화를 건다. 모스크바 시간으로 오후 11시쯤 북한이 공격을 시작하라는 명령을 내렸다는 첩보가 북한 쪽에 오후 8시 무렵 날아와 보고된다. 스티코프는 이 첩보가 공개문서로 되어 있어 의심이 가지만 그냥 넘어간다. 1950년 6월 21일 스티코프는 스탈린에게 북쪽 김일성의 메시지를 전달한다. 이 메시지에는 조선민주주의인민공화국이 입수한 각종 첩보에 따르면 조선인민군 침공에 관한 정보가 대한민국에 알려졌고 정보를 입수한 대한민국이 전투준비 태세를 강화하고 있다는 내용이 들어 있었다. 북쪽은 전에 구상했던 옹진반도에서의 전초전을 수행치 않고 6월 25일 전 전선에 걸쳐 전투행위를 시작하는 것이 목적에 부합한다고 결론을 내린다. 6월 21일 밤 조선인민군은 2차에 걸쳐 북한에 대한 전투행위를 개시하라는 대한민국 육군의 명령을 라디오를 통해 포착했다고 주장한다. 북침을 주장하기 위해 거짓 단서를 남기려는 속셈이었다. 소련은 조선인민군 군함에 근무할 소련 수병 파병 요청에 대해 이는 적군이 개입할 수 있는 구실이 되므로 수락할 수 없다고 조선민주주의인민공화국에 답신한다. 철저하게 전쟁을 비밀로 하고 발을 빼려는 속셈이었다. 1950년 6월 22일 조선민주주의인민공화국 주재 소련 대사관에 암호전

*문의 교신은 바람직하지 못하니 향후 일체의 암호 전문을 타전하지 말라*는 모스크바의 지시가 시달된다. 이후 평양과 소련 외무성 간에는 전보 교신이 중단된다. 특히 조선민주주의인민공화국은 주민들이 개인 시간을 즐길 여유도 주지 않음은 물론이고 일제 저항 시대에 닦아놓았던 도로의 폭을 2배 이상 넓혀 놓기까지 하는 등 철저하게 준비를 해 놓았다. 한편, 남한의 군대에 파고든 간첩단은 모두 지휘관들이었다. 장성들은 6월 24일 아침 각 부대별로 일제히 지령이 전달된다. *오늘부터 3일간 특별 휴가다.* 북한이 남침을 하는 걸 상상도 못한 군인들은 누구 하나 무슨 휴가냐고 묻는 사람도 없었다. 서로 옆 동료들을 끌어안고 좋다고 난리가 났다. 그렇게 남한의 군대는 텅 비어 있었고 간첩들만 부대를 지키고 있었다. 대한민국에서는 한국전쟁 하루 전날 병사들에게 휴가를 보낸 군 장성들은 북에 *대문을 활짝 열고 청소를 깨끗이 해 두었음.* 하고 암호를 타전했다. 한편, 조선민주주의인민공화국에서는 의료부대인 조선인민군 949 군부대는 6월 24일 오전 1시 38선 부근에 야전병원을 설치하고 의료요원들을 각 해당 부분에 배치한다. 이승만 대통령은 무언가 수상한 느낌이 들어 북의 이런 계획이 수상하다고 미국에 군 지원을 요청했지만 거부당하고 말았다. 화가 난 미국은 있던 병력마저 철수해 난처한 처지로 정치적 혼란을 겪고 있다. 좌익 정당과 맞서야 했고 여러 개의 정당이 난립되는 등 심각한 정치 사회적 문제에 직면하고 있었다. 김규식 등은 좌·우파의

합작과 협력을 끊임없이 추진해 왔고 양자를 중재해보기 위해 한 차례 평양을 방문하는 등 노력을 기울여 왔었다. 여기에 김구의 암살 사건으로 이승만과 사이가 틀어진 김구파 사람들은 이승만을 의심하며 동참하여 힘을 얻는 듯했으나 북쪽이나 남쪽이나 모두 강경한 태도를 조금도 굽히지 않고 모든 일을 실패로 돌아가게 만들고 만 것이었다. 한편, 미국군부는 한반도를 *전략적으로 포기할 계획*을 세우고 있다. 미군 수뇌부에서는 *만일 소련이 동북아시아에서 3차 대전을 일으킬 가능성*이란 의문은 대한민국 가치를 평가하는 데 가장 핵심적인 사고가 된다. 만일 미국이 육군 전을 상정한다면 한반도 남쪽에 주한미군을 배치할 수 없다. 한반도에서 3차 대전이 발발할 경우에 한반도에 투입될 소련 육군과 미국의 육군은 군사학적으로 근원적인 한계가 있다. 소련과 한반도는 한 줄기로 연결되어 여러 면에서 상황이 유리하다. 하지만 태평양을 건너야만 한반도 전쟁에 투입할 수 있는 미국. 그런 상황에서 공군과 해군이 이런 상황에서 전쟁한다고 가정한다면 미국에서 한반도에 군이 애써 자신들의 힘을 소비하며 참여할 이유는 없는 것이다. 공군 전과 해군 전은 어떠한 작전이라도 한반도를 우회해서 수행할 가능성은 충분한 일이다. 미 군부는 잠정적으로 한반도에서 주한미군을 철수시켰다. 만일 소련이 대대적인 도발을 감행할 경우에는 대한민국과 중화민국을 포기하고 북태평양에 있는 알류산 열도 일본으로 이어진 도서방위선을 구축해 소련과 3차 대전을 수행한다는 계획을 세운다. 이것이 미 군부가 1946년 비밀리에 수립한 핀서 계획과 문라이즈 계획이다. 핀서 계획과 문라이즈 계획의 도서방위선 구상이 바로 주한미군의 전면 철수를 명시한 애치슨라인 원형이다. 결국, 주한미군은 대한민국 정부의 반대를 야멸차게 뿌리치며 약 5백 명의 군사고문단만 남기고 나머지는 모두 철수해 버렸다. 이승만 대통령은 마음이 급해 미국으로 급하게 전보를 띄운다. *1950년 6월 북한이 남침 준비를 한다*는 정보를 정보국에서 수없이 보낸다. 그러나 *북한은 절대 남침을 안 한다고 걱정 안 해도 된다*고 아무 대책을 마련하지 않고 정보를 완전히 무시하고 만다. 하긴 급한 건 대한민국이지 미국이 급하고 아쉬울 게 무엇이 있단 말인가! 이제 갓 태어나 삐약거리는 대한민국, 늘 힘이 없어 주변국에 짓밟히고 의지해야만 하는 이 무력함! 이 급한 상황에도 죽고 없는 윌슨 스승이 간절하게 생각났다. 이승만 대통령은 맥아더 장군에게 다시 급보를 쳤다. *맥아더 장군께- 급합니다 아주 급합니다. 너무 급합니다. 지금 북한은 중국과 소련과 모든 계획을 의논하고 그들의 힘을 빌려 남침을 하려고 모든 준비를 마쳤습니다. 그러나 미국 당국은 절대로 남침을 안 한다고 걱정 안 해도 된다는 말만 되풀이하는 이유가 무엇입니까? 진정 몰라서 그러는 겁니까? 아니면 그들과 한패가 되어 우리나라를 집어삼키겠다는 야욕입니까? 진정 형제의 나라가 맞기는 합니까? 우리는 하나님의 형제입니다. 우리나라가 공산주의가 되어도 좋다는 말입니까? 이*

렇게 매우 급하게 정보를 쥐고 있는데 지금 남한도 70%가 모두 공산주의자들로 채워져 전국적으로 속속 파고들어 나라를 통째로 개미가 둑을 무너뜨리듯이 무너뜨리고 있는데 방금 해방이 되어 질서는 끝없이 어지럽고 할 일은 태산 같은데, 지금 이 상황은 분명 전쟁이 날 상황입니다. 북한은 만반의 준비 태세를 갖추고 있습니다. 그리고 군 내부에도 공산당들이 많아 안심할 수 없습니다. 이렇게 철저하게 공산주의 세력을 색출하고자 그물망을 쳐 놓았으나 그들은 미꾸라지처럼 빠져나갑니다. 장군님 여수·순천 사건과 제주 4.3사건을 잊으셨습니까? 그걸 잊으시면 안 됩니다. 공산주의자들이 이 땅에 면면이 박혀 남한 땅을 통째로 공산주의로 만들고자 혈안이 되어 있습니다. 우리 남한이 공산주의가 되어도 좋다는 말입니까? 도와주십시오. 이 서신을 받는 즉시 미국에 전보를 넣어 군사를 다시 우리나라로 보내 주십시오. 무기도 다시 배치해 주십시오. 북한은 소련과 중국에서 전쟁을 승인했습니다. 그것이 무엇을 의미합니까? 우리나라가 만약 공산주의가 되면 미국도 안전하다고 할 수 없습니다. 저 소련과 중국의 공산주의자들은 반드시 당신네 나라 미국도 그냥 두지 않을 것입니다. 그러니 제 말을 귀담아들으시고 이 전보를 받는 즉시 조처를 해 주시길 간곡히 부탁드립니다. 이승만 대통령 드림. 간절한 마음으로 전보를 띄웠다. 그러나 왠지 가슴이 자꾸 뛰어 잠이 오지 않는다. 바람에 핏빛 물소리가 유령처럼 정박하더니 이 나라 강토를 다 적셨다.

불 붙은 한반도

2

6월인데 비는 또 왜 저리 청승맞게 내리는지. 6월을 거꾸로 뒤집어 9월로 세우면 남한 땅에 고였던 공산당이 다 쏟아질까? 나라가 비에 젖어 떠내려갈 것 같은 두려움에 손바닥으로 비를 가려본다. 손바닥으로 비를 가리는데도 비는 가슴 둑을 범람해서 콧물 눈물로 흘러넘친다. 관료들에게 *모든 관료를 모아 비상대책회의를 해야겠습니다. 미국은 내가 아무리 말해도 전쟁이 날 일은 없다고 들은 척도 않으니 우리끼리 어서 대책을 세워야 합니다.* 라고 말하자 관료들은 *너무 신경과민이신 것 같습니다. 그렇게 쉽게 저들이 행동하진 못할 테니 안심하시고 잠도 좀 주무시고 하십시오. 농지개혁이다, 혼란한 질서다, 정신없이 뛰어다니시느라 잠을 못 주무셔서 신경과민이 되신 것 같습니다. 좀 쉬시면 불안감이 가라앉으실 겁니다.* 하고 신경과민 환자 취급을 한다. 이승만 대통령은 벽을 맨주

먹으로 두드리며 짐승처럼 소리를 질렀다. *이런 미련하고 미개한 것 같으니라고! 돌아버리겠네. 정말 미치고 팔딱 뛰고 환장하겠네. 나라가 위급함을 아는 사람이 이 세상천지에 아무도 없고 관료들조차 한 치 앞을 못 보고 신경과민으로 치부해 버리는 이 상황을 어찌해야 하나! 어찌, 어찌하면 좋을까? 적들은 만반의 전쟁 태세를 갖추었고 나라는 힘이 없고 국민은 태평스럽기만 하고 미국은 무책임한 말 만 씨부렁거려대고 나만 이렇게 발을 동동 구르고 절박한가? 내가 신경과민이라고? 또 미치고 팔딱 뛰고 환장을 해 죽을 것 같다. 어쩌란 말이냐 어쩌!* 이승만 대통령은 주먹에 피가 철철 흐르도록 아무 죄도 없는 벽을 두드리다 미친 사람처럼 왔다 갔다 하다가 또 정원의 나무 밑에 가서 두 손을 모으고 기도를 한다. *하느님 제발, 더 이상의 혼란은 막아 주세요! 이 불안이 현실이 되지 않도록 해 주세요! 하느님 우리나라를 보호해 주세요!* 1950년 6월 23일 북한이 남침한다는 정보를 미국 정보국으로 또 보냈으나 남침 정보를 어디 개가 짖느냐며 땅바닥에 던져버린 것인지 찢어버린 것인지 감감무소식이다. 이 위중한 상황을 어찌하든 미리 막아야 하기에 이승만 대통령은 전군에 비상 경계령을 내렸다. 그러나 명령을 망령으로 바꾼 걸 대통령은 꿈에도 몰랐다. 간첩 지휘관들이 국군장병들을 휴가와 외출을 보낼 것을 상상도 하지 못했다. 대통령의 명령을 완전히 무시했지만, 대통령은 이를 전혀 알지 못했다. 대통령을 속이기 위해 명령에 복종한다고 타전을 보내고는 어깃장을 놓느라고 한술 더 보태서 복무 중인 나머지 국군병력도 반 이상을 휴가와 외출을 보낸다. 골키퍼가 안일하게 자리를 비운 사이 북한은 힘 하나 안 들이고 여유롭게 골망을 뒤흔들며 들어오도록 만들어 놓았다. 이미 군까지 장악한 공산당이다. 특별 휴가니 휴가들 잘 다녀오라고 했지만, 어느 사병 하나라도 이상하거나 수상하다는 생각을 하는 사람이 없었다는 것도 코미디였다. 공산당의 작전은 돌이킬 수 없는 참사로 이어져 남침의 깃발을 흔들 것을 누구 하나 생각은커녕 상상조차 하는 병사가 없었다. 완벽한 작전에 성공한 북쪽은 마음 놓고 동족상잔인 한국전쟁을 일으켜 지구상의 대재앙을 초래하는 쪽으로 시곗바늘을 움직였다. 1950년 6월 24일 육군본부 정보국에서는 조선민주주의인민공화국의 대규모 병력이 38선에 집결했다는 보고를 했지만, *도깨비 같은 말 하지 말라!*며 병력 집결 통보를 찢어버리고 군 수뇌부는 바로 그날 비상경계를 해제한다. 군 수뇌부까지 간첩이 숨어들었던 것이다. 그날은 주말이란 핑계였지만 이미 북의 철저한 계획에 의한 것이라는 걸 아는 이는 아무도 없었다. 거의 절반이 넘는 병력을 외출시키라는 지령을 받고 군 수뇌부는 모두 휴가를 보내고 부대를 비워놓고 문을 활짝 열어 놓았다. 그날 저녁 육군본부 장교 클럽 화려한 낙성 파티에는 한술 더 떠서 전방부대 사단장들까지 초청되었다. 모두 전략인 걸 모르는 사단장들은 화려한 파티에서 술에 취한다. 전쟁 발발 2주 전에 북한은 이미 부대를 모두 파악하고 훈련을 시킨 지휘관 대부분을 교체했고 1주 전 대부분 전방부대의 위치를 변경하고 전방부대의 중화기와 차량 중 60%가량을 후방으로 이동시켰다. 상식적으로 도저히 이해할 수 없는 행위를 계속하지만, 남쪽에서는 누구 하나 의심을 하지 않았다. 이승만 대통령만이 수상한 움직임을 알아차리고 군 수뇌부에 지시를 했지만 그것마저 철저하게 차단했다. 그렇게 6.25는 북한의 철저한 계획과 남한의 무관심 속에서 일방적으로 공격을 받았다. 1주일 전 전방부대에 지휘관 한 명이 교체되면서 *불가사의한 일이다. 어떻게 지휘관을 한꺼번에 이렇게 교체를 하냐?*고 말하자 *명령 복종하라!*고 했다. 그러자 지휘관은 *군 지휘부 안에 공산당이 있는 게 분명하다, 빨리 상사에게 보고하라!*고 했다. 그날 오후부터 그의 모습은 보이지 않았다. 그를 야산으로 끌고 간 공산당은 산 채로 묻어버렸다. 아무도 그가 어떻게 되었는지 알 길이 없었다. 오직 묻으라고 지시한 공산당 지휘관과 직접 묻은 병사만 알았을 뿐. 그는 그전에도 몇 번 부대 안이 수상하다고 이야기하고 다녔다. 그러나 그의 말 역시 묵인되고 결국은 목숨까지 생매장당하고 말았다. 한국전쟁이 발발하기 전에도 전투는 여러 번 있었다. 한국전쟁이 일어나기 전까지 1949년 1월 18일부터 1950년 6월 24일까지 있었던 크고 작은 충돌 횟수는 약 900여 회. 1950년 6월 당시 북한군은 15만여 명의 맹훈련으로 무장된 지상군을 확보하고 있었다. 이때 대한민국의 병력은 정규군 6만여 명 해양경찰대 4천여 명 경찰 4만 5천여 명 등이 전부였다. 대한민국 육군은 8개 사단 1개 독립연대로 편성돼 있었다. 최전방인 38선 방어를 위해 서쪽에서부터 17연대는 옹진반도 1사단은 청단~적성 7사단은 적성~적목리 6사단은 적목리~진흑동 8사단은 진흑동~동해안을 포진해 놓았고 후방인 서울에는 수도경비사령부를 두고 대전에 2사단 대구에 3사단 광주에 5사단이 공비 소탕 작전을 벌이고 있었다. 이들 부대를 통합 지휘한 것은 육군 총참모장 채병덕 소장이었다. 반면 북한군은 민족 보위성 최용건 부원수를 앉히고 1948년 전선 사령부를 만들어 4성 장군인 김책을 사령관에 2성 장군 중장 강건을 참모장에 임명했다. 그리고 전 사령부 밑에는 서부전선을 담당하는 1군단과 동부전선을 공격할 2군단을 창설했다. 1군단장에는 김웅 중장을 2군단장에 김광협 중장을 임명했다. 6월 12일부터 북한군의 38선 배치를 위한 부대 이동은 시작되었다. 그리고 이어서 38선에서 떨어져 있던 부대들이 모두 줄줄이 따라서 일제히 이동했다. 23일에 완료된 북한군의 38선 배치 병력은 30개 보병사단과 2개 전차여단 및 5개 경비여단으로 북한 공산군의 총병력이 막강하게 준비되었다. 북한군 1군단 휘하에는 6사단-1사단~4사단-3사단-105 전차여단이, 2군단에는 2사단~12사단-5사단이 배속되었다. 그리고 예비부대로 13사단은 1군단에 15사단은 2군단에 배속하고 나머지 사단은 총 예비대로 북한 방어를 위해 평양 지역에 배치해두며 만반의 전쟁 준비를 마쳤다. 북한군은 별도로 조선민주주의인민공화국 내무성에 북한 주민의 월남을 막는 부대로 38 경비대 6개 여단을 편성해둘 정도로 치밀하게 작전을 세웠다. 이 중 몇 경비여단은 국군 17연대가 포진한 옹진반도 바로 북쪽에 포진해 있었다. 북한군은 소련제 탱크 242대 야크 전투기와 IL 폭격기 200여 대 각종 중야포와 중박격포로 무장하고 있었다. 반면 대한민국 국군은 한국전쟁 직전까지 공군은 대공포화가 없는 지역의 정찰만을 위해 쓸 수 있는 L-4 연락기 L-5 연락기 전쟁 발발 직전 국민 성금으로 캐나다로부터 구매한 T-6 텍산 10대를 추가한 것이 전부였다. 육군은 탱크와 장갑차량은 단 한 대도 없었다. 유일한 독립 기갑연대의 장비는 제2차 세계대전 당시에도 정찰용으로 쓰인 37mm 대전차포를 탑재한 M-8 그레이하운드 장갑차 1개 대대가 전부였다. 대전차 화력으로는 보병용의 2.36인치 바주카포와 포병 병과의 57mm 대전차포가 있었으니 T-34처럼 성능이 향상된 무기와 싸운다는 건 애초부터 게임이 되지 않았다. 또한, 현대전의 핵심 지원 전력인 포병은 105mm 화포와 4.2인치 박격포만으로 무장되어 있었고 그나마도 사단당 1개 대대만 배치되고 포탄도 턱없이 부족했다. 실제로 싸운다면 전투 하루 만에 바닥날 수 있는 무기 수준이었다. 전체적으로 대한민국 국군은 오래 가야 보름 정도 전투 행위 수행이 가능한 보급품만 가지고 있었다. 당시 육군의 총지휘자 총참모장은 개전 하루 전에 열린 국무회의에서 *적의 공격은 전면 공격은 아닌 것 같으며 이주하 김삼룡을 탈취하기 위한 책략으로 보인다.*고 말했다.

1950년 6월 25일 공일 새벽

그러나 모두 잠들어 있는 고요한 밤에 북한은 남침했다. 단꿈에 젖어있는 꿈속을 휘저어 구정물을 일으키며 어두운 새벽을 소나무 쪼개듯 쪼갠다. 번드르르한 고제 탱크를 앞세우고 잠을 베고 있는 형제 심장을 정 조준한다. 드르륵드르륵 방아쇠의 수하가 되어 뛰쳐나온 총알은 수천 개의 눈을 달고 소나기처럼 형제의 심장 속으로 파고든다. 괴상한 소리는 잠속에 잠겨있는 귓속으로 마구 파고든다. 남쪽 강토는 포연을 뒤집어쓰고 허겁지겁 꿈속을 향해 달린다. 남한은 눈곱을 눈꼬리에 단 채로 꿈인지 생시인지 분간을 못 하고 우왕좌왕 갈피를 못 잡는다. 남루한 하품은 잠을 떼어내며 덜커덩거린다. 단잠이 물러나기도 전 새들이 아침 인사를 건네기도 전. 잠은 아직도 눈을 감고 과로를 풀면서 평안을 건져 올리고 있는 일요일 새벽 오전 6시 남한을 다스리는 이승만 대통령은 기어이 염려하던 일이 일어남에 가슴이 불덩이처럼 타올랐다. 급하게 국방부 장관을 호출하고 명령을 내린다. *남침한 북한 괴뢰군을 전력으로 막아내라. 어떠한 희생을 무릅쓰고라도 싸워라.* 지시를 날려 보낸 다음 이승만 대통령은 나라의 힘으로는 역부족임을 깨닫고 또다시 도움을 받을 생각에 다다른다. 그렇게 부탁을 해도 들어주지 않던 미국보다 지금은 유엔에 지지를 호소하는 편이 나을 것이라는 판단으로 유엔에 급보를 넣는다. 같은 미국 사람이지만 맥아더 장군에게도 급보를 띄웠다. *기어이 북한이 밀고 내려왔으니 어서 빨리 무기와 병력을 보내주시오! 그리고 맥아더, 당신이 어서 빨리 한국으로 와 주길 부탁하오!* 그러곤 일단 국민을 안심시킬 말을 바람에 날개를 달아 전한다. *북한군이 남침했고 국군이 공산군을 무찌르고 있습니다. 여러분은 차분하게 정부의 시달에 따라 움직이시길 바랍니다.* 국민의 혼란이 가중되면 인명 피해가 더 날 것을 예상하고 혼란을 막아 보려는 심산이었지만 이미 북한은 서울을 탈환하고 만다. 서울시민과 국민에게는 시시때때로 변화되는 적의 동태에 따라 피란할 것을 지시하라고 이른다. 그러나 국민들은 상황을 모르니 답답하다고 푸념하는 사람과 정부의 지시에 따라야 한다고 하는 사람으로 우왕좌왕했다. 일순간에 아수라장이 되고 말았다. 지금 남한은 무방비 상태에서 가장 달콤한 휴식을 취하고 있던 까닭에 물밀 듯이 밀려오는 적군을 바라만 볼 뿐 그야말로 아군은 속수무책이었다. 어처구니없이 일방적으로 당하는 처지라 탄식 소리만 높아져 갔다. 힘과 힘의 대결에서 죽느냐 사느냐의 위급한 상황에서 준비가 안 된 남한 국군은 무방비 상태라는 말 외에는 할 말이 없어 이승만 대통령은 가슴을 쥐어뜯어야만 했다. 그렇다고 그냥 가슴을 쥐어뜯고 있으면 국민은 어쩌란 말인가? 부랴부랴 후방사단서 5개 연대를 일선으로 급파하라고 긴급 지시를 내렸다. 이럴 줄 알았다면 산해경에 나오는 *생김새가 닭 같고 세 개의 머리와 여섯 개의 눈 여섯 개의 발과 세*

*개의 날개를 가지고 있는 창부라는 새를 먹으면 잠이 없어진다.*는 새를 국민들에게 구워 먹여 둘 것 그랬다. 이승만 대통령과 국군은 잠결에 넋을 잃고 온갖 생각으로 적을 무찌를 생각을 짜낸다. 이승만 대통령은 시민에게 안심을 섞은 말로 계속해서 부르짖는다. *서울을 꼭 지켜달라고 떠나지 말라고 북한이 밀고 오긴 하지만 긴급하게 미국과 유엔에 도움을 청했으니 우왕좌왕하지 말고 차분하게 방송을 청취하고 움직여 달라고.* 그리고 이승만 대통령은 황급히 대전으로 날갯짓을 퍼덕이며 날아가 푸른 소나무에 앉는다. 일단은 나라를 건지려면 대통령의 신변을 안전한 곳으로 피신시켜 계속해서 지시를 내리지 않으면 안 될 위기라고 판단한 관료들이 대전으로 모셨다. 움직이면서도 군에 계속 작전 지시를 내리며 사태를 보고 받다가 이승만은 주먹으로 차 유리창을 쾅쾅 두드린다. 이미 북한군이 한강 다리로 진입한다는 정보를 입수한 것이다. 그렇게 유리창이 깨지도록 두드리던 이승만 대통령은 말한다. *조금만 더 기다리라, 기다리다가 가장 많은 북한군이 한강 다리를 건널 때쯤 다리를 폭파해라! 예 알겠습니다!* 그로부터 1시간 후 북한군이 개미 떼처럼 새까맣게 한강 다리 위를 건너고 있었다. 순간 *펑펑펑펑 퍼퍼퍼퍼 펑펑펑펑 파파피피 파파팡팡 파파팡팡* 숨이 막힐 정도로 굉음이 일었고 영문도 모른 채 한강 다리는 무너지고 말았다. 다리는 개미 떼처럼 다리 위를 줄지어 가던 북한군을 물속으로 밀어 넣으며 무너져버린다. 강은 피에 젖어 출렁

거리고 아우성 아우성 아우성 몰골은 사람이지만 정신은 종족을 살해하는 살인자들의 영혼은 물에 젖고 몸은 고깃덩이가 되고 만다. 영혼은 구천을 떠돌며 괴성을 마구 피워 올린다. 서울의 한강은 아우성이 우렛소리로 거리를 벌겋게 물들인다. 주검은 갈수록 늘어나고 신음은 붉게 물들어갔다. 십자가는 어둠이 주도하는 밤하늘에 붉은 불만 밝히고 녹십자를 만들어내지 못하고 염주는 염불에는 관심도 없고 제삿밥에만 관심을 가지고 목탁 소리만 굴러 산속을 헤맨다. 예수도 부처도 구원을 해 줄 생각은 안 한다. 이승만 대통령은 실망 절망 피망을 쏟아내며 *예수도 결국 거짓말쟁이야! 우리 대한민국 사람처럼 착한 사람이 어디 있다고 이렇게 고통을 줘, 수고하고 무거운 짐 진 자들을 편히 쉬게 한다는 예수는 뻥을 친거야!* 하고 중얼거리고 있었다. 앞길에다 어둠을 흩뿌려놓아 한 치 앞도 보이지 않는 캄캄한 시간을 밀어붙이며 남으로

남

으

로

어느새 낙동강까지 밀고 들어오는 북한 괴뢰군. 어떻게 이렇게 순간에 모든 방어망이 뚫리는지 대통령은 통탄에 젖었다. 계속해서 미국과 유엔에 도움을 요청하기에 분주하다. 무기도 군사도 없는 이 나라에 대통령이 되어서 남의 나라에 타전만 보내는 자신의 한계가 너무 한심하고 기가 막혔다. 그러나 여기저기 북한 괴뢰군

에 당한 남한의 군사들은 전우의 주검을 넘고 넘으면서라도 악착같이 싸워주기를 간청했다. 피란길 곡성이 어지러이 가을에 떨어진 이파리처럼 쌓여갔다. 쌓여있던 곡성은 여기저기 바람결을 타고 방방곡곡으로 날아갔다. 대통령은 맥아더에게 끊임없이 타전한다. *도와주십시오. 희망은 맥아더, 당신밖에 없습니다.* 이승만 대통령의 애끓는 타전을 전해 받은 맥아더는 태평양 건너 해양의 건반을 두드리며 산소 호흡기를 등에 걸머지고 달려오고 있었다. 맥아더는 생각했다. 전쟁의 물줄기를 바꾸지 않고는 나의 친구 이승만의 나라를 구할 방법이 없다. 물줄기를 바꾸려면 인천 앞바다로 가자. 맥아더는 생각을 굳히고 정신없이 인천 앞바다를 향하여 날아든다. 뛴다 난다. 노병은 죽지 않았다. 노병은 싱싱하게 살아서 형제의 나라를 구해주기 위해 목숨을 걸고 날아다닌다. 하지만 이미 철원 · 김화 · 평강 산맥과 산맥으로 이어진 철의 삼각지대는 맥을 짚을 시간도 없이 개미 떼처럼 밀려온 적의 침투로 맥없이 전쟁의 본거지가 되어 마구 짓밟히고 말았다. 능선에 포화 바람이 불어오고 빗발치던 총탄 소리는 소낙비처럼 쏟아지고 이쪽도 저쪽도 가지 못하고 숨을 거둔 주검들이 어정쩡하게 그 자리서 나뒹굴고 있다. 이름엔 본적지가 있겠지만 주검들엔 본적지가 없었다. 다만 하나의 줄기로 이어진 산맥을 덮고 무명이 주검으로 피범벅이 되어 이리저리 짓밟히고 있을 뿐이었다. 흡혈귀는 적군 아군 가리지 않고 그들의 피를 뽑아 마셨다. 총탄이 지나간 몸의 곳곳마다 피의 광란이 계속되고 있었다. 이글대는 눈빛과 인광에 깃털을 가다듬고 쉼 없는 몸부림으로 남북 형제의 군대가 엎치락뒤치락 수십 번 오르내린다. 셀 수 없이 널브러진 혈육의 생명을 우두커니 바라보던 백마고지! 백마고지는 혼절한 채 붉은 피로 줄줄 산을 물들인다. 아침저녁으로 주인이 바뀌던 땅 백마고지는 흡혈귀의 밥이었다. 미처 씹지 못하고 통째로 삼킨 것들 흡혈귀는 눈도 감지 못한 주검들의 피를 빨대를 꽂아 쪽쪽 빨아 캄캄한 뱃속으로 들이켰다. 한 집안의 대를 이어갈 피 다정한 이름들을 기억하고 있는 피. 황폐한 고지는 그 피를 마시고 다시 울창해져야만 하는 비극의 고지가 되어버렸다. 부리를 능선에 비비는 붉은 바람 구불거리는 내장을 쏟아내는 붉은 바람은 능선을 삼켰다. 붉은 메아리마저 그 몸속으로 빨려 들어간다. 나무들은 동족살육의 비극 앞에서 스스로 자진(自盡)했다. 헐렁하던 발들 어디로 가고 마주 잡던 악수들은 어디로 갔는지 눈과 귀 한쪽만 간신히 데리고 때로는 두 쪽 모두를 날린 머리통들 잃어버린 사지를 찾아 뿔뿔이 흩어지고 있었다. 피투성이가 된 주검들이 주인을 찾으려는 듯 이리저리 고요하게 부풀고 있었다. 힘겹게 견디어보지만, 허리 굽은 몸으로 토막토막 잘린 혈맥은 선홍빛으로 물들어가고 있었다. 어느 역사 한 두루마리에 드러누워 붉은 글씨를 장식할 일이 일어나고 있었다. 백마고지 용사들은 죽은 피로 갈증의 목을 축이며 총탄 맞은 역사는 슴벅슴벅한 눈빛으로 다시 찾아올 봄날을 무릎을 꿇으며 기도하고 있었다. 어머니 품속 같은 겨레의 영산 온몸이 옥죄인 지리산은 여순 반란 사건과 빨치산 벌의 피아골 그리고 뱀사골 회상마저 등골 오싹한 시간이 주름으로 접혀 골이 지고 있었다. 시간의 주름살을 아코디언처럼 펼쳐보면 구멍 뚫린 심장이 피를 줄줄 흘리고 있었다. 포효하던 수없는 생명이 살 속에 갇혀 설움이 목젖까지 차올라 터질 지경이다. 고통스러운 세월을 삭이고 또 삭여서 가슴속에 품고 있었다. 시간은 피고 지고 쓸쓸한 넋 곁에서 구름 속에 우듬지를 숨기고 마음 한 자락 분질러 봄 속 피를 뽑아 뿌리고 있었다. 엉클어진 기억에 젖을 물리는 고로쇠나무가 숲을 이루며 바보 같은 형제싸움을 주억거리고 있었다. 매일같이 정신없이 전쟁을 애무하는 시간은 전혀 다른 생각을 품고 있었다. 시간의 머릿속에는 증오와 잔인함이란 굴레가 서로 뒤얽혀 파렴치한 짓을 그치지 못하게 막았다. 시간은 부정한 짓을 그대로 보고 내버려 두는 것이었다. 슬픔과 아픔은 그렇게 새끼처럼 꼬이고 꼬여 잘라버리지 않으면 영원히 쓰지 못할 끈이 되고 만다. 어찌 되었든 형제는 서로에게 한 땅에서 살 수 있는 배려를 잘라먹은 것이다.

1950년 6월 26일

17연대는 옹진반도에서 부대를 철수한다. 의정부 전투에서도 물밀듯 왈칵왈칵 밀려드는 북의 돌진에 속수무책으로 두 손을 들고 만다. 공산군은 만반의 준비로 조금의 두려움도 거침도 없이 돌격 앞으로 진격 앞으로 남으로 남으로 백상아리 같은 아가리를 벌리고 형제를 잡아먹기 위해 헤엄쳐 들어온다. 군이나 민간인이나 모두가 아수라장이 되어 여기저기서 아우성만 무성하고 도저히 눈뜨고 볼 수 없는 지옥이 된다. 상상도 불가능한 일이 하루아침에 이렇게 온 나라를 쑥대밭으로 만든다. 이런 위기를 탈출하고 백성들의 목숨을 지키는 일에는 나폴레옹의 혼을 잡아당겨 고삐를 매어서라도 끌고 다니며 싸워야 한다. 신이 이승만 대통령에게 지령을 내리고 이승만 대통령은 이미 당황을 뛰어넘고 나라를 살리기 위해 나폴레옹의 혼을 뒤집어쓰고 있었다.

머리의 德
날개의 義
등의 禮
가슴의 仁
배의 信

자신에게 주어진 어느 무기를 이용해 반드시 나라를 지키기 위해 스물네 시간을 서른 시간으로 늘리면서 뛰어다닌다. 그러나 준비되지 못한 남한은 혼란만 퍼덕일 뿐 대통령의 힘으로는 역부족이었다. 하늘은 악신을 북한에 덮어씌워 내려보내고는 맑은 구름을 조각조각 잘게 부수고 뭉치며 장난질만 치고 있다. 저쯤 되면 하늘에 맑은 구름 공장은 광포한 파업을 선포하는 것이다. 절박함이 하늘까지 닿은 것이다. 먹구름이 맑은 구름을 장악하고 먹구름의 뱃속에서 살고 있던 빗줄기와 천둥은 번쩍번쩍 공중을 가르며 돌진해오고 천둥 줄기는 총알이 되어 마구마구 쏟아지고 있다. 철혈재상 비스마르크의 비웃음이 공중을 훨훨 날고 있다. 흰 구름을 생산하는 공장이 재가동되기만을 기다려야 하는 여린 숨골들. 아우성이 천지를 덮어도 메아리 한 마디도 돌아오지 않는다. 두려움이 집채만큼 커져도 누구 하나 두려움 싹을 잘라내 주지 않는다. 이 두려움 싹을 잘라 줄 대통령의 낫질만 애타게 기다리지만, 피비린내만 바람처럼 불어오고 총탄 소리만 더 요란해질 뿐이다. 먹구름에 걸린 덫을 풀고 나올 궁리가 이승만 대통령의 뺨을 힘껏 때린다. 채병덕은 오후의 국무회의에서 서울 사수를 공언한다. 우리는 나흘 안에 평양을 점령할 수 있다고 호언장담하기도 하며 용기 푸른 말을 한다. 한편 육군본부 상황실의 당직 부사관들은 뜬눈으로 밤을 새우며 분주하게 상황을 접수한다. 아침 7시 이전에는 육군본부로 이어지는 군의 주요 통신망이 재경유격대들에 의해 모두 절단된다. 한국군의 통신망은 북한군이 유언비어를 퍼뜨리는 등에 역이용당하고 있었다. 대한민국 국민이 그나마 크게 놀라지 않고 반신반의하는 것은 이전부터 38선 부근에서 소규모 충돌이 많았기 때문이다. 군 병사들이 심각함을 느낀 것은 거리를 마구 질주하는 군용차를 보고서야 *3군 장병들은 지금 속히 지체 말고 원대로 복귀하라.*라고 마이크가 크게 떠든다. 휴가로 즐겁게 보내던 장병들은 무슨 일인지 알 길이 없었지만, 방송을 듣고 조금씩 동요하기 시작해 부대로 복귀했다. 조선인민군이 침공해 왔다는 소식이 간단히 전해진 것은 오전 7시가 넘어서야 방송을 타고 흘렀다. *장병들은 누구를 막론하고 빨리 원대 복귀하라.*라는 공지방송이 카랑카랑한 목소리를 반복하고 있다. UP 통신사의 서울주재 특파원 잭 제임스(Jack James)가 발송한 전문(電文)기사 내용에 대하여 UP 통신사의 도널드 곤살레스(Donald Gonzales)는 미국 국무부 동아시아태평양 담당국 섭외관 브래들리 코너스(W. Bradley Connors)에 11시가 넘어서야 확인을 요청한다. 주한 미국 대사 존 무초도 11시가 넘어서 워싱턴에 전화를 걸어 *북한군이 한국에 대한 전면 공격을 개시했다.* 보고한다. 대통령이 급히 타전한 보고를 3시간이 넘어서야 북한의 공격 상황을 국무부에 전달했다. 워싱턴 당국은 이 공식보고를 전쟁이 발발하고 7시간 26분이 넘은 후에 접수했다. 국무부 동아시아 태평양 담당국 차관보 딘 러스크는 섭외관 브래들리 코너스로부터 전쟁 발발 사실을 보고 받은 다음 주한 미국 대사 존 무초에게 잭 제임스가 타전한 전쟁 발발 기사의 사실 여부를 확인하라는 지시를 내리기에 이른다. 한편, 전쟁 발발에 관한 주일 연합군 최고사령부 사령관 맥아더의 최초 보고는 침공이 개시된 지 14시간 뒤에 육군 본부에 도착했다. 그러나 맥아더는 주한 미군 군사 고문단의 요청에 따라 개전 당일부터 합참의 지시도 받지 않고 한국군 지원조치를 취하기 시작했다. 1950년 6월 25일 이승만 대통령은 도쿄에 있는 미국 극동군 사령관 맥아더에게 전화를 걸어 도움을 요청했다. 맥아더 장군은 이승만 대통령의 말에 도와줄 결심을 했다. 이승만 대통령은 라디오 연설로 *서울시민은 정부를 믿고 동요하지 말라.*는 방송을 공중에 눈처럼 하얗게 뿌리며 국민들이 한 사람이라도 소란스럽게 날뛰다가 다칠세라 주의를 당부했다. 서울시민들이 동요하지 않고 정부만 쳐다보며 서울 안에 그대로 머무르도록 독려했다. 반면 그 자신은 방송 진행 중에 죽음을 각오하고 각료들과 함께 특별열차로 상황을 지휘하기 위해 작전 지시를 할 수 있는 대전으로 출발했다. 1950년 6월 27일 땅거미가 짙게 깔려 어둠으로 변했다. 미아리고개를 방어하는 5사단과 7사단 부대에 적군이 침투하여 쌍방 간 육박전 총알 소리가 콩 볶듯이 튀어 올랐다. 준비된 자와 준비되지 않는 자의 차이는 승패를 가늠하기 쉬운 법이다. 기회가 오면 기회를 잡는 자와 기회가 와도 기회를 못 잡는 자의 차이 역시 준비된 자와 준비되지 않는 자의 차이다. 아무런 준비가 되지 않고 기회를 모면하기에 급급한 이 혼란을 틈타 소련제 전차부대가 서울 한복판으로 무자비하게 밀고 들어왔다. 축구경기에서 모두 싸우는 발 틈 사이로 쏜살같이 공을 몰아 골대 안으로 집어넣듯이. 그림처럼 아름다운 축구경기였음 얼마나 좋았을까? 또 거미손이 되어 빗발처럼 쏟아지는 강슛에 철벽처럼 잡아내는 볼이었으면 얼마나 좋았을까?만은 이건 경기가 아닌 전쟁이었기에 이승만 대통령은 다급해진다. 머릿속이 하얘진다. 이승만 대통령은 이런 사정 속에서도 국민에게 혼란을 주어서는 국민이 다치게 해서는 안 된다는 생각뿐이었다. 정부는 서울 사수를 호소하며 국민들에게 침착해 줄 것을 되풀이했다. 이승만 대통령을 비롯한 위정자들은 모두 목숨을 내놓고 전국의 전시 상황을 파악하기 위해 우르르 우르르 쉼 없이 뛰어다닌다. 대통령은 앞을 다투어 뛰어다녔다. 자신의 안전이 중요한 것이 아니라 안전한 곳으로 가서 국민이 살 수 있는 전쟁승리를 위한 방법을 찾아야만 한다는 생각이었다. 정작 보호 대상인 서울시민이지만 함부로 피란길에 오르다가 보면 모두 저들에게 밥이 되고 말 것은 불 보듯 훤한 일이다. 흙탕물에 파묻혀 신음하는 서울. 포연이 꽃향기처럼 땅으로 땅거미 되어 깔리는데 서울을 깔고 앉아 지키라는 호소에 별들이 빛을 반짝이며 지켜주고 있었다. 안정을 강조하는 정부의 호소에 영혼의 앞섶에 절망을 엎지르며 심장을 식혀가야 할 시민들. 적군이 생명을 겨누는 총칼이 코앞까지 왔는데 어찌하란 말이냐며 불만이 마구 쏟아져 나오기에 이른다. 남한 땅은 입술이 바짝 말라 소금기가 버석거린다. 붉은 공산당이 남침해 형제의 가슴에 총부리를 겨누는 만행에 남한 땅엔 귀에서도 하얀 피가 흘렀다.

불 붙은 한반도

3

이제 막 억압이란 가시넝쿨을 걷어내고 희망꽃씨를 뿌렸는데 파릇파릇 싹이 트기도 전에 마른하늘에 날벼락 같은 일을 당했다. 남한의 국민들은 갈팡질팡 지팡을 팡팡팡 두드리며 다시 병 속에 갇힌 고양이가 되었다. 창의적인 말은 한마디도 없고 진부한 말만 입술 밖으로 술술 내보낸다. 자업자득일까? 너무 무사안일한 생각과 자신들의 이익만 생각하고 국가를 생각하는 마음이 공산당처럼 단결되지 못함에 대한 대가일까? 아무리 외쳐도 애국정신은 허공의 메아리가 되어 떠돌았다. 공산주의 정신은 무늬가 모두 평등이라서 그런지 독재 정신으로 뭉쳐서 그런지 같은 동지 하나가 무슨 일이 생기면 자기는 굶어도 주머니를 털어서 함께 돕는다. 자유가 없기에 이렇게 돕지 않으면 모두 죽는다는 극지의 정신 때문일까? 반대로 자유롭게 인권과 인격을 존중받는 남한은 동지가 무슨 일이 생기면 굶는 사람은 말할 것도 없고 있는 사람은 감추기에 바쁘고 조금 있는 사람은 눈치 보기에 바쁘고 너무나 이기적인 걸 느끼면서 이승만 대통령은 어찌하면 이 정신을 자유민주주의를 완벽까지는 아니더라도 함께하는 애국정신을 북돋울 수 있을까? 늘 고민하고 방법을 찾던 중이었다. 함께하는 그 방법을 찾았으면 남한 각 요소요소에 스며든 공산주의자들을 색출해 내고 이런 비극이 오지 않았을지도 모른다. 그러나 이미 물은 엎질러져 다시 퍼담을 수는 없다. 이 소나기를 피하고 다시 국민들의 이런 동물적인 습관을 고칠 수 있는 연구를 해야겠다. 국민들의 죽음이 코앞에 닥치는데 이런 생각을 한다고 국민들이 불평불만을 터트리면 어쩌나? 이승만 대통령은 모든 기능에 곰팡이가 슬어버린 나라 같다는 생각을 하며 다시 전쟁을 이길 전략을 떠올린다. 이승만 대통령은 북한의 이 짐승만도 못한 놈들이 자신들 형제의 목숨을 담보로 전쟁을 일으켰다는 사실에 더욱 분노가 치밀었다. 그렇지만 어떻게든 국민들의 희생을 줄이고 전쟁을 승리로 이끌어야 한다는 그 마음을 알아주지 않는 듯한 하늘을 원망하며 총으로 하늘을 쏘아죽이고 칼로 찔러 죽이고 싶은 심정이었다. 하늘은 6월에 파렴치한 거짓과 속임수를 조롱조롱 매달아 푸르게 푸르게 키우고 있었다. 머리 날개 등 가슴 배 온갖 세포 구멍구멍마다 파고드는 죄를 어떻게 떼어버릴 작정인지. 죄 냄새가 총탄 소리보다 크게 확성기를 장악한다. 미처 삼키지 못한 비명은 사지

밖으로 나오지도 못하고 몸속에 갇힌다. 끔찍하게. 북한 김일성은 자신의 욕심만을 위해 형제의 가슴에 총부리를 겨누고 있었다. 아니 더 정확하게 말하면 어리석고 무식함의 소치에서 온 것이다. 어찌 다른 나라를 등에 업고 자신의 핏줄에게 총칼을 들이댄단 말인가! 땅바닥에 나뒹굴던 죄가 만백성의 세포 속으로 덤벼들어 퍼져가고 있음을 짐작이나 하는지. 그 무책임한 사태들은 자신의 국민들에게 몰락을 안겨 주고 더 나아가 자신이 몰락되어 무시무시한 결과를 가져올 것을 상상이나 하는지. 한편, 안전보장 이사회가 다시 개최된다. 공산군의 무력 침략을 물리치기 위한 원조를 유엔 가입국에 권고하자는 미국의 제안은 7대 1로 가결되었다. 형제끼리 총칼을 들이대며 싸우는 바보 멍청이들을 떼어놓기 위해 맥아더 전투 사령부를 한국에 설치하고 해군과 공군을 한국전쟁에 파견키로 결정되었다. 6월 27일 새벽 4시에 비상 국무회의가 열렸다. 비상 국무회의에서 정부의 수원 천도가 정식으로 의결되었다. 이승만 대통령은 대전에서 사흘을 머무른 뒤 7월 1일 새벽에 열차 편으로 대전을 떠나 이리로 간다. 7월 2일 다시 목포에 도착해 부산으로 가기 위해 배에 몸을 싣는다. 7월 9일 다시 대구로 옮겨간다. 6월 27일 아침 6시에 서울 중앙방송은 수원 천도 소식을 전한다. 그러나 이를 취소하라는 압력으로 취소 방송을 다시 한다. 서울시민들이 이러지도 못하고 아우성치며 죽어가는 사이에 조선인민군이 미아리고개까지 쳐들어온다. 정부는 도저히 그냥 있어서는 피해가 더 클 것이 불 보듯 뻔했다. 더는 이대로 두어서는 피해가 더 커질 것을 염려해 서울시민들에게 대피령을 내리고 대피가 시작된다. 정부는 한강철교를 폭파해 진격하는 북한군을 물속으로 빠트리자 이 한강철교를 이용하지 못한 북한 괴뢰군은 다른 퇴로로 작전을 변경시키는 데 시간이 걸렸다. 이 폭파로 60대 이상의 차량이 물에 빠지고 최소한 6백여 명이 폭사했다. 한강철교의 폭파로 국민들은 오도 가도 못 하고 발만 동동 구른다. 정부의 이 같은 행동은 도대체 어떤 생각인지 이해가 되질 않는다며 국민들은 울분을 터뜨리고 당시의 전황으로는 6~8시간의 여유가 있었음에도 조기 폭파로 인명 살상은 물론 병력과 물자 수송에 막대한 타격을 입힌다고 입을 모은다. 이승만 대통령은 하나만 보고 울분을 터트리는 국민들에게 진위를 알릴 시간조차 허락되지 않았다. 밀려오는 공산군을 무찌르기 위해 정신없이 뛰어다녔다. *이승만 대통령은 일본 야마구치현에 대통령과 내각으로 구성된 망명정부를 설치하는 방안을 세우고 일본에 망명정부를 수립하는 방안을 주한 미국 대사 존 무초에게 문의했다.*는 거짓 보고를 북한 공산당이 흘렸다. 이들의 작전은 정확하게 맞아 국민들은 공산당의 말을 어리석게도 진실로 믿었다. 이는 그대로 미국 국무부에 보고된다. *남한 정권 관리들은 한반도와 지리적으로 가까운 야마구치현에 망명정부 수립 의사를 일본에 전달했다. 일본 정부는 야마구치현 지사 다나카에게 6만여 명을 수용할 시설 및 식량*

을 *준비하라고 지시했다고 한다. 다나카 지사는 현의 소학교를 망명정부 시설로 확보하는 방안과 일본 정부에 대해 특별 식량 배급 요청 여부를 검토하기도 했다.* 이렇게 철저하게 거짓말을 진실처럼 만들어서 뿌리며 전쟁의 승리를 정보전과 무력전 양전을 펼치는 북한의 말을 어리석게도 그대로 믿는 정부 관료와 국민들 때문에 이승만 대통령은 또 한 번 미치고 팔딱 뛰고 환장할 것 같았다. *왜 이리 침범을 당하고도 자기 나라 대통령의 말을 믿지 못하고 적장의 전략을 믿는 것일까? 진정 이 국민을 자유민주주의로 만들어 나라를 부강하게 하려는 나 자신이 진정 어리석었단 말인가!* 이승만 대통령은 통탄의 눈물을 여름 장맛비처럼 주룩주룩 흘렸다. 석탄 물 같은 검은 눈물이 하염없이 쏟아졌다. 1950년 6월 28일 초여름은 반짝이는 햇살과 푸르고 싱그러운 냄새를 온누리에 뿌려 대지만, 피비린내 나는 아우성을 씻어내지는 못한다. 북은 형제의 피 냄새를 맡기 위해 코를 벌름거리며 야생마처럼 마구 살상을 해댄다. 새벽 3시가 되자 국군은 상부의 지시를 받고 한강 인도교를 폭파한다. 광진교도 뒤를 이어 교수대의 칼날이 목을 치듯이 목이 댕강댕강 잘려버린다. 한강 인도교는 아직 시퍼렇게 젊은 나이에 자신의 명을 다하지 못하고 타살로 서울 지도에서 사라진다. 북한 괴뢰당은 총칼을 휘두르며 다리 위를 건너다 아군이 달려와 다리를 폭파해 다리를 묶어버리자 괴물처럼 울부짖으며 비명을 포효하는 다리. 결국, 한강 인도교도 나라를 위해 강물속으로 무너져 내렸다. 남한의 하늘은 폭파되는 다리를 억장이 무너지게 바라보고 있었다. 다리에 얻어맞은 강물들은 북한이 갑자기 덮쳐 얻어맞은 남한 백성처럼 어리버리버리버리 물기둥을 만들어 하늘 위로 쏘아 올린다. 첨벙첨벙 물방울들은 우왕좌왕 정신을 잃고 출렁이다 이내 조용히 숨을 거둔다. 핏빛 노을이 조용히 내려앉아 목숨을 다독일 뿐 얼마나 많은 물방울이 피로 희생되었는지는 아무도 모른다. 아우성치는 물의 목에는 핏물이 악마처럼 잔인하게 흐른다. 굶주린 짐승처럼 날뛰며 밀려오는 적군은 형제를 멸망시키기 위해 심장에 파렴치한 불을 내뿜고 있다. 이제 형제의 심장을 태우려는 불꽃은 어떤 소방차가 달려와도 진압하기 어려운 지경이 되고 만다. 진압이 된다고 해도 죄 없이 죽은 인명을 다시 살릴 수는 없는 일이다. 이유 없이 파괴되고 유실된 재산피해는 상상을 초월하게 만든다. 화염에 싸여 아무도 구출해 줄 수 없는 허공을 향해 공포와 절규를 울부짖던 시민들의 수천수만 개의 눈은 형제이자 적에게 갇히고 만다. 이 만행은 천만 번의 6월이 다녀가도 씻지 못할 것이다. 이 만행은 신보다 더 위대한 어떤 말로도 씻지 못할 것이다. 북의 남침 사흘 만에 보기 좋게 서울을 점령당한다. 통째로 내준다. 칭기즈칸의 혼을 푹푹 고아 먹었는지 북의 힘은 서울을 뭉개버리고 시민들의 말들을 모두 막아버린다. 터전을 빼앗긴 고통의 비명과 아우성이 불기둥처럼 하늘로 치솟아 오른다. 하늘에 구름조차 붉은 조끼를 입고 북쪽의 깃발을 흔들고 있다. 피란할 도로조차 차단되자 마음까지 암흑이 점령해 넋을 잃고 있다. 서울시민은 갈 곳을 잃고 난감함에 싸여 있다. 남쪽으로 피란길이 갑자기 끊겨 아우성은 태풍으로 변한다. 약탈당한 도시는 우왕좌왕 먹구름 치맛자락 속에 갇힌다. 주인을 빼앗긴 도시의 얼굴은 찌그러질 대로 찌그러져 기형이 된 채 말 한마디 못한다. 죽은 말들만 시체에서 빠져나와 머리를 풀어헤치고 대성통곡을 한다. 미친 말은 잃어버린 아이의 이름을 불러대고 어린 말은 잃어버린 엄마를 *엄마! 엄마!* 울음으로 엄마를 찾는다. 세상에 깔린 것이 엄마인데 엄마의 이름을 부르는 아이는 계속 엄마만 외치고 있었다. 오로지 엄마를 목이 터지라 부르며 신발 한쪽을 잃어버려 한쪽을 가슴에 안고 흙투성이로 거리를 헤매는 맨발. 여기저기를 누비며 남의 엄마를 잡고 엄마라 부르며 쳐다보는 어린아이. 모두가 남의 엄마만 잡고 정작 자신의 엄마 치맛자락을 찾지 못한다. 엄마 역시 남의 아이를 뒤에서 돌려세워 보지만 늘 남의 아이만 돌려세울 뿐 자신의 아이는 찾지 못한다. 어린이나 부모나 모두 눈에 청태가 끼어 있어 모두가 내 엄마 모두가 내 아이로 보인다. 어쩌면 모두가 영원한 술래가 되고 말지도 모를 숨바꼭질을 하고 있다. 이승과 저승을 무대로 게임을 하는 숨바꼭질. 가위바위보도 없이 누구든 술래만 되어 아이를 찾고 어미를 찾고 아버지를 찾고 남편을 찾고 아내를 찾고 동생을 찾고 형을 찾고 언니를 찾고 오빠를 찾고 같은 서울 하늘 아래서 잃어버린 가족을 찾기 위한 숨바꼭질을 한다. *죽인 자가 아니라, 살해된 자에게 죄가 있다*는 베르펠의 소설이 실감 나는 상실의 나날들이다. 무서움을 보면서 자라투스트라는 한숨과 비명과 비탄과 절망의 몸부림으로 설교를 하는데 북한은 아레스 신에 빙의가 되었는지 무자비하기 그지없다. 살길이 막혀버린 기막힌 상황에서 몸부림쳐 보지만 다리를 잡아먹은 강은 한마디 변명도 사과도 없다. 하늘이 원망스럽다. 한이 쌓이고 쌓여 서해로 흘러가는 한강은 6.25남침 전쟁에서 수많은 사람의 한을 집어삼킨 한강은 그저 조용히 흘러갈 뿐이다. 아무 일도 없었던 것처럼. 형제의 먹이가 되어 그들의 창자 속에서 꿈틀거리는 혼령들. 먹고 먹히는 짐승 같은 세월이다. 다시 인간이란 영장으로 회생하길 기다릴 뿐이다. 이 길고 지루한 형제들의 창자 속에서 음담패설 한 마디도 못 내뱉고 숨죽이며 창자가 꿈틀거리는 대로 따라가야 한다. 뛰어봐야 창자 속이기 때문에. 창자 속에서도 영혼을 잃어버리지 않기 위해 고통을 참으며 살아내야 하는 운명. 머릿속에는 절망만 우글거리고 있다. 언제 어떻게 목숨이 어둠 속으로 침몰하며 공포의 경련으로 떨며 맨홀의 아가리 속으로 씹혀 들어갈지 전혀 예측 불가능한 시간을 밟고 있다. 그런 주인을 바라보는 서울 도시는 무덤처럼 슬픈 나날을 견뎌내고 있다. 국군은 지휘 방침에 따라 전열을 가다듬고 일사불란하게 뛰고 뛰고 목숨을 총알 앞에 들이대며 뛴다. 광기는 절규가 보이지 않는 법. 그 무엇보다 소중하고 그 무엇으로도 바꿀 수 없는 목숨이 뱉어내는 절규조차도 전쟁의 폭음 속에 묻어버리고 만다. 한강 폭파로 조금 늦추긴 했지만, 공산당의 기세는 너무나 철저한 준비로 되어 있기에 서울은 속절없이 주인을 잃어버리고 주인을 내쫓은 적군의 손아귀에 갇히는 신세가 된다. 육군본부는 수원으로 도강한 국군부대를 재편성하여 한강 이남에서 적으로부터 공격 방어선을 구축한다. 한편 정부는 또다시 주미 한국대사인 장면에게 긴급훈령을 하달한다. *공산군의 남침에 대하여 미국은 유엔 안전보장 이사회를 열어 한국전쟁 문제 대책을 건의하고 공산군에게 즉각 전투를 멈추고 38선 이북으로 철수하라는 결의를 내려 주시오!* 대통령의 이런 긴급훈령에도 아무런 소용이 없었다. 하긴 미국이 급할 건 없다. 미국이 유엔의 눈치를 보며 꾸물거리는 시간에도 피의 맛을 한 번 본 흡혈귀는 절대를 흥분을 조절하지 못하고 마구 피를 빨아 먹었다. 6월 28일 어둠을 뚫으며 인민군의 탱크가 서울 중심부까지 밀고 들어왔음이 목격된다. 이때 북한은 또 하나의 망언을 퍼뜨린다. *미국은 북한 공산당에 방어선이 무너질 때 대한민국 정부와 군인 60만 명을 이동시켜 사바이섬이나 우폴루섬에 새로이 신한국을 창설한다는 계획을 수립하고 있다*고 마구 선동한다. 유언비어를 믿고 대통령의 말을 믿지 못하는 사람들의 국민성을 생각하니 이승만 대통령은 가슴이 또 아려왔다. 이 국민은 어디가 아프면 아는 사람 전체가 의사다. 그리고 심지어 의사에게 진료를 받으러 가서도 의사의 진료 결과에 대고 아는 척을 한다. 그래서 의사가 누가 그러더냐고 물으면 옆집 순이 엄마가 그러고 친구가 그런다고, 말하는 사람들이다. 그러면 그 사람들에게 병을 진찰하고 고쳐야지 왜 의사를 찾는다는 말인가? 그게 바로 소신이 없어서다. 소신이 없다는 말은 무지하다는 말이다. 무지하고 아는 것이 없으니 전문가의 말보다 옆에 있는 사람 말을 더 잘 듣는 것이다. 이런 국민들을 지금 어찌해야 한단 말인가? 언제 무지하지 않게 교육한단 말인가? 이승만은 또다시 가슴을 쥐어뜯었다. 소련군은 공식적으로는 한국전에 참전하지 않은 것으로 하고 뒷구멍으로 호박씨를 까대며 비공식적으로 실제 7만여 명이 참전한다. 주력은 공군이다. 소련 공군기는 참전 사실을 숨기기 위해 중공기처럼 도색을 바꾸고 조종사들의 교신에도 러시아어 아닌 중국어를 쓰도록 강요받는다. 격추된 비행기 잔해가 미군 손에 들어가 참전 사실이 밝혀지는 것을 피하고자 작전 구역도 상당히 제한시켰다. 소련 공군기들은 미국 공군기와 여러 차례 공중전을 벌였다. 미국도 소련의 참전 사실을 잘 알고 있었지만, 대외적으로는 이를 비밀에 봉한다. 아이젠하워 대통령은 소련의 참전 사실이 알려지면 미국 내에서 확전의 여론이 대두될 것을 우려해 비밀에 봉하는 것이다. 소련은 공군 외에도 군사 고문단 8백50여 명을 한국전에 파견한다. 이들은 참전 사실을 숨기기 위해 민간 복장을 할 만큼 치밀하게 참전을 숨긴다. 1950년 6월 29일 영국과 폴란드 해군이 출동하고 이튿날까지 3개 나라가 한국 원조를 의결한다. 아직은 구름 속에 비가 들었는지 천둥 번개가 들었는지 가늠할 수 없다. 6월의 초록을 익히는 신은 아우성들이 지겹지도 않은지 여전히 초록만 익히고 있을 뿐 신통한 해결책을 내놓지 않는다. 헤로디아의 딸 살로메처럼 헤롯의 생일도 아닌데 바람은 나뭇가지를 잡고 마구 흔들며 춤을 추어댄다. 초록을 익히는 신의 목을 치는 바람, 초록 냄새가 참수를 당하자 푸른 피 냄새만 한반도를 뒤덮어 푸른 피로 흥건한 하늘. 낮 하늘엔 달조차 빛을 잃고 흐리멍덩 하늘 한복판에 인주 마른 도장으로 찍은 낙관처럼 찍혀 있다. 발자국마다 두려움의 소리만 찍힌다. 갑부도 졸부도 떨기는 마찬가지다. 갑부도 졸부도 옷차림은 모두 같다. 모두 욕심을 버리고 목숨 하나를 구걸하는 거리로 탈바꿈하고 빈부 차이가 없이 모두 평등한 처지가 되어 목숨 구걸 오로지 목숨 구걸에만 목숨을 건다. 욕심을 모두 말끔하게 면도해 턱에는 푸르스름한 수염만 돋을 뿐 덕지덕지 묻었던 욕심은 하나도 없다. 가진 자들의 위세란 건물을 밟고 올라가 별이나 달 따기만큼 어려워 쳐다만 보던 것이었다. 그러나 적의 밀물 앞에는 모두 동등하다. 아우성도 모두 같은 소리고 자식을 찾는 목소리도 같은 소리고 자식에게 젖을 먹이는 것도 자식의 코를 닦아주는 것도 자식의 팔을 놓치지 않기 위해 노심초사하는 것도 자식의 이름을 마구 불러대는 것도 교양이나 체면 따위도 헌신짝처럼 버린다. 살기 위해 허둥거리는 일도 피란을 위해 앞을 다투는 일도 모두 다 평균이다. 모두 납작해진다. 서로 자랑으로 엉켜 뽐내던 옷차림도 거들먹거리던 거드름도 유세를 떨며 고상함을 번지르르 바르고 다니던 품위도 흔적도 없이 모두 사라지고 없다. 휘황찬란하게 빛나던 집들이나 비가 새는 움막이나 버림을 당하기는 마찬가지다. 밤을 지새우는 것도 낮을 걷는 것도 모두 동류항이다. 오른쪽이나 왼쪽이나 있거나 없거나 공평하다. 경의를 표하거나 무시를 당하거나 갑도 을도 없는 아주 공평한 나날을 만들어주고 있다, 포탄들이. 콩알만한 슬픔 덩이가 굴러가는 사이로 좁쌀만한 기쁨 덩이도 함께 굴러가고 있다. 발들은 돌부리가 걷어찰 여력도 없이 발들끼리 걸리는 대로 걷어차고 흙은 발자국이 닫기가 무섭게 다음 발자국으로 지워대고 있다. 백성들은 능력을 발휘해 싸워보려는 상상조차 하지 못한다. 가까운 평화를 갈구하며 가까이 날아드는 포탄을 피해야만 한다. 한 발 앞을 예상치 못한다. 하나밖에 없는 목숨을 절벽으로 굴러떨어지게 하지 않기 위해 사력을 다해야만 한다. 매일같이 사라지는 목숨은 아우성과 총성에 묻혀 들리지도 않는다. 그때마다 가장 가까이서 죽음을 목격한 사람만이 공포를 감당해야 한다. 창백한 죽음보다 더 창백한 색으로 물을 들이면서. 이 세상에 있어서는 안 될 일들이 땅 위에서 일어나고 있지만 늘 그렇듯이 신은 과음을 해서 잠만 자는지 여신의 치마폭에 싸여 본분을 잊었는지는 알 수 없지만, 뒷짐만 지고 지켜보고만 있다. 아니면 흡혈귀가 되어 피비린내를 흠뻑 마시고 취해있는 취중인지. 1950년 6

월 29일 맥아더는 전쟁이 발발한 지 4일 지난 뒤에 한강 방어선을 시찰한다. 조선인민군의 후방에 상륙 병참선을 차단하고 낙동강을 통해 반격에 들어간다는 기본 전략을 세웠다고 증언한다. 그러나 미국 해군은 인천항의 간만의 차가 평균 7m로 항구에 상륙하기 전에 월미도를 먼저 점령해야 하는 데다가 선단의 접안지역이 좁아 상륙 후 시가전이 불가피한 점 등의 이유로 상륙 작전의 최악 지형이라며 완강히 반대하기에 이른다. 해군의 일부 인사들이 작전 성공률이 5천 대 1이라고 주장하며 격렬하게 반대를 퍼부었으나 맥아더는 오히려 이런 난점이 적의 허점을 찌르는 기습이 될 수 있다며 인천 상륙 주장을 굽히지 않는다. 1950년 7월 7일 유엔 결의에 따라 미국은 도쿄에 유엔군 총사령부를 설치하고 총사령관에 맥아더를 임명한다. 국군은 3군 참모총장에 채병덕 소장을 전임시키고 정일헌 준장이 바통을 이어받는다. 이 무렵 미군 선발대 1개 대대가 1개 포병대와 공동으로 오산 남방에서 충돌했으나 적군의 전차대대에 포위되어 전사자를 많이 내고 후퇴한다. 대책 없는 패배를 당한 우리 국군은 어쩔 수 없이 낙동강을 최후의 방어선으로 삼는다. 우리 국군은 목숨을 저당 잡혀 저항하기로 군은 결의를 다진다. 낙동강은 굽이굽이 기름진 벌판이 자라고 그 이름도 찬란한 서라벌 문화가 숨 쉬고 있는 곳이다. 이 우렁차고 힘이 넘치는 낙동강을 무너지게 할 수는 없다. 기름진 이 벌판을 포탄으로 얼룩지게 할 수는 없다. 기름진 이 벌판을 적들의 발자국에 쓰러지게 할 수는 없다. 굽이굽이 푸른 비단처럼 고운 낙동강을 피로 수놓을 수는 없다. 우리의 기름진 벌판은 호미와 가래로 안 되면 몸으로라도 반드시 막아야 한다. 우리 겨레의 피와 땀으로 흐르는 젖줄 아버지가 아버지의 아버지가 가꾸어 놓은 젖줄을 빼앗길 수는 없다. 낙동강을 빼앗기면 아버지의 아버지의 아버지가 줄줄이 무덤에서 벌떡벌떡 일어날 일이다. 아버지의 아버지의 아버지 피와 눈물이 흐르는 낙동강만은 기필코 지켜내야 한다는 단단한 각오를 최후의 방어선으로 세운다. 1950년 7월 24일 밤 어둠을 틈타 사단의 제19연대를 진주로 이동시킨다. 사단장 소장 존 H. 처치가 이끌고 있어 든든하고 믿음직하다. 신성모 국방부 장관은 영남 편성 관구 사령관으로 보직된 채병덕 소장의 신고를 받는다. 국방부 장관은 이렇다 할 승전 소식을 기대하다가 힘 빠지는 소식을 전해 듣자 자신에게 있던 힘조차 모두 맥없이 빠져나감을 느낀다. *하동은 호남과 영남을 연결하는 교역이고 진주 및 사천으로 이르는 통로이니 반드시 방수하여야 한다. 거기가 무너지면 적에게 다 내어주는 것이니 목숨으로 반드시 지켜라.* 급박한 심정으로 강단 있고 지엄한 엄명을 내린다. 한때 패전의 책무를 통감하고 머리가 돌아버릴 것 같은 지경이 되어 실의에 빠져있던 채병덕 소장은 이처럼 막중한 작전 임무가 명령 되자 다시 정신에 찬물을 확, 끼얹고 실의를 털고 일어난다. 다시 한번 승전을 위해 목숨을 버릴 비장의 각오를 한다. 삐릴리리 삐릴리리 손도 없는 새

떼들이 입술로 휘파람을 날려 보내는 아침 채병덕 소장과 정래혁 중령은 총 한 자루 잡는데 도움도 못 주는 철딱서니 없는 새 떼들을 나무라며 하동으로 애써 가벼운 발걸음을 만들며 달려간다. 현지를 정찰한 그는 동 지구의 중요성을 다시 한번 인식한다. 그렇지만 자연 방비 태세가 되어 있지 않아 난감할 따름이다. 이를 어쩐단 말인가 암담함을 느낀다. 옆에서 암담해하는 그의 고충을 알아챈 정래혁 중령이 애써 있는 힘을 다 빼 올려 힘이 펄펄한 목소리로 한마디한다. *제가 이곳에 남아 정보를 수집하면서 밀려 내려오는 부대를 수습하여 방어하겠습니다.* 자신 있는 목소리로 보고하자 채병덕 소장은 기다렸다는 듯이 쾌히 승인하고 최선을 다해 방어해달라고 부탁한다. 그리고 한숨 돌린 듯 진주로 돌아간다. 그 길로 미 제19연대장 무어 대령을 방문하여 *호남지구로부터 동침 중인 적을 하동에서 막지 않으면 안 된다.*라고 강조한다. 그리고 자신도 하동으로 가서 함께 적을 물리칠 것을 표명한다. 무어 대령도 옳다는 판단을 내린다. 무어 대령과 하동을 고수하기로 합의를 한 채병덕 소장은 공격 제대의 고문으로 수행하기로 한다. 달빛은 둥글고 별빛은 뾰족한 표정으로 피비린내 떠다니는 대한민국 땅을 내려다보고 눈만 깜빡이고 있다. 1950년 7월 25일 마산지구에서 맹렬한 반격을 개시한다. 국군은 사흘 동안에 60리 길을 진격하며 죽을힘을 다하며 적과 치열한 전투 끝에 하동지구를 무사히 탈환한다. 6.25 전쟁 발발 이후 처음으로 아군이 승리한 전투라서 그 사기는 하늘을 찌른다. 채병덕이 이끄는 하동지구 탈환 전투는 한국전쟁 초기 진주와 함께 영남지구 형성 관구 사령부가 미 제24사단의 병력과 협동하여 호남의 남안을 거쳐서 하동의 우회 침공하는 북한군 제6사단을 공격하기 위해 직렬 결렬 장렬 맹렬로 벌인 전투다. 이 전투는 7일간 지연을 하면서 치열하게 싸운 전투다. 당시 육군본부는 작명 제79호로써 남원-하동 방어선은 이응준 부대와 민기식 부대를 통합 지휘토록 지시를 내린다. 그러나 이미 모든 통신수단이 두절된 상황이라 지시를 받지 못한다. 아무런 지시나 전달을 받지 못한 이응준 부대는 순천으로 철수를 하고 있다. 민기식 부대는 운봉에서 함양으로 지연전을 하는 중이고, 아무 지시도 받을 수 없는 통신이 두절된 암전을 하고 있다. 작전 지시가 두절된 하동에서는 연대장 중령 이영규가 이끄는 신편 제5사단 15연대는 분산된 상태다. 일부 병력 100명만이 우왕좌왕 어디로 가서 어떻게 싸워야 할지 방향을 잃고 삼삼오오 집결하고 있을 뿐이다. 마침 미 제8군 사령관 월턴 워커(Walker) 준장에게 정보가 입수된다. 7월 23일에 호남 방면으로 우회한 적이 급물살처럼 빠른 속도로 전진하여 그 선두가 진주에 도달하였을 것이라는 정보보고를 받기에 이른다. 급한 보고를 받은 월턴 워커 준장은 전날 김천 부근에 집결하여 정비 중이던 미 제24사단을 급히 진주로 전진시켜야 한다는 판단 아래 머리를 그쪽으로 돌린다. 육군본부로부터 작명 제72호가 하달된다. 그 요지는 다음과 같다. *7월 25일 오후 23시 긴급 명령 하나, 하동방면으로 남하한 적은 1개 대대 규모이며 약간의 장갑차를 동반하고 있음. 둘, 영남 편성 관구 사령관은 바로 하동으로 약진하여 동침하는 적을 격퇴하라. 셋, 장갑차 공격 시에는 휘발유병(휘발유 충전)을 사용할 것. 넷, 전투지휘소의 위치를 보고하라. 육군본부.* 육군본부의 작명이 하달되자 채병덕은 난감함에 어찌해야 할지 정신이 허둥거린다. 채병덕 소장에게는 수하 병력이 전혀 없기 때문이다. 그렇지만 그 때 마침 그의 곁에 있던 신편 제3연대장 박현주 중령과 부관 이상국 소령과 김영혁 대위를 수행시킬 수 있음에 안도의 한숨을 깊이 내쉰다. 1950년 7월 26일 하늘에 구멍이 났는지 장마라는 이름으로 계속해서 비를 뿌려댄다. 나흘 동안 쏟아 내린 비는 대부분 하천을 범람시킨다. 차량 기동도 어려워지고 항공지원까지도 어려워지게 만든다. 사람이 다니기조차 어려울 정도다. 하늘은 작심하고 비를 뿌려 무기도 사람도 가두기 작전에 들어가는 듯하다. 비는 싸움에 대해 비판을 퍼붓고 있었지만, 미련한 인간들은 그걸 깨닫지 못하고 북한은 남한 죽이기에 혈안이 되고 남한은 죽음을 막아내기 위해 혈안이 되어 있다. 정래혁 중령은 단신으로 하동에 남아 있다. 더군다나 피아의 상황을 전혀 아는 바가 없어 당황스럽기 그지없다. 그의 판단으로서는 7월 25일 12시쯤에 화개장이 북한군의 수중에 들어갔기 때문에 예상대로라면 북한군은 5시 전후로 하동으로 들이닥칠 것이라고 막연한 예측을 할 뿐이다. 그렇다면 북한군이 들이닥치기 전에 원군이 도착하기를 고대하는 수밖에 다른 묘책이 없다. 일각이 여삼추다. 그렇게 애가 새까맣게 타들어 가는 와중에 10시가 되자 적들이 나타났다고 병사들이 모두 입을 모아 외쳐대기 시작한다. 까무러칠 지경으로 놀란 정래혁 중령은 머릿속이 새까맣게 먹칠을 한 듯 암담하다. 앞이 캄캄해 대낮인데도 아무것도 보이지 않는다. 침착해야 한다. 급할수록 아니 호랑이굴에 들어가도 정신만 차리면 산다고 하지 않는가. 정래혁 중령은 냉수 한 잔을 벌컥벌컥 마시고 정신을 말끔히 가다듬고 상황을 다시 파악한다. 틀림없이 1개 대대 규모의 북한군이 종대 행군으로 접근하고 있을 것이며 그 선두는 이미 두곡리(하동 북쪽 700m)에 도달하고 있을 것이라는 판단이 선다. 그렇다면 달려오는 적을 단 1분간만이라도 지체시켜야만 한다. 적들을 잠시라도 더 지체시키기로 결심한 그는 적을 유인하기 시작한다. 가까운 거리까지 적을 유인한 다음 즉각 사격을 명령한다. 이렇게 10여 분간 격렬한 사격전이 벌어진다. 사격이 벌어지는 틈을 타서 병사들은 오합지졸이 되고 마침내는 이탈하기에 이르러 마침내는 12~3명밖에 남지 않는다. 황당한 상황 앞에 실의에 빠지고 있을 수만은 없는 일이다. 하는 수 없이 이탈한 병사들은 포기하고 끝까지 의리를 지키고 남아 있는 병력만을 이끌고 이동하기 시작한다. 11시쯤에 하동을 빠져 진주로 향한다. 그렇지만 통신이 끊긴 상황에서 미 제19연대장 무어 대령은 하동을 뺏긴 사실을 까맣게 모르고 있다. 하동을 뺏긴 줄 까맣게 모른 채 배속된 제29연대 3대대장 모트 중령에게 하동으로 진출하라고 명령을 내려버린다. 이때 동석하였던 채병덕 소장은 하동을 오가며 지형을 관찰한 도로망에 대하여 설명을 한다.

불 붙은 한반도

4

침몰의 정각이 요동치다

북한의 침공으로 서울은 함락되었고, 이승만 정부는 부산까지 후퇴하기 직전이다. 공산 프락치들은 기회를 놓치지 않았다. *이승만은 국민을 버리고 도망쳤다! 우리는 미군이 아니라 북한과 손을 잡아야 한다!* 공산주의자들은 이승만 정부의 무능을 조작하며 반정부 정서를 부추겼다. 공산주의자들의 말에 동요하는 국민들 때문에 가슴을 쥐어뜯고 미치고 환장하고 팔딱 뛰고 말로 다 할 수 없었다. 하지만, 이승만 대통령은 자신의 결단력과 국군의 목숨 건 애국으로 반드시 대한민국은 살아남을 것이라고 맞불을 놓으며 북한군과 맞서 싸운다. 이승만 대통령은 이것이 바람의 전쟁이란 생각을 한다. 지금 지구는 기후 변화로 극심한 날씨 변동을 겪고 있다. 때아닌 강력한 폭풍, 폭염, 갑작스러운 폭우 등이 기승을 부리고 있다. 북한의 붉은 행동을 제어하려는 듯. 1950년, 한국전쟁이 발발한 지 몇 달이 지난 시점. 북한군은 압도적인 병력과 장비로 남침을 계속해 남한의 전선은 급격히 밀리고 있었다. 서울을 포함한 주요 도시들이 빠르게 북한군에 의해 점령되었고, 남한은 이제 부산까지 후퇴하기 직전 상태였다. 북한군은 빠르게 남쪽으로 진격해 부산을 목표로 삼고 있었다. 한국군은 물러설 곳이 없었고, 남은 방어선은 한계에 다다랐다. 북한군의 압도적인 병력에 한국군은 큰 고통을 겪고 있었다. 김어진 대위는 부산을 지키기 위한 마지막 방어선에 배치되어 있었다. 그러나 상황은 점점 나빠지고 있었다. 적군은 이미 부산 포위를 목전에 두고, 남한군은 해상과 공중에서의 지원이 끊어진 상태였다. 이제 더 물러설 곳이 없다는 절박함 속에서, 김 대위는 마지막 희망을 품어야 했다. 그날 아침, 김어진 대위는 기상청으로부터 눈이 번쩍 뜨이는 예보를 받았다. 갑작스러운 폭우가 오늘 오후에 일어날 것이라는 경고였다. 처음에는 그저 흔한 비일 것으로 생각했지만, 그 비가 전황을 바꿀 수 있는 중요한 변수가 될 수도 있다는 생각이 번개처럼 스쳤다. 북한군은 이미 남쪽으로 진격하면서 도로와 철도를 중심으로 기동을 강화하고 있었고, 물자 보급을 위해 대규모 차량 행렬을 움직이고 있었다. 그때, 비가 내리기 시작했다. 예상보다 강력한 폭우가 일어나면서 도로가 물에 잠기기 시작했다. 폭우가 쏟아지면서, 김어진 대위는 그가 기다리던 기회를 포착했다. 도로가 마비되고 북한군의 주요 보급선이 끊어진 것이다. 김 대위는 부대에 급히 명령을 내리고, 전술을 변경했다. 그는 북한군의 보급선과 통신망을 차단하기 위해, 기습 작전을 계획했다. 그동안 물자와 병력을 공급받던 북한군은 폭우 속에서 이동이 불가능해지고, 주요 도로가 물에 잠겨 더욱 위험한 상황에 빠졌다. 김어진 대위는 이를 기회로 삼아 빠른 시간 내에 대대적인 기습 공격을 시작해야 한다고 생각했다.

천군만마보다 나은 폭우

폭우 속에서 김어진 대위는 북한군의 후방을 공격하며, 철저히 기습 작전을 펼쳤다. 비에 젖은 장비와 병력이 제대로 움직이지 못하는 가운데, 한국군은 빠르고 기동성 있는 전술을 통해 북한군의 방어선을 뚫기 시작했다. 더군다나, 폭풍우는 북한군의 항공 지원을 차단하고, 포병의 정확도를 떨어뜨려 한국군에게 유리한 상황을 만들었다. 비가 오니 남한군보다 지리에 어두운 북한군이 어떻게 하고 있는지 알아보기 위해 북한군 옷을 입힌 병사 세 명을 보냈다. 아버지 고향이 북인 병사가 북한 언어를 유창하게 구사했기에 가능했다. 셋은 북한 적진으로 들어갔다. 그리고 북의 꼬리

부분에서 슬그머니 북이 눈치채지 못하게 합류했다. 그리고 그들이 우리 쪽으로 방향을 틀자 미리 20명의 우리 군을 매복시켜 놓은 곳으로 안내했다. 북한 언어를 잘하는 유창언은 북한군에게 *이 간나새끼 빨리 움딕이라우. 비가 더 오기 전에 빨리 움딕여야디.*라고 재촉했다. 유창언 병사는 이어서 *디금 이것더것 따딜 때가 아니라우, 이데 승리가 코앞인데 더기 보시라오 남한 군사가 오고 있는 게 안 보입네까 동무!* 하자 북한군 대장이 *여기 기다려라, 내가 딕접 확인하고 오겠다!* 하고 부하 둘과 함께 유창언 병사 뒤를 따라 언덕으로 올라왔다. 유창언 병사는 아군과의 약속 시각보다 10분 정도 늦었지만 20명의 군사가 언덕을 내려가는 것이 보였다. 위에서 보았기에 20명이 50명처럼 많게 보였다. 빗속이라 더욱 많아 보인 것이다. 일렁이는 나뭇잎도 모두 철모로 보인 것이다. 그것을 본 북한군 대장은 놀란 듯이 뛰어 내려가 지시를 한다. *던원 밑으로 방향을 바꾸라우. 간나새끼들이 개미 떼처럼 기어 내려가는구먼. 빨리 따라답아 모도리 쏘아 둑이라오. 이 고디만 넘으면 우리의 승리는 보당된 것이니 덫 먹은 힘까지 내서 움딕이라우!* 지친 북한군은 빗속이라 속도를 내지 못했다. 유창언은 *대장님 명령이 보이지 않네! 빨리빨리 움딕이디 않고 뭐하네?* 하면서 개머리판으로 힘껏 북한군들을 내리쳤다. 아무도 그를 비방하지 못하고 비틀거리며 빗속을 걸었다. 유창언은 계속해서 북한군이 죽지 않을 만큼 세게 두들겨 패니 넘어지고 미끄러지고 속도는 더욱 느려지고 있었다. 대장도 속도가 늦은 데 불만이어서 유창언이 무슨 행동을 하든 그냥 두고 오히려 *동무들 꾸물거리디 말고 빨리빨리 움딕이라우!* 하고 명령을 내리고 유창언 일행은 그 말에 힘입어 북한군을 총으로 더욱 세게 후려쳐서 한 명이라도 더 힘 빼기 작전에 들어갔다. 중턱을 지나 평지 가까이 유인이 끝난 병사들을 향해 대장이 소리친다. *공격 개시!* 소리에 맞춰 유창언은 대장의 머리를 날렸다. 이때를 놓치지 않고 유창언과 지바른과 남용사는 북한군을 정조준해 마구 쏘아댔다. 무방비로 있던 북한군은 바로 뒤에서 쏘아대는 총에 맞아 순간에 수십 명이 쓰러졌다. 앞쪽 남한군을 향해 총을 쏘기 바쁘던 북한군은 *다다다닥! 다다다닥!* 순식간에 뒤에서 쏜 총에 대장과 부대장 그리고 사병들이 픽픽 쓰러졌다. 중턱 옆에 숨어있던 우리 군들이 모두 모여들어 70여 명 전원을 쏘아 시체로 만들었다. 결국, 김어진 대위는 북한군의 중요한 보급기지를 점령하고, 그들의 후방을 완전히 붕괴시킨다. 북한군은 도로와 물자 보급을 잃고, 전선에서 대혼란에 빠지며 후퇴하기 시작한다. 이 전투에서 한국군은 기적적으로 승리를 거두었고, 부산은 일시적인 안전을 확보하게 된다. 이 전쟁에서 김어진 대위는 자신감이 충만해졌다. 비는 계속해서 내리고 있었고, 그 폭우 속에서 한국군은 예상치 못한 승리를 거두었다. 김어진 대위는 부하들과 함께 전투를 마친 후, 하늘을 바라보며 속으로 외친다. *우리는 우연히 이긴 것이 아니라, 우리가 가진 용기와 믿음이 만든 승리였*

다. 김어진 대위는 이 기세를 살려, 북한군을 계속해서 타격하며 전선을 지키고, 전반적인 전쟁 흐름을 바꾸는 중요한 계기가 된다. 김어진 대위의 작전 성공으로 그날의 폭우는 전쟁 역사에 길이 남을 중요한 순간으로 기억된다. 북한군을 그렇게 사살하면서 우리 군은 단 한 명의 부상자도 없음에 김어진 대위는 쾌재를 질렀다. *천군만마보다 나은 폭우다! 하늘이 우리 편에서 싸웠다!*

절망나무에 희망 열매가 열리다

이승만 대통령은 전쟁의 흐름을 반전시킬 방법을 모색하고 있었다. 하지만 대부분의 군사 전문가들은 상황을 반전시킬 수 없다고 보고, 부산 방어선에서 마지막 방어를 해야 한다는 의견을 내놓았다. 한국군은 압도적인 병력 차이에 밀려 후퇴를 거듭하며 부산 가까이까지 도달했고 전선은 완전히 붕괴되었다. 남은 군대는 결국 부산 방어선에서 마지막 저항을 해야 하는 상황에 놓였다. 하지만 이승만 대통령은 기존의 전통적인 군사 전략에서 벗어난 기발한 작전을 제시한다. 이승만 대통령은 군의 보고서를 통해, 북한군의 후방에 큰 물류 혼잡과 군사적 허점을 발견한다. 그는 북한군이 빠르게 진격하던 것이 폭우로 인해 군사 보급선이 길어지고 있음을 간파했다. 만약 우리 군이 보급을 차단할 경우 전투력이 크게 약화될 수 있음을 파악한다. 그의 기발한 작전은 바로 *북한군 후방 교란 작전*이었다. 이 작전은 한국군의 주요 병력은 부산에 남겨두고, 소규모 정예부대를 북한의 후방에 침투시켜 중요한 물류 기지와 통신망을 차단하는 것이었다. 이승만 대통령은 *일부는 부산 쪽에서 방어선을 지키고 뒤에서는 북한군의 후방을 파괴하라. 그들이 자원 부족과 혼란 속에서 스스로 무너지게 할 것이다. 어서 나의 명령대로 움직여라.*고 지시했다. 참모들은 *대통령께서 불가능한 작전을 한다*고 투덜거리기 시작했다. 그러나 이승만 대통령은 *당신들이 어찌 내 생각을 이해하겠느냐?* 이 작전은 많은 군 관계자들에게 믿기 힘든 아이디어다. *지금 부산 방어선을 지키기에 총력을 기해야 하는데 무슨 후방 교란 작전입니까? 지금은 매우 급해 죽느냐 사느냐의 문제이니 내 명령을 따르시오. 해 보지도 않고 내 생각을 쏘아 죽일 생각을 하지 말고 조금 이해가 안 가더라도 시행을 해 보시오. 해 보지도 않고 불가능 하느니 말도 안 되느니 하는데 그럼 당신들은 나라가 통째로 다 넘어가는데 보고만 있을 것이오? 어서 작전을 서두르시오.* 이승만 대통령이 강경하게 나가자 *북한군 후방 공격은 말도 안 된다. 부산 방어선에 집중해야 한다* 의견만 분분하다. 그러자 이승만 대통령은 차돌보다 단단한 결단을 내렸다. *다시 말하지만, 나의 작전을 실행하도록 하시오. 지금은 비상 상황이니 내 지시를 따르도록 하시오. 한*

국군의 정예부대는 적지에 잠입해 북한군의 후방 공격을 위한 작전을 밤을 새워서라도 준비하시오. 날카로운 명령에 참모들도 어쩔 수 없이 대통령의 말을 따랐다. *큰 규모를 이루기보다는, 소규모로 이동하며 신속하게 작전을 펼치시오. 목표는 북한군의 보급 기지, 통신 시설, 그리고 군사 지원 네트워크요, 한시가 급하니 어서 작전을 시작하시오!* 못마땅해하던 참모진들도 대통령의 서릿발 같은 명령에 하는 수 없이 작전 계획을 세운다. 밤이 새도록 작전 계획을 끝냈다. 소규모 정예부대는 북한군의 후방으로 침투하고, 이승만 대통령은 이를 실시간으로 지휘하며, 기상과 지형을 고려한 결단을 내린다. 폭풍우가 몰아치는 밤, 북한군은 예상치 못한 공격을 당하게 된다. 첫 번째 타격은 북한군의 주요 보급 기지였고, 두 번째 타격은 북한군의 통신망이었다. 이 공격은 북한군에게 커다란 혼란을 일으켰고, 보급선이 차단되면서 전투력을 잃은 북한군은 혼란에 빠지게 된다. 북한군은 대규모 병력 이동을 시도했으나, 물자 부족과 통신 두절로 혼선이 발생한다. 이승만 대통령의 기발한 작전은 예상보다 더 큰 효과를 발휘한다. 북한군은 우리 군이 북한군 복장을 한 상태라 무방비로 당했다. 후방에서의 공격에 당황하며 전선의 균열이 시작되었다. 방어에만 전전하던 한국군은 이제 더 이상 단지 방어만 하지 않는다. *이 기세를 몰아 반격할 기회를 잡아라!* 겁을 먹고 방어만 하던 군들이 이승만 대통령의 전략으로 북한군에 균열이 생기자 기세를 반전해 북한군

의 진격을 막아낸다. 부산 방어선은 철저히 지켜졌고, 이승만 대통령은 정예부대의 후방 공격과 전선에서의 승리를 통해 북한군의 공격은 한풀 꺾인다. 북한군은 보급선이 끊기면서 더 이상 진격할 수 없게 되었고, 전쟁의 판도는 서서히 바뀌기 시작한다. 결국, 이승만 대통령의 기발한 작전은 완전한 승리로 이어지게 된다. 한국군은 북한군의 후방을 공격하며 그들의 병력을 분산시키고, 전선에서 반격을 시작한다. 부산 방어선은 끝내 무너지지 않았고, 북한군은 기회를 잃고 우왕좌왕한다. 이승만 대통령의 전쟁 흐름을 바꾼 기발한 전략은 전쟁의 승패를 결정지으며, 한국군은 그 후 계속해서 북한군에 맞서 싸울 수 있는 힘을 얻고 지쳐 있던 군들이 조금씩 사기를 찾는 기반을 마련하게 된다. 이승만 대통령은 전 국민에게 *우리의 승리는 의지와 단결에서 나오는 것입니다. 모두 승리의 그 날까지 힘을 모아 주시길 간곡히 부탁드립니다.* 하고 호소했다. 일반 사람들은 모두 이승만 대통령의 앞을 보는 지혜의 눈을 알아보지 못하기에 상식을 벗어난 결단으로 취급했다. 그러나 이승만 대통령은 그 순간에도 생각했다. 오로지 승리를 해야 한다. 남이야 지나가는 말로 급하지 않지만, 지도자의 입장이 되어보지 않고 지도자의 입장이 얼마나 중요한지, 그리고 전쟁에서는 물리적인 전투뿐만 아니라 지혜와 전략이 더 큰 영향을 미친다는 것을 알지 못함이 답답하지만, 이것이 어제오늘 일도 아니니 나라를 건져놓고 교육을 해 이 나라를 탄탄하게 구축해 후손들은 다시 이런 어리석어서 나라를 침탈당하는 일은 없게 해 놓고 죽어야 한다는 생각을 한다.

용기 있는 결단

전쟁의 참혹함 속에서 수많은 사람이 희생되고, 남한과 북한은 치열한 전투를 벌이고 있다. 그러나 전선에서의 싸움 외에도 전쟁의 흐름을 좌우하는 중요한 결정들이 배후에서 이루어지고 있다는 사실은 잘 알려지지 않았다. 한결심은 의사이자, 한국군의 군사 전략을 지원하는 일을 맡았다. 전쟁 이전에는 평범한 의사로서 병원에서 근무했으나, 전쟁 발발 후 군의 요청으로 전선에서 부상자들을 치료하며, 군 전략 회의에도 참여하게 된다. 그녀는 단순한 의사가 아니라, 군사 작전에도 깊은 견해를 가지고 있다. 또한, 전쟁 중 여성으로서 남성 중심의 사회에서 겪는 어려움을 극복하며 점차 중요한 역할을 하면서 늘 외로움에 시달렸다. 절박한 전선이다. 압도적인 북한군의 기습 공격 때문에 서울을 빠르게 잃고, 남쪽으로 후퇴하고 부산까지 위태로워진 한국군은 더 물러설 곳이 없었고, 상황은 갈수록 악화되는 것 같아 한결심은 괴로웠다. 군 병원에서 부상자들을 돌보며 하루하루를 보내며 울분을 터트렸다. 그러나 그녀는 단순히 치료만 하는 것이 아니라, 부상자들이 말하는 북한군의 움직임과 각종 정보를 주의 깊게 들으며 군사 작전과 전략에 대한 깊은 이해를 쌓아가고 있었다. 수시로 전략 회의에 불려가야 했고 괴로워하는 환자들을 괴로운 심정으로 치료해야 했다. 군 전략 회의에 초대받은 한결심은 별로 가고 싶은 생각이 없었다. 모여봐야 시원한 전략도 없었기 때문이다. 그러나 다시 재촉하는 바람에 가기로 마음을 돌렸다. 회의는 당시 한국군 최고 지휘관들이 모여 전선 상황을 논의하는 자리였다. 한결심은 처음엔 단순히 의사로서 역할만 있을 것으로 생각했지만, 회의 중 예기치 않게 중요한 순간을 맞이한다. 한국군의 주요 작전 계획이 논의되고 있었는데, 전선 상황이 극단적으로 불리하여 예기치 못한 결정을 내려야 할 상황이었다. 한결심은 의사로서, 부상자들의 회복 속도와 전장의 상황을 고려하여, 기존의 작전 계획이 실행될 경우 많은 병력과 자원을 낭비할 것으로 판단한다. 또한, 기상 변화와 지형적 특성 등을 고려한 새로운 작전 계획을 제시한다. 그녀는 *북한군이 예상보다 빠르게 남하했지만, 그들의 보급선이 약해지고, 해상 보급이 끊기면 한계에 부딪히게 될 것입니다. 우리는 이 기회를 놓쳐서는 안 됩니다.* 라고 말하며, 군 지휘관들에게 새로운 방향을 제시한다. 회의에서는 대부분 장군이 한결심의 의견에 회의적인 반응을 보였지만, 한 장군이 그녀의 의견을 지지하며 *우리는 이분의 전략을 귀담아들어야 한다. 여성이 치밀성에서는 더 뛰어*

*난 기량을 발휘할 수 있다. 그러니 심각하게 받아들여 검토해볼 필요가 있다.*라고 말한다. 결국, 한결심의 제안이 받아들여지고, 작전은 그녀의 계획을 바탕으로 수정된다. 그녀의 전략은 북한군의 보급선 차단과 해상 기습 공격을 중심으로 한 새로운 전술이었다. 한국군은 북한군의 주요 보급선을 차단하고, 그들의 주요 항구와 물자 보급 길을 마비시킨다. 예상보다 빠르게 작전을 세우고 진격한 한국군은 이 기회를 살려 북한군의 후방을 무너뜨렸다. 부산을 향해 진격을 준비하던 북한군을 당황하게 만들어 다부동 전투에 한껏 힘이 되어 우리 군의 사기를 충전시키는 계기가 되었다. 한편, 육군 대위 33세 강철은 뛰어난 전술가이자 용맹한 장교였다. 강철은 강원도 철원의 방어전을 이끌었다. *적이 밀려오고 있다! 철수 명령을 내려야 합니다!* 병사들이 외쳤지만, 철수 명령을 내리지 않고 싸우다가 병력과 무기 부족으로 결국 무너졌고, 그는 포로로 잡혀 수용소로 끌려갔다. 그는 영웅에서 배신자로 몰렸다. 수용소에서 지옥 같은 나날을 보냈다. 수용소에서 그는 잔혹한 선택을 강요받았다. 죽거나, 공산당에 협력하거나. 동료들을 고발하거나, 맞아 죽거나. *강철 대위, 네가 남한의 군대를 배신하고 우리 북을 위해 싸워주면 살려주겠다.* 끊임없는 회유에 결국, 그는 살기 위해 굴복했다. 그는 살기 위해 선택한 거짓 충성이었지만 또 다른 전쟁의 시작이었다. 수용소에서 살아남은 강철 그러나 그를 기다리는 것은 동료들의 비난이었다. *너는 이제 배신자다. 강철 네가 우리를*

팔아넘긴 거 아니야? 그의 이름은 조국에서 더럽혀진 이름이 되었다. 괴로움에 시달리던 중 그는 다시 전장으로 돌아올 기회가 생겼다. 국군 정보국에서 그를 찾아왔다. *강철, 대위 네가 적의 내부를 알지? 네가 나라를 배신하지 않는다면, 마지막으로 조국을 위해 싸울 기회를 주겠다.* 강철은 두 가지 선택 앞에서 생각했다. 도망을 칠 것인지 다시 한번 조국을 위해 싸울 것인지? 그러나 강철 대위는 나라를 위해 싸운다는 쪽의 또 다른 자신이 이겼다. 그리고 그는 결심했다. *나는, 다시 조국을 위해 싸우겠다. 싸우다 죽더라도 조국을 위해 죽으면 떳떳한 것이다.* 결심을 굳혔다. 강철은 최후의 전투지인 백마고지 전투에 합류했다. 강철은 특수 임무를 맡았다. 국군의 비밀 첩보 작전을 수행하며 적진을 무너뜨리는 계획을 세웠다. 그러나 포로였던 자신을 믿지 않는 동료들 사이에서 목숨을 걸고 증명해야 했다. 그것이 날아오는 총알보다 더 힘겨웠다. 모두 죽음을 담보로 한다지만 죽음보다 동료들에게 진심을 보이는 것이 더욱 힘들었다. 그렇게 최악의 상황에서 최상을 만들기 위해 노력하다 옆에서 총알이 빗발쳤고 옆에서 의심의 눈초리를 가장 심하게 퍼붓던 동료가 쓰러졌다. 한꺼번에 다섯 명이 목숨을 반납했다. 동료를 위해 울어줄 시간도 없이 강철은 결심했다. *어떤 사람이었는지는 중요하지 않아. 지금 우리가 이겨야 한다. 나라를 위해 싸우다 순간에 목숨을 잃은 동료의 원수를 꼭 갚아야 한다.* 전투는 지옥이었다. 총알이 빗발처럼 쏟아지고, 동료들이 쓰러졌다.

하지만 그는 포로 생활에서 배운 모든 것을 이용해 승리로 이끌기 위해 죽을힘을 다했다. 그는 중얼거렸다. *한 치 앞도 내다볼 수 없는 이 시간 나는 내가 해야 할 일을 해야 한다. 1초 후에 내 목숨이 사라지더라도.* 그 말과 동시에 총알이 그의 심장을 뚫었다. 아무도 그를 위해 울어주는 사람이 없었고 피비린내만 그의 시체를 흔들고 있었다. 강철 대위는 조용히 역사 속으로 사라졌다. 하지만 역사는 기억하겠지 배신자로 불렸던 한 남자가 누구보다 뜨겁게 조국을 위해 싸웠다는 것을. 그리고 그의 희생이 철의 꽃처럼 피어오른다는 것을. 한편 소백산맥 자락의 작은 마을 연화동 강철의 고향 집에서는 *언니, 빨리 피란 가이 된데이! 강철 오빠는 나라를 위해 잘 싸우고 있겠제? 엄마가 돌아가신 걸 알믄 울매나 슬퍼하겠노?* 어린 소녀 연화는 언니 연수의 손을 꼭 잡고 어두운 산길을 뛰고 있다. 뒤에서는 불길이 타오르고, 인민군 병사들이 들이닥치는 소리가 들린다. *수진아! 이쪽이다!* 마을의 젊은 사내 민수가 소녀들을 부른다. 하지만 바로 그때, 붉은 달빛 아래에서 한 병사가 총구를 겨누었다. *탕! 탕! 탕!* 다음 날 아침, 마을은 폐허가 되어 있었다. 연화는 혼자였다. 연수와 민수와 수진 모두 사라졌다. 흔적도 없었다. 연화는 산속으로 몸을 숨겼다. 마을 어귀에서 우연히 만난 노파심 여사가 그녀를 숨겨주었다. *이 전쟁이 끝날 때까지 넌 내 손녀다. 알았나? 야! 알았니더.* 대답은 했지만, 연화는 붉은 달이 뜨는 밤이면 언니를 떠올리며 눈물을 삼켰다. 어느 날, 군복을 입은 한 남자가 마을로 돌아왔다. 분명 민수였다. 하지만 그의 가슴에는 국군이 아닌 인민군의 훈장이 빛나고 있었다. *민수 오빠!* 연화는 믿을 수 없었다. *너 너 넌… 살아있었구나.* 민수의 눈빛은 흔들리고 있었다. 민수는 인민군에 끌려가 목숨을 구하기 위해 그들의 편에 서야 했다. 하지만 그는 내심 연화동 고향 집을 그리워하고 있었다. 마을 사람들은 그를 배신자로 몰았다. *나는… 나는 그냥 살고 싶었을 뿐이야.* 그는 연화에게 속삭였다. 연화는 그를 살릴 방법을 고민했다. 그날 밤, 연화는 몰래 민수를 숨겨 두었다. 그리고 집 뒤에 우리 군이 입고 죽은 옷을 벗겨 민수에게 가져다주었다. 그리고 김치를 묻었던 김치 우리에 숨겨 두고 일부러 군에 신고했다. *이곳에 민수 오빠가 있니더. 오빠는 원래 우리 마을 사램 이었니더. 그른데 북한군이 죽일라고 해서 겉옷을 잠깐 북한 옷으로 입고 마을로 들어왔니더. 구출해 주시야 되니더.* 연화의 말을 듣고 군인들이 김치 우리를 열어젖히자 민수가 군복을 입고 있었다. *고생 많았소! 어서 나오시오!* 하고 그를 나오라고 했다. 그러나 그들은 민수가 변심한 것으로 알고 끌고 가고 말았다. 연화는 아무것도 알지 못하고 민수를 기다리고 있었다. 전쟁은 아무 약속도 희망도 안겨주지 않았다. 이렇게 종족 간의 전쟁은 일어나서는 안 될 별별 일들을 생겨나게 하고 있었다. 또 한편, 지리산 천왕봉 남쪽과 웅석봉 사이로 흘러내려 생성된 물줄기인 덕천강이 범람하여 길을 쓸어갔다. 정곡리 서쪽 1km에서는 곤양으로 우회하여야 할 것을 알린다. 양 도로가 모두 협소하고 험한 도로였다. 그런데 그마저 많은 비로 인해 도로는 흔적 없이 사라져 버렸다. 그리고 이날 남한 군대는 차량 기동으로 진주에서 출발한다. 도로를 가로질러 달려가던 수많은 차량이 도랑물에 빠지고 진흙탕에 처박히기에 이른다. 빠진 차를 사람의 힘으로 건져 올려야만 한다. 도로가 파여 나가고 유실된 곳도 있어 도무지 속도는커녕 걸어가기보다도 더한 시간이 걸린다. 더군다나 전방에 대한 수색을 마치고서야 대대가 진출하였으므로 엎친 데 덮친 격으로 어려움은 갈수록 태산이 되어간다. 빠지고 헤어나고를 수차 반복한 끝에 차량도 사람도 모두 탈진하여 완전동에 도착하였을 때는 날은 밝아 아침을 알리는 시간이다. 다행인 건 여기에서 때마침 하동으로부터 철수 중인 정래혁 중령의 일행을 만났다. 정래혁 중령 일행을 만난 후에야 비로소 전날 밤에 하동이 어이없게도 적의 수중에 넘어갔다는 사실을 알게 된다. 이에 채병덕 소장은 미 제29연대 제3대대와 함께 다시 잃어버린 하동을 찾아야 한다는 결심을 하고 하동으로 함께 진격하기로 결심을 굳힌다. 그러나 여기에도 문제가 없는 것은 아니다. 전쟁에서는 늘 생각지도 않은 문제가 적군처럼 매복되어 있는 것이다. 문제는 만일에 적이 남해안의 가도로 침공할 때에는 동 대대의 연락로가 차단될 것은 너무나 당연한 일이다. 그렇게 되면 하동으로의 진출 계획이 수포로 돌아갈 것으로 판단, 제2의 방법을 모색해야 한다는 생각을 하고 있다. 바로 그때 다름 아닌 민부대 예하의 제30연대가 오고 있었다. 가뭄에 단비 같은 그들을 만나자 즉각 연대장을 불러들이어 출격을 명령한다. 동 연대는 미 제29연대 제3대대와 함께 출동 명령을 받는다. 출동 명령을 받고 곧바로 진주를 출발하여 곤양으로 달려간다. 이로부터 미군과 함께 남해안의 가도를 따라 곤양 서쪽 7km 떨어진 진교를 거쳐 섬진강의 강구인 섬방까지 달그림자를 밟으며 사력을 다하여 행진한다. 앞뒤 볼 겨를도 없이 달려온 덕분에 다행히도 이날 밤안에 도착한다. 숨을 내쉬는지 들이쉬는지 분간을 할 수 없는 밤, 달빛마저도 산산이 부서져 슬펐다. 미 대대장 중령 헤럴드 W가 이끄는 제33 대대는 시계가 9시 49분을 손가락질하며 막 통과하는 순간 횡천리의 야영지를 뒤로하고 하동으로 움직이기 시작한다. 물줄기가 푸른 냄새로 진동하는 야영지건만 푸른 냄새를 맡을 여유는 강물에 그대로 흘려보낸다. L 중대가 앞서서 발걸음을 옮기고 대대본부 중대가 그 뒤통수를 향해 따른다. M 중대가 다음으로 나란히 정렬해 뒤따라가고 N 중대가 마지막으로 뒤에서 앞서간 빼곡한 발자국을 따라간다. 날씨는 푹푹 여름을 찜통에 넣고 삶는다. 불어오는 바람은 앞 사람의 땀 냄새를 실어와 뒷사람의 얼굴에 마구 부려놓는다. 코를 들 수 없는 땀 냄새를 들이마시며 열을 맞추어 행군한다. 전위인 L 중대에 M 중대에서 한 개 소대를 증원하는 바람에 선도의 임무가 맡겨진다. 한 치 앞을 예측할 수 없는 것이 전투다. 대대의 눈알들은 주위를 살피며 혹시 매복해 있을지 모를 적을 살핀다. 적군이 보이지는 않지만 적군 대신 더위가 떼로 몰려와 질식할 지경이 된다. 그렇지만 더위조차 느슨해지면 죽음이 눈앞에 달려오는 전쟁터다. 대대는 행군을 하며 적들을 전멸시킬 각오를 단단하게 결심한다. 더위와 땀을 뭉쳐 결심을 다진다. L 중대가 쇠고개(우치)에 이르렀을 때 제일 앞장에 나섰던 중대장 사라 대위의 직관과 투시력이 과시되기 시작한다. 사라 대위의 눈에 북한군 10여 명이 앞쪽 능선에서 움직이고 있는 것이 들어온다. 이에 바로 소대장에게 적을 향해 사격할 것을 명령한다. 채병덕 소장과 동행중인 대대장 모트 중령은 중대장 사라 대위의 전황 보고가 날아들자 보고를 받은 모트 중령은 바람을 잡아타고 쇠고개로 달려간다. 번뜩이는 눈으로 쇠고개의 지형과 적의 동태를 살펴 상황 파악을 마친다. 오차 없는 파악을 마친다. 전쟁에서 오판은 바로 적의 먹이가 되는 것. 꼼꼼한 관찰을 마치고 행동강령 판단을 한 다음 L 중대장에게 지시한다. *10시 45분에 항공 지원이 있다. 이때 고갯마루의 양쪽을 계속 견지하여 하동으로 공격하라.* 명령을 내린 후 대대장 모트 중령은 행동개시로 들어간다. 앞장서서 걷는 모트 중령의 뒤를 따라 대대 참모들이 쇠고개를 향해 앞뒤 돌아볼 겨를도 없이 급히 오른다. 앞서가는 그림자를 밟으며 채병덕 소장의 일행인 박현주 중령 김상국 대위 김영혁 중위도 뒤따라 걸음을 채찍질하며 날다시피 뛰어 올라간다. 그렇게 쇠고개 마루는 가만히 앉아서 지휘관과 참모들을 모두 한곳에 불러 모아 북한군에게 좋은 목표의 표적이 되어버린다. 시곗바늘이 한참을 달린 후 대대장 모트 중령은 1개 대대 규모의 적군이 2열 종대로 하동 쪽에서 S자형의 길을 따라 쇠고개로 접근하고 있음을 발견한다. K 중대를 산개시키고 이곳에 당도한 부대대장 레이블 소령에게 *저 적을 주시하라.* 긴급 지시를 내린다. 이때, 채병덕 소장도 날 서고 번뜩이는 눈으로 쌍안경을 통해 개미 떼처럼 움직이는 북한군을 목격하기에 이른다.

불 붙은 한반도

5

산은 인간들이 쏘아 올린 미친 짓을 소화하느라 위장병에 시달리는데도 산의 내장 속에서 혈투를 벌이고 있는 인간들. 포탄 소리와 인간의 피비린내를 산의 내장 속에 모두 쏟아놓고 인간은 어디로 가려 하는가? 봄이 빠져나간 자리는 열매라는 선물이 조롱조롱 열어 여름 문을 열어젖혀야 하거늘 봄을 가두어 놓고 싸우는 인간들에 기가 막혀 하늘은 눈물을 하염없이 쏟고 있었다. 쏟아지는 눈물에 이편저편을 분간할 수 없다. 그 와중에 적들은 약탈한 아군 복장으로 혼착 하고 아군으로 속임수를 썼기 때문에 모두 속았다. 그걸 감지한 아군은 갑자기 역기습을 했다. 적은 미처 예상치 못한 우리 군을 향해 발광적으로 응사하기 시작한다. *따! 따! 따! 따! 따! 따! 따!* 여름 햇살처럼 쏟아져 내리던 총알은 기어이 채병덕 소장의 심장에 꽂히고 만다. 미처 피신할 겨를도 없이 총알은 날아들어 채병덕 소장의 목숨을 체포해 간다. 채병덕 소장은 그 자리에서 심장이 돌처럼 굳어간다. 눈도 감지 못하고 피범벅으로 심장을 빠져나온 혼은 다시는 자신의 육체를 찾지 못하고 만다. 옆에 있던 대대장 모트 중령 부대대장 레이블 소령 군사들도 중상을 입는다. 채병덕의 죽음 앞에서 두려움이 수의처럼 병사들을 싸안는다. 채병덕의 눈물 한 방울을 고이 싸서 바람에 실려 고향 앞으로 보낸다. 채병덕 소장의 머리에서 흐르는 피는 입으로 짧은 유언 한 장을 쓰면서 서서히 굳어가고 있다. *조국의 아들로 태어나 조국을 지키기 위해 싸우다 갑니다. 저의 안부를 부칩니다. 부디 안녕히. 꼭 나 대신 조국을 구해 주길…*. 나머지 말을 몸속에서 꺼내지 못하고 영원히 다시 못 올 강을 건너고 말았다. 채병덕 소장은 전쟁이 끝난 시간을 보지 못하고 사랑하는 부모의 얼굴과 어린 딸이 태어나 아장아장 걸어 다니는 모습 한 번도 못 보고 아주 먼 먼 곳으로 떠났다. 아빠가 보고 싶어 아빠를 부르는 소리가 바람에 실려 와 병사들의 눈으로 날아들었다. 병사들은 *우리 반드시 이 전쟁에서 승리해 나라를 구하고 채병덕이란 명찰을 달고 소장님의 딸을 찾아가 아빠가 되어줄 테니 부디 울지 말고 뒤돌아보지 말고 걱정 말고 편히 가소서!* 빗소리에 울음을 섞으며 울었다. 병사들의 울음에 산천이 떠내려갈 것 같았다. 하늘도 애석해 펑펑 울었다. 한편 K 중대는 181고지를 탈취하기 위하여 저지대에 깔린 칠흑 같은 안개를 밀고 고지대 푸른 안개를 향해 방향을 돌린다.

49고지로부터 산개하여 대쪽처럼 내리쬐는 햇살을 등에 지고 거침없이 적진을 향하여 약진 또 약진하여 동 고지에 이르렀을 때는 하루의 3분의 2를 해가 삼킨 뒤였다. 쇠고개(우치)에서 격전을 치른 L 중대의 모리시 소대가 적의 우측으로 방향을 틀어 충격을 가한다. 목표의 탈취는 쉬운 듯했으나 북한군은 산그늘이 길어질수록 병력과 화력이 급물살을 타고 증강하여 중대의 진출은 7부 능선에서 못 박힌 채 움직이지 않고 손발을 묶고 기다리고 있다. 대대장마저 행방불명이 되자 막막함을 느낀다. 그 와중에 부 대장마저 진주로 후송된다. 플린(Flynn) 대위는 이를 물고 강한 결심을 더욱 굳힌다. 이 낯선 땅의 아찔한 위기를 자신이 직접 타개하기로 다짐하고 계동으로 달려간다. 계동의 중화기 중대로 하여금 K 중대의 공격을 사격 지원토록 조처한다. I 중대를 찾아 L 및 K 중대의 틈으로 투입한다. 그렇게 양 중대는 중화기 중대의 화력지원 밑에 공격을 재개하고 적들과의 전쟁을 끝내기 위해 전략을 짜내며 이리저리 사방으로 뛰어다닌다. 그러나 북한군이 이미 치밀한 작전으로 진지를 굳힌 뒤였다. 얼마 후 神마저 미쳐서 북한군 편의 손을 들어주고 있음을 발견한다. 그들의 화망에 걸려 고립된 상태가 된 것이다. 적진에 돌진 한 번도 못 해보고 고립에 에워싸여 투망에 걸린 물고기 신세가 된다. 우왕좌왕 허연 배를 뒤집으며 팔딱인다. 마침내는 양 중대장이 행방불명된다. 중대장의 행방불명과 고립은 많은 사상자를 남긴 채 대오가 흩어져 계동 쪽으로 밀려난다. 미 제29연대 제3대대는 적의 압축으로 쇠고개로부터 무질서하게 이탈하게 되자 1개 대대 규모의 적군은 때를 놓치지 않고 약삭빠르게 기회를 잡는다. 적군은 마구 추격하여 계동으로 밀려들기 시작한다. L 중대장 사라 대위는 계동에 이르러 중대를 수습하기 시작한다. 그는 동 중대만이 그곳에 남아 있는 것으로 착각하고 차량으로 동지를 출발하여 진주로 향한다. 한편, 플린(Flynn) 대위는 L 중대의 모리시 소대를 이끌고 계동에 이르자 그곳에는 중대장을 잃은 I 및 K 중대 병력 80명의 고아가 모여 있다. 플린(Flynn) 대위는 이들과 함께 잠시 새참으로 휴식을 취한다. 그러나 이때 수를 헤아릴 수 없는 북한군으로부터 요동치고 있는 거센 역풍의 기습을 받는다. 힘의 대결을 뒤로하고 아쉬움으로 일단은 모두 분산시킨 후 사병 10여 명을 데리고 진주에 도착한 것은 7월 28일 아침이다. 또한, I 중대의 어플리게이트(App legate) 상사는 *잠시 길을 비켜주는 것이지 길을 빼앗긴 것은 아니다.*며 사기와 용기를 불어넣어 무장시킨 99명의 병사를 데리고 어두운 횡천강에 의지하며 남쪽으로 내려간다. 노량진(하동 남쪽 18km)에서 긴장을 가득 실은 어선은 여수로 향한다. 어디서 적군의 총알이 심장에 꽂힐지 모르는 긴장감이 팽배해진 속에서 한국 해군의 초계정에 구출되어서야 겨우 한숨을 놓는다. 이들은 부산으로 수송된다. 이날 아침에 제19연대 G 중대장은 연대장 무어 대령으로부터 *진주-하동 사이에 준동할지도 모를 공비들을 소탕하며 후방지역 경계에 철저히 임하*

*라.*는 명령이 하달된다. 중대원 78명의 병사를 출동시키기 위해 차량에 몸무게를 나누어 모두 태운 후 매복해 있는 공비들을 소탕하기 위해 하동으로 향한다. 옥정리(완전 서쪽 4km)에 이르러 겨울 칼바람에 상처를 입고 삼삼오오 흩어져 봄을 찾아 내려오는 L 중대의 잔재병력 50여 명과 만난다. 제19연대장 무어 대령은 이날 오전까지도 하동진격이 순조롭게 진행되고 있는 줄 알고 있었다. 아니 어쩌면 그렇게 믿고 싶었는지도 모른다. 오후에 후송된 제29연대 제3대대 부 대대장 레이블 소령이 첫 보고를 하였을 때도 상황을 낙관하고 있었다. 보고란 늘 자신의 잣대로 코앞의 현실까지만 하는 것. 1분 후에 닥쳐올 태풍 전야의 고요함만 보는 것이 인간의 한계다. 1분 후에 닥쳐올 태풍은 조금도 예상하지 못한다는 것을 모른 것이다. 그렇더라도 전시에서 부하의 말을 믿을 도리밖에 없으니 어쩌겠는가? 낙관으로만 본 자신의 눈이 정확하지 않았음을 이제야 깨닫는다. 깨달음이란 늘 일이 지나간 뒤에야 오는 법. 이미 때늦은 일이 되어 뒤에 속속 도착하는 탈출한 장병의 패배의 자초지종을 전해 듣게 된다. 비로소 전황의 전모를 알게 된다. 그는 대경실색(大驚失色)하고 사단장 처치 소장에게 하동전투의 경과를 보고하고 그의 승인 밑에 일단 동 전투는 매듭짓기로 한다. 1950년 7월 29일 워커 장군은 상주에 25사단 사령부에 나타나 이렇게 연설한다. *이틀 전에 맥아더 장군이 여기에 왔었다. 그는 우리가 처한 상황을 잘 알고 있었다. 그는 우리의 요구를 알고 있으*

며 적이 어디를 죽어라 하고 진을 치고 있는가를 알고 있다. 맥아더 장군은 증원군을 보내기 위해서 온갖 수단을 연구하고 있다. 해병부대와 2개의 연대가 우리를 위해서 수일 내에 도착할 것으로 기대된다. 추가적인 부대도 가능한 빨리 보내어질 것이다. 우리는 시간을 벌기 위해 싸우고 있다. 더 이상 철수이건 후퇴이건 전선의 조정이건 또 귀관들이 택한 어떠한 용어도 없다. 우리 뒤에 우리가 물러설 어떠한 선도 없다. 모든 부대는 역습을 반드시 시행하여 적의 허를 찔러 적을 혼란에 빠지게 해야 한다. 아무리 포위되었다고 해도 우리는 물러설 수 없다. 부산으로의 철수는 역사상 가장 참혹한 살육을 의미한다. 우리는 끝까지 싸워야 한다. 적들에게 포로가 되는 것은 죽느니만 못하다. 우리는 하나의 팀으로 싸워야 한다. 우리 중에 누군가 죽어야 한다면 우리는 같이 싸우다 같이 죽어야 한다. 진지를 포기하는 사람은 수천의 동료를 죽게 했다는 것에 대한 인간적인 책임을 져야 할는지 모른다. 나는 이 점을 사단의 전 장병에게 알리기를 바란다. 여러분 모두가 우리가 이 선을 목숨 걸고 지켜야 한다는 것을 명심하기 바란다. 우리는 반드시 이길 것이다. 워커 장군은 이와 같은 훈령을 다른 사단에도 전달한다. 한국전쟁에서 최초의 방어선이자 최후의 방어선인 낙동강 방어선으로의 철수를 염두에 두고 있었다. 북한군은 이미 진격에 진격을 거듭해 호남을 돌아 진주~마산을 지나 부산으로 돌진하고 있었다. 이 상황에서 전선의 축소 조정이 없이는 방어선

을 제대로 유지할 수 없는 일이다. 고수냐 아니면 죽음이냐로 나타난 워커 장군의 고수 의지는 여러 가지 반향을 불러일으켰으나 더 이상 물러설 곳이 없다는 엄연한 사실은 널리 알려지게 된다. 1950년 7월 31일 김천 북방 15km 지점인 옥산동에 27연대와 1대대와 두물머리처럼 합류하여 새로운 진지를 점령하기로 작전을 세우고 죽을힘을 다해 싸운다. 죽음을 각오한 치열한 싸움 끝에 상주에서 김천에 이르는 도로와 서산을 잇는 분기점을 천신만고 끝에 확보했다. 군사들은 찜통더위에 지쳐서 시드는 풀잎이 되고 있다. 그러나 북한군은 계속해서 지치는 기색도 없이 남진을 해오고 앞은 돌개바람만 휘몰아칠 뿐 아무것도 보이지 않는다. 한편 상주 서쪽으로 괴산에 이르는 도로를 맡은 24연대 2대대 역시 지치고 힘들기는 마찬가지다. 박성철 소장이 지휘하는 화령장(상주 서쪽 20km 부근)에서 북한군 15사단에 막강한 타격을 가했다. 이로 인해 우리 군은 다시 사기가 팽배해졌다. 사기가 시퍼렇게 퍼덕이는 우리 국군은 17연대의 진지를 인수하려 하지만 대대의 선두에 섰던 E 중대가 불시에 적의 사격을 받아 흩어지자 본대 역시 분산되고 만다. 이에 놀란 24연대장 허튼 V.화이트 대령이 직접 현장 평온리(상주 서쪽 24km 지점)에 나가 놀란 가슴을 쓸어내리며 남은 병력을 수습한다. 7월 31일 전후하여 진주 전투에서의 공방전을 마치고 삼삼오오 집결하던 한국군의 각 부대의 실태는 아주 부실하기 짝이 없다. 자꾸 밀리기만 하는 상황에 군사들의 사기도 땅바닥에 주저앉아 몸과 마음이 모두 파김치가 되어 있었다. 거기다 날씨조차 덥고 식량도 넉넉지 않아 탈진할 지경이다. 모자라는 식량 조달이 가장 시급한 과제다. 전투 및 현지에서 배고픔은 사기를 꺾어 승패에 직결되는 일이기 때문이다. 그렇지만 현실에서는 사실상 편법으로 조달보급 할 수밖에 없었던 부족한 식량 그리고 병력의 20%에도 미달한 소총뿐인 열악한 장비 등으로 다른 자구책을 구하지 않고는 사실상 불가능한 상태였다. 장병들이 적과 마주해 싸울 수 있는 사기는 땅바닥에 떨어진 상태라 갈수록 먹구름만 끼고 있었다. 환경과 무기를 평가하기에는 너무도 처참하게도 전쟁에서는 승자와 패자만 있을 뿐 아무것도 패자 앞에서는 이유가 될 수 없다. 잠시도 유여할 수 없었던 육군본부에서는 조속히 이들 분산된 각 부대를 단일 지휘관 밑에 통합하여 활기를 되찾도록 내린 처방이란 적의 바람이 거셀수록 더욱더 거세게 대처하라는 엄명이었다. 비극 상실 기담 그 어떤 단어를 가져와도 이 상황을 설명하기에는 역부족이었다. 1950년 8월 1일 삼랑진으로 이동하라는 엄명이 비호처럼 날아든다. 제8군으로부터 오후에 날아든 명령을 받들어 제25사단은 이날 칠흑같이 어둠을 밟으며 가는 길은 한여름인데도 비거스렁이에 옷을 여미게 한다. 이용할 수 있는 수송수단을 모두 동원하여 삼랑진으로 가기 위해 준비를 한다. 전쟁이란 수시로 작전 계획이 바뀐다지만 한 시간 후를 알 수 없이 촉박 전을 벌이는 상황이라 잠시도 긴장의 끈을 놓을 수 없다. 삼랑진으로 힘겹게 행군을 하는 도중 또다시 마산으로 목적지가 변경된다. 사단은 발걸음을 채찍질해서 삼랑진을 거쳐 곧바로 마산으로 집결한다. 사단사령부의 선발대는 8월 2일 9시가 넘어서 출발한다. 뒤따라 출발한 사단 주력은 지칠 대로 지쳐 기진맥진 탈진 상태가 되어 걸음을 걷지 못하는 다리를 억지로 이끌고 3일 오후가 되어서야 마산에 도착한다. 포항에 진을 치고 있던 적군을 두 사단의 합동으로 통쾌하게 물리치는 전과를 올린다. 적군은 주요 공격대상으로서 대구 지구만 염두에 두고 있다가 당한 것이다. 우리 군은 낙동강 도하작전을 위해 4개 사단 병력이 모여 인해전술 작전을 펼치면서 전진을 거듭한다. 유엔군은 이번 기회를 반전의 호기로 삼고 호흡을 조절한다. 임시 수도인 부산과 대구로 통하는 교두보를 마련하기 위해 대구 공격에 투입된 5개 사단 중 제1사단 제13사단 제15사단 제105 전차사단을 집중시키기에 이른다. 전쟁은 정보로 승패가 판가름 난다고 해도 과언이 아닌데 북한은 어느새 정보를 캐냈는지 대구 축선에 공격을 총 집중시킨다. 이에 우리 국군은 왜관에서 낙성리까지 국군 제1사단 낙성리에서 의성까지 제6사단 현풍에서 왜관까지 미 제1기병사단 등 3개 사단을 적재적소에 배치하며 맞불 작전을 편다. 제1사단은 8월 2일 미군 제25사단으로부터 책임 구역을 이어받으라는 명령을 받고 낙동강 연안에서 치열한 전투를 벌인다. 9일 동안 혈전을 벌인 전투에서 우리 군은 북한 공산군 6천 9백 90여 명을 사살하고 각종 포 50문과 탱크 20여

대를 파괴한다. B29 폭격기 99대를 출동시켜 왜관에 집합하고 있는 적군에게 수천 개 폭탄을 유리 비처럼 마구 퍼붓는다. 그런데도 적군은 아랑곳없이 죽기 아니면 까무러치기로 대구 근처까지 쳐들어온다. 대한민국 정부는 부산으로 물러나고 대구시민에게 피란을 독려하기에 이른다. 다행스러운 건 이 중차대한 시기에 국군 1사단과 영국과 미국군의 공격으로 대구 북쪽과 낙동강 이남 지역이 아군 품으로 들어왔다는 소식에 우리 군은 잠시나마 정신적으로 사기가 오르는 계기가 된다. 1950년 8월 11일 왜관 북방 303고지-다부동-군위-보현산으로 부대를 편성해 이동한다. 어떤 수단과 방법을 다 동원해서라도 북한군을 저지하지 않으면 안 된다는 비장한 각오로 제1사단은 강변 전투를 종결하고 8월 12일 야간을 틈타 다부동 전선으로 이동한다. 북한군을 저지하라는 명령이 아니더라도 이제 더 이상 물러서서는 이 나라를 온전히 보전할 수 없다는 각오를 다진 우리 군의 용감한 정신무장은 그 어떤 무기보다도 훌륭했다. 상황은 극도로 치열해지고 날씨마저 살인적인 더위로 양군 모두 탈진 상태에 이를 만도 하지만 조금도 방심을 해선 안 된다고 칼처럼 정신의 날을 세웠다. 그리고 고도를 낮추었다 높였다 조절하며 끝까지 몰락을 방지해야 하는 것이 전쟁이라고 다짐을 했다. 지평선이 끝없는 낭떠러지가 될 수도 있고 절벽이 상대적으로 기회가 되기도 한다. 1950년 8월 13일 상주 전투는 미 제25사단이 상주를 중심으로 중부지역의 국군을 지원한다. 경부국도상의 미 제24사단을 지원키로 결정 난 것은 미 제1기갑사단이다. 낙동강 선을 기저로 한 상주와 영동 김천의 축선에서 제8군의 계획에 따라 이들 양 사단이 함께 죽고 죽이는 전투를 벌인다. 미 24사단과 예하에 24·27·35연대를 가지고 미 25사단이 같은 전선에 투입된다. 이들이 부산에 상륙한 건 7월 12일이다. 유엔군은 한국에서 7월 13일부터 예리한 판단과 감각을 세워 작전을 지휘하게 된다. 작전을 지휘하는 건 8군 사령부다. 사령부는 *25사단 1개 대대는 포항 비행장을 경비하라. 나머지 병력은 중부 전선에서 적의 전진을 막고 있던 한국군을 지원하는 임무를 부여한다*는 지시가 떨어진다. 제25사단 윌리엄 비, 킨(William B. Kean) 소장은 27연대를 끌고 안동을 향해 발걸음을 재촉한다. 너덜샘 천의봉 황지를 모두 막아야 한다. 후퇴길마저 막아내야 하는 것이 전쟁이다.라는 각오로 출발한다. 24연대에는 국군 6·8사단을 지원하는 임무가 주어진다. 영천은 사단장 지휘소를 상주에 두고 죽음의 포위망도 뚫어내야 하는 심정으로 독자적인 방어 임무를 수행하게 한다. 당시 제25사단을 지휘하고 있던 킨 소장은 53세의 노장이다. 1939년 육군 인사참모부에서 오마르 브래들리(Omar Bradley) 장군과 근무할 기회가 주어진다. 제2차 세계대전 당시 브래들리 장군은 자신이 지휘하는 부대의 참모장으로 킨 준장을 계속 보직하였다. 킨 장군은 1군사령부의 참모장이 된다. 브래들리 장군이 12 집단군 사령관이 된 후에도 1군 참모장으로 남게 되었기에 그는 부대원들의 마음을 차질 없이 이끌어갈 수 있었다. 1군이 태평양지역 작전에 참전하게 됨에 따라 킨 장군은 태평양지역과 인연을 맺게 된다. 1948년 9월 당시 참모총장까지 오른 브래들리 장군은 생사를 넘나드는 가시밭길을 걸어온 대가라는 말을 얹어 킨 준장을 25사단장에 임명해 별을 하나 더 달아준다. 그렇게 25사단은 노장인 사단장을 맞이하게 된 것이다. 사단의 전력은 그렇게 강한 편이 되지 못했다. 7월 10일 부산에 도착한 미하엘리스 대령의 27연대는 비교적 건장한 지휘관들과 능력 있는 병사들이 많았다. 특히 연대장은 2차 대전 후 동양인들이 싸우는 전술에 대해서 많은 연구를 한 사람이다. 그는 연대장으로서 능력이 특출한 사람으로 사단의 중추적 지휘관이다. 킨 사단장과 7월 8일 한국전선에 먼저 와서 여러 가지 상황을 점검하며 꼼꼼하게 현지 정찰을 하기도 하며 치밀한 작전을 세운다. 킨 소장은 천만 개의 눈동자도 두려워하지 않는다. 반드시 이길 수 있다는 자신감을 두 눈에 안약처럼 넣어두고 두 눈으로도 천만 개의 눈을 뺄 수 있다는 각오를 다졌다. ***귀관들은 이곳에 죽으러 온 것이 아니고 죽이러 왔다는 사실을 명심하라.*** 감또개 같은 호령을 한다. 칼날보다 단호한 명령을 내릴 정도로 열정과 패기가 넘친다. 그렇지만 24연대는 전투력에서 만족할 만한 좋은 성과를 올리지 못한다. 흑인 병사와 백인 장교들로 구성되어 있어 일단 비위생적인 환경 험준한 산악지형 맹렬한 장마에 적응하려는 마음이 없는 것이 그중에 가장 큰 원인이다. 냄새나고 짜증 나고 힘든 환경을 경멸하기에 이른다. 전투에서 싫고 좋음을 따지고 환경의 좋고 나쁨에 관심을 가진다는 것은 어쩌면 이미 절반은 승리의 기세가 꺾인 거라 해도 과언이 아닐 것이다. 이들을 지휘하는 지휘관들 역시 부연대장 폴 F. 로버츠(Paul F. Roberts) 중령을 제외하고는 한국전쟁에 참여하고 있는 것 자체를 싫어한다고 했다. 35연대장 헨리 G. 피셔(Henry G. Fisher) 대령은 전문 직업군인으로서 다른 지휘관과 전혀 손색이 없었다. 전체적으로 25사단의 전력은 강하거나 패기 넘치는 경쟁을 할 병력이 못 된다. 그런데도 그들이 수행해야 할 역할은 결코 가벼운 것이 아니었다. 전쟁에서 투정이 많다는 건 이미 내부에 적에게 자신의 목숨을 내놓는 것. 자신을 믿고 용기가 팽창해 사기가 펄펄 끓어도 목숨이 위험한 상황에 불만을 토로한다는 건 어쩌면 이미 전쟁에서 싸울 의사가 없는 것과 다름이 없다. 사실 월턴 워커 8군 사령관은 먼저 한국전선에 도착한 25사단의 전투력을 그렇게 높이 평가하지 않았다. 그런 이유로 이보다 늦게 포항에 상륙한 기병사단에 경부 본도를 맡겼다. 그 이유로 7월 22일이 되어서야 25사단 예하 각 연대가 본격적으로 전선에 투입된 것이다. 포항 비행장 경비로 1개 대대를 남겨두고 국군 6사단의 지원을 2대대가 합창으로 추진한다. 2대대는 영광 남안에 주력 배치한다. 강 북안으로는 1개 중대(F 중대)를 뽑아 6사단 진지에 투입한다. 치밀한 작전에도 불구하고 이 중대는 북한군의 포위망에 걸려들고 말았다. 막대한 군사를 잃어버리고 사기가 꺾이고 의욕마저 빼앗기고 손실만 짊어진 채 강 남안으로 철수한다. 에티오피아도 참전한다. 에티오피아는 하일레 셀라시에 1세 황제의 주도하에 황제의 친위대를 포함하여 6천 37명을 대한민국을 위해 파견 온다. 이 중 1백 23명이 전사하고 5백 36명이 부상한다. 황제는 한국에서 전쟁이 일어났다는 뉴스가 전해지자 1950년 8월부터 파병 준비에 들어가기 시작한다. 당시 소련을 중심으로 각국에 사회주의자들이 사회주의 국가를 세우기 위해 기존 정부를 대상으로 직접적 간접적 행동을 취하고 있었고 에티오피아도 예외는 아니다. 따라서 에티오피아는 공산주의에 대항하는 전쟁에 참여하여 미국과 서유럽 일본을 중심축으로 하는 진영에 참여하고 싶어 했다. 하일레 셀라시에 황제에게 출국 신고를 마친 칵뉴 부대는 마침내 다음날 오전 9시 아디스아바바역에서 홍해의 지부티 항구를 향해 출발한다. 칵뉴 부대는 혼란으로부터 질서를 회복한다는 뜻을 가졌다고 했다. 그 뜻대로 혼란으로부터 질서를 회복하기를 기도해본다. 수많은 시민과 정부 고관들이 나와 부대원들을 환송하는 속에서 에티오피아 참전용사들은 1951년 4월 13일 아디스아바바 궁정에서 출국 신고식을 한 뒤 한국으로 발걸음을 옮겼다. 지부티 항구에는 미군 수송선 제너럴 매크리아 호가 대기하고 있다. 4월 16일 밤 칵뉴 부대원이 모두 승선하자 미군의 수송선은 닻을 올리고 서서히 넓은 바다를 항해하기 시작한다. 한국의 혼란을 질서로 만들기 위하여. 아직도 적들의 공격이 조금도 수그러들지 않고 한창인 대구에 8월 16일 11시 58분~12시 24분 유엔(UN)군 사령관 명령으로 출격한 B-29 폭격기 98대가 왜관 서북쪽 낙동강 변 일대 지역에 960t의 폭탄을 투하한다. 융단폭격에도 불구하고 가산으로 침투하려는 북한군. 그들은 741고지에서 다부동 바로 서쪽 466고지를 미친 듯이 마구잡이로 공격해 온다. 국군 제1사단은 돌파되느냐 고수하느냐의 갈림길에 서 있다. 이대로 계속 불길처럼 번져오는 저들을 막기에는 역부족이다. 산도 강도 용틀임 칠 기발한 대책 그 기발한 대책을 세워주기만 작전 지휘관에게 바랄 뿐이다. 1950년 8월 17일 곰곰곰, ㅁ을 빼고 그 자리에 ㅇ을 넣어 공공공, 잘 굴러가도록 생각을 굴리며 강구책을 써 보지만 사단 병력만으로는 도저히 방어선을 유지할 수 없었다. 둥글게 잘 굴려서 나온 판단이 여기까지 닿자 제8군은 군 예비인 미 제25사단 제27연대를 다부동으로 대거 투입하기로 작전 계획을 세운다. 정확한 판단과 치밀한 계획만이 상대를 이길 수 있는 무기가 됨을 알기에 늘 치밀한 판단과 계획으로 군 수뇌부들은 머리를 쥐어짜며 부하들에게 작전 명령을 내린다. 아사달, 그 엄중한 첫 새벽이 열리던 그 선조의 지혜가 되기를 간절히 빌면서. 치욕과 고난에 떨며 일제도 몽골 적도 왜적도 함께 막아내며 면면히 지켜온 이 강산에서 제발제발 형제에게서 총부리를 거두고 평화를 사무치게 외쳐본다. 1950년 8월 18일 해가 아직 뜨기도 전에 어둠을 헤치며 북한군은 가산에서 침투해 박격포탄을 사격한다. 박격포탄이 대구역에 떨어지자 대구의 위기는 더욱 고조되고 정신을 잃은 백성들의 행동은 모두 아수라장이 되어가고 있다. 정부는 대구에서 부산으로 이동하라고 피란 명령을 내린다. 대구는 암흑처럼 캄캄한 혼란에 휩싸인다. 거리는 불안과 아우성이 연기처럼 깔리고 도시는 엄청난 충격과 놀라움이 강물로 출렁인다. 조병옥 내무부 장관은 경찰과 함께 직접 길거리에 나서서 피란 명령을 취소하고 민심을 수습함으로써 가까스로 질서가 조금씩 회복되지만, 아직도 의심을 완전히 풀지 못한 시민들은 마치 유령의 도시를 방불케 우왕좌왕 안정을 찾지 못하고 불안에 떤다. 1950년 8월 19일 급한 위기를 타개하고 계획된 방어선을 회복하기 위하여 국군 제1사단은 지원된 미 제27연대와 협동으로 적진돌파 작전을 전개하기 시작한다. 미 제27연대는 다부동-돌머리 축선에서 전차 중대를 도로에 배치하는 것을 시작으로 보병 2개 대대를 그 좌우 낮은 능선에 모두 풀어서 전개한다. 자작나무 그림자가 하얗게 웃는다. 보·전 협동으로 공격을 주도하기 위한 전략 중인데 웬 자작나무가 저리 또 어느 각선미 잘 빠진 다리를 하고 쳐다보며 유혹을 던질까? 하필 이 중차대한 목숨이 경각에 달린 이때, *제기랄!* 대장은 혹시라도 미색에 빠져 군사들이 한눈을 팔까 봐 가슴을 졸인다. 자작나무는 걱정하지 말라며 온몸을 흔들어 대장을 안심시킨다. 대장은 안심하고 좌우 고지에서는 제1사단이 미군 부대와 협조된 공격을 하도록 한다. 국군 제1사단 정면의 적도 전차를 새로이 보충받아 보·전 협동으로 전면적인 야간공격을 개시한다. 이에 피아간에 치열한 전투는 한 치의 양보도 없이 햇살이 빛을 다 파괴하듯이 이어진다. 제27연대는 천평 전방에서 3.5 로켓포로 적의 전차 2대를 파괴한다. 그러나 적의 공격은 그 정도는 한강에 돌 던지기로밖에 취급하지 않는다. 공격은 조금도 쉽 없이 계속되었다. 숨 막히는 전적을 펴지만, 도로상의 지뢰로 인해 큰 진전을 이루지는 못하고 만다. 제15연대는 3백 28고지에서 적과 수차례의 수류탄 공방전을 전개하면서 쟁탈전을 거듭한다. 그렇지만 어느 쪽의 승리도 어느 쪽의 패배도 모두 승패가 갈리는 쟁탈전일 뿐이다. 제12연대 역시 죽음과 삶의 갈림길에서 치열하게 싸워 쌍방 간에 큰 손실을 낸다. 눈에 핏발이 서도록 싸웠지만, 기어이 수암산을 재차 수탈당하고 유학산 일대에서 다시 밀고 밀리는 피 터지는 공방전을 벌였으나 대체로 적의 돌파확대를 저지하고 있을 뿐이다. 이날 제8군 명령에 따라 미 제2사단 제23연대를 후방인 두전동에 배치하여 방어 종심을 증가하기에 이른다. 육군본부에서도 제8사단 제10연대를 제1사단에 배속시켜 가산 일대에 행과 연을 잘 조율하여 배치하기에 이른다. 다부동의 전황은 비탈길을 마구 굴러 내리는 수박처럼 갈수록 다급하게 치닫고 있다. 그 어떤 전투보다 치열했지만, 승산을 볼 수 없는 매우 급함에 위급함을 느껴 결국 국군 1개 연대와 미군 2개 연대가 지원된다. 숨 막히게 달이 밝은 밤이다. 호흡을 환기하자 이 피 터지는 전쟁 중에 존재의 외로움이 울컥, 솟아난다. 니에미 환장할! 1950

년 8월 20일 아무리 많은 사상자가 나든 아무리 더 많은 시체가 온 천지를 덮어도 시간은 변함없이 예의도 체면도 없이 앞으로 적군도 아군도 모두 목숨의 멱살을 잡고 끌고 가고 있다. 그렇다고 누구도 반항하며 싫다고 안 따라가겠다며 항의하는 사람도 없다. 시간이 끌고 가는 곳을 모두 다 알고 있다. 무덤으로 저항도 없이 따라가는 인간들. 아군도 적군도 거절하지 못하고 시간의 손에 멱살을 잡혀 끌려가고 있다. 왜 시간과는 싸울 엄두도 안 내고 눈앞에서 형제끼리 총부리를 겨누고 서로의 목숨을 앗아가는지 바람이 치맛자락을 펄럭이며 팔랑팔랑 지나가며 눈을 흘긴다. 어둠도 지쳤는지 아군이나 적군이나 할 것 없이 모두 까맣게 뒤덮어버린다. 그때 북한 인민군 측에 중대한 변화가 일어났다. 적은 더 이상 다부동 전선을 돌파할 수 없다고 판단한 것 같다. 유학산 일대에 전개한 제15사단을 의성방면으로 이동시킨 후 국군 제8사단 정면 영천방면으로 공격하도록 임무를 부여한다. 나무에 달라붙은 전쟁의 매연에 회색 눈물을 흘리는 지구. 바람은 죽은 사람들의 무덤을 열고 영혼을 모두 꺼내 썩어빠진 인간들을 향해 뿌린다. 썩은 육신의 영혼에서 포르말린 냄새가 진동한다. 핏물은 시간 위로 산화되고 전설처럼 고요한 영혼들. 비극 같은 드라마 하나를 쓰느라 수천만의 목숨을 강탈하는 神은 말한다. *인간이 살았던 시간은 아무도 맛본 적 없는 포도주 같은 것*이라고.

불 붙은 한반도

6

몇천 미터의 땅을 파고, 얼마나 많은 사람을 땅속에 묻어야만 아무도 맛본 적 없는 포도주 맛이 끝날까? 왜 하필이면 대한민국에서 포도의 동그란 눈에서 부글부글 발효되는 거품처럼 전쟁이 일어나고 있을까? 아무도 맛본 적 없는 포도주처럼 형제들의 가슴에 총칼을 들이대며 아수라장을 만드는 이 괴담 같은 연극을 하늘은 왜 만드는 것일까? 이 많은 일이 한 편의 영화였으면 얼마나 좋을까? 영화가 끝나면 자리를 털고 일어나 먹다 남은 팝콘을 먹으며 가족끼리 연인끼리 팔짱을 끼고 어깨동무를 하고 집으로 돌아가는 명화. 그렇지만 이건 피할 수 없는 현실이다. 악몽에서 깨듯 깨어나면 너무도 좋으련만 이건 엄혹한 현실이다. 제3사단 일부가 수암산 일대를 담당하고 제13사단이 유학산 우측면을 맡아 싸운다. 그 바람에 공격력이 크게 약화한다. 국군으로서는 당시 북한군 제

1사단의 위협이 가중되어 다부동의 위기가 고조되고 있을 때다. 그때 한 번의 행운이 찾아왔다. 덕분에 조금 안정을 찾은 우리 군으로서는 참으로 귀한 잠깐의 안정감을 맛보았다. 그렇지만 그 행운에 젖어 있을 때가 아님을 모두가 감지한다. 8월 21일 국군 제1사단의 전황은 조금씩 사기를 되찾으며 자신이 조금씩 몰려들었고 이날 낮이 이식한 밤 넝쿨을 이용해서 다부동 계곡에서 한국전쟁 최초로 전차전이 전개된다. 적은 전차와 자주포를 앞세워 조공을 제11연대가 주공을 미제 27연대가 정면으로 지향하여 대규모 야간역습을 감행한다. 절구통 같은 우묵한 밤을 교란하며 적을 추격했다. 미 제27연대는 가용 포를 총집중하여 적 전차와 보병을 분리하고 아군 전차를 추진하여 적을 추격하지만, 북한군 역시 만만하게 당하고만 있지 않았다. 다부동 계곡에서 쌍방 간에는 전차포에 의해 발사된 철갑탄이 5시간 동안이나 교차하면서 불꽃을 튀긴다. 당시 이 광경을 바라보던 제27연대 장병들은 불덩이의 철갑탄이 어둠을 뚫고 좁은 계곡의 도로를 따라 돌아오지 않는 메아리를 날리며 상대방 전차를 파괴하기 위해 곧장 날아가는 모양이 마치 볼링공이 맞은편에 세워진 목표로 핀을 향하여 재빠르게 미끄러져 가는 모양과 같다고 하여 볼링장(Bowling Alley) 전투라고 하였다. 주술적 공간과 심미적 공간을 심화시킨 듯한 불꽃놀이 같았다. 마치 전쟁 영화 한 편을 다 보고 극장을 나서는 것 같은 날. 1950년 8월 21일 조물주가 검은 가림막을 내린다. 눈을 감아서 어두운 것이 아니라 눈을 떠서 어두운 이 암울한 나날들. 그늘 깔리는 소리가 한창인 시간이다. 북한군 제13사단의 정봉욱 중좌가 제11연대 지역으로 작전지도를 가지고 귀순을 하는 기염을 토하는 일이 생긴다. 적의 전투 의지는 극도로 저하되었음을 알리고 우리 쪽의 용기를 불어넣어 주는 그의 진술에 따라 우리 군은 조그만 희망 불씨를 받아든다. 유엔 전폭기 편대가 대거 출격하여 122mm 곡사포 7문이 은폐된 적의 포진지와 집결지를 강타함으로써 북한 제13사단의 화력지원을 무력화시킨다. 제12연대는 그동안 8차례의 공격 끝에 이날 밤 최초로 야간기습을 시도하기 시작한다. 결과를 승리로 이끌어 유학산 탈환에 성공한다. 제1사단은 마침내 주 저항선을 안정시켜 작전의 주도권을 행사하게 되었으며 사기가 한 층 올라가는 계기가 된다. 이에 따라 미 제27연대는 증원 임무에서 해제된다. 증원 임무에서 해제된 미 제27연대는 마산의 모체부대로 복귀하라는 명령을 실행한다. 적의 전투력은 암벽에 균열이 가듯 현저히 약해지는 것이 눈에 보일 정도로 역력하다. 접촉도 거의 단절한다. 북한 인민군 제13사단은 유학산에서만 1천 5백여 명이 전사 되고 총 3천여 명의 목숨을 잃는 대참극을 맞는다. 이 많은 목숨의 혼들은 다 어디로 매장할 것인가? 젊은 침묵은 산골짜기마다 너부러져 눈물 없이는 볼 수 없는 풍경화를 그리고 있다. 하늘에 별도 글썽글썽 어두운 참상의 현장을 비추고 있다. 불경스러운 사이렌 소리는 멈추지 않고 달려오고 있다. 1950년 8

월 26일 제1사단은 육군본부의 명령에 따라 방어진지를 미군에 인계할 준비를 한다. 길이 아닌 길을 가자면 이렇게 수많은 인명을 죽여야만 함을 깨닫지 못하는 북한 형제. 부모를 죽인 원수도 아닌 형제끼리 총부리를 겨누는 일에 모두 지쳐가고 있다. 어리석음을 비난하듯 더위는 더 맹렬히 기온을 올리고 있다. 목구멍을 치받는 뜨거운 무엇들이 또 다른 혁명 같은 생각을 길어 올리는 나날이다. 각자가 최선을 다하는 것이 무엇을 하는 일인지를 돌아보게 한다. 모래알 씹히듯 입속에서 씹히는 생각이 달궈진 팬에 떨어지듯 놀란다. *수색 정찰 강화하기에 들어가라!* 급한 명령이 떨어진다. 1950년 8월 28일 수암산을 되찾기 위해 피 터지게 싸우고 싸운 끝에 10일이란 긴 시간 만에 겨우 탈환하기에 이른다. 수암산의 탈환은 또 한 번 우리 군에 용기 한 알씩을 먹인다. 결국, 제1사단은 8월 12일에 점령하게 되어 있던 방어선 계획과 작전이 모두 무산되고 어긋나 16일 후에서야 점령한 결과가 된다. 제1사단은 방어 선상의 가장 중요한 지형인 유학산을 적에게 선점당한 상태에서 사기를 잃지 않고 죽기 아니면 살기로 끝까지 포기하지 않은 결과물이라 더욱 기뻤다. 그간 이루 다 말할 수 없이 많은 희생을 치르면서 다부동 전선을 지키기 위해 싸웠던 것이다. 이처럼 제1사단은 북한의 3개 사단의 집요한 공격에도 불구하고 더 집요하고 끈질긴 공격을 막아내고 328고지-수암산-유학산-741고지의 방어선을 확보하고 다부동-대구 접근로를 탄탄하게 차단했고 대구 고수에

필사적으로 몸부림을 치는 바람에 다른 군에도 사기와 희망을 불어넣는 계기가 된다. 이 전투에서 국군 제1사단은 유학산과 다부동 일대에 주 저항선을 형성하고 북한군 3개 사단과 25일 동안의 교전을 전개하여 북한군의 8월 붉은 공세를 맹렬하게 저지한다. 미 제1기병사단에 진지를 인계하고 신녕 지역으로 병력을 이동한다. 좋은 소식은 늘 새끼를 거느리고 다니는 법. 기다리고 기다리던 인천상륙작전 승인을 결국 미국 합동참모본부로부터 얻어내는 데 성공한다. 사실 인천상륙작전은 정말로 불가능에 가까운 작전이라고 모두 입을 모으지만, 불가능을 가능으로 바꾸는 게 전쟁 아닌가! 일단 조수간만의 차가 너무나 엄청난 것 하나만으로도 어렵다고 하고 또한 인천항을 지배하는 감지 고지인 월미도를 사전에 점령하지 않으면 안 되기 때문이다. 그러나 미국은 제2차 세계대전에서 일본 본토 공격을 위해 태평양에서 *섬 건너뛰기 전술*로 큰 효과를 보아 승전고를 울리던 경험이 있는 맥아더 장군은 *이번 상륙 작전이 노르망디 상륙 작전에 이어 세계 전사에 남을 만한 승리를 가져올 것이다. 땅! 땅!* 망치를 두드린다. 미군이 도착하고 인천상륙작전이 드디어 시행되기에 이른다. 누구도 더 이상의 의견을 내놓지 못한다. 대대적인 작전과 치밀한 계획과 경험이 바탕이 되고 큰 힘이 된다. 반격에 반격을 가해 이 지역에 북한군을 완전히 몰아내는 데 성공하기 위해 목숨을 내놓고 싸웠다. 이 전투에서 북한군의 굽히지 않고 불나비처럼 뛰어드는 공세를 막아냄에 따라 북한군은 낙동강 전선을 돌파하는 데 실패하고 만다. 결과적으로 북한군의 공격 의도를 좌절시키는 데 성공한 것이다. 북한군은 이 전투에서 그동안 길고 더운 날씨에 싸움에서 조금 남아 있는 전력을 모두 소진하기에 이른다. 젖 먹던 힘과 죽을힘까지 모두 꺼내서 다 소진한 결과 전투에 악영향을 끼치게 된다. 대한민국 국군에 있어서는 낙동강 전선을 고수할 수 있다는 자신감과 사기를 부여하고 용기를 북돋아 준 결정적인 전투이기도 하다. 북한군은 영남 서남지역의 진주와 동부의 포항 북쪽으로 자리를 이동해서 각각 4개의 보병사단과 1개의 전차 사단을 배치하여 같은 시간에 일제히 공격을 가한다. 북한군의 전투 의욕은 펄펄 끓었으나 전과는 신통치를 않아서 장병들의 사기가 땅바닥으로 떨어진다. 사기를 먹고사는 군인이 사기가 떨어지자 초라해진 것이다. 미군 2사단과 아군 25사단은 영남 서남 방면에서도 북한군을 격퇴한다. 영남 동부방면에서는 아군 2군단이 적군 최강 부대인 15사단과 1개 포병연대를 영천지구에서 포위 공격한 결과 북한군 4천 8백여 명과 엄청난 물량의 병기 등 노획물을 수거한다. 이 전투로 적군의 기세는 완전히 꺾여 15㎞ 후퇴한다. 1950년 9월 3일 낙동강 전선에서 국군과 미군의 강렬한 저항으로 교착상태에 빠진다. 치열한 전투가 계속 빗발치듯 하지만 용기만으로 전투에서 이긴다는 건 힘든 일. 제갈량의 지혜를 빌려 오지 않고는 준비된 자와 무방비 상태의 싸움에는 차이가 벌어질 수밖에 없는 일이었다. 유엔군은 마산-왜관 -영덕을 잇는 낙동강 방어선을 친다. 뺏으려는 자와 지키려는 자의 혈투가 불꽃을 튀기는 나날이다. 비야 내려라! 비야 내려라! 비야비야 억수처럼 쏟아져 쏟아져 총과 포를 모두 쓸어가라! 무기를 둥둥 모두 거두어가고 맨몸의 사람만 두거라. 맨몸의 목숨만 살려 두거라. 이 지구상에 있는 모든 무기를 앗아가 버려라. 아무것도 기록도 기억도 하기 싫은 지루한 날들이다. 1950년 9월 10일 드디어 월미도의 비극이 시작되는 날이다. 미 해병대 소속 항공기 리차드 루블(제독의 해병대 항공단 제15 항모전단 항공기)에 대대적인 폭격으로 인해 월미도 거주 민간인들까지도 집단 희생되는 일이 벌어진다. 오전 6시 미 해병대 소속 콜세르 폭격기 8대가 항공모함 시실리호에서 이륙한다. 같은 시각 같은 기종의 폭격기 6대도 항공모함 바딩 스트레이트에서 이륙한다. 모두 14대로 이루어진 폭격기 편대는 이날 마을이 있는 *월미도 동쪽 지역의 집중 폭격 또는 전소* 임무를 맡는다. 집중 폭격이란 적이 있는 일정 지역을 목표로 설정하여 집중적이고 무차별적으로 폭격폭격폭격을 가하는 것이다. 집중 폭격 대상 지역으로 선정되면 그 안에 있는 모든 인명 건물 등은 적 또는 적 시설물로 간주하여 공격 목표가 된다. 폭격기 조종사들에게 월미도 내에서 움직이는 모든 인명은 적 또는 적 게릴라로 간주해 공격 대상이다. 마을의 초가집과 창고는 적 병력이나 무기가 은닉된 시설이다. 실제로 그렇게 보이는가 보이지 않는가는 중요하지 않다. 오전 7시 폭격기 편대는 월미도를 한

번 정찰한 후 4대씩 짝을 지어 북쪽으로 갔다가 영종도 상공에서 다시 남쪽으로 빙 돌아서 내려오기 시작한다. 그렇게 돌아내려 오다가 월미도 위에서 급강하해 마을 위를 지날 때 각자 네이팜탄 두 개씩을 떨어뜨린다. 첫 네이팜탄은 마을 한가운데의 초가집에 떨어지기에 이른다. 떨어지기가 무섭게 초가집을 거대한 화염과 검은 연기로 뒤덮어 버린다. 연기는 온몸으로 연막전을 피며 아무것도 보이지 않게 만든다. 폭격기들은 섬 주위를 선회하며 연기기가 걷히기를 기다렸다가 시야가 확보되면 다시 저공비행 상태에서 불타지 않은 건물들에 로켓포와 기관총을 마구잡이로 쏘아댄다. 건물들이란 마을의 집과 창고 따위다. 이러한 패턴의 폭격이 12시 전후까지 3차례 실시된다. 마을 주민들은 9월 10일 7시 첫 폭격이 시작되자 곧바로 마을을 빠져나와 인천으로 연결되는 다리 쪽 갯벌로 피신하기 시작한다. 그러나 폭격기들이 피신해 있거나 다리를 통해 인천으로 대피하는 주민들마저도 북한군으로 간주하고 기총소사를 마구 가하는 어처구니없는 일이 일어난다. 주민들은 몸에 진흙을 바르고 죽은 척 엎드려 있으면서 추가 공격을 모면하기도 하면서 살아날 방도를 궁리한다. 그러다가 폭격이 뜸해진 틈을 타서 갯벌을 지나고 가시넝쿨을 지나며 인천 쪽으로 대피하기 시작한다. 폭격은 인천상륙작전의 사전 작전으로 시행된다. 목적은 월미도에 주둔하고 있는 인민군 진지를 소탕하는 것이다. 마을까지 폭격한 이유는 그곳에 적 병력과 무기가 은닉되어 있다가 아군이 상륙했을 때 기습 공격을 당할 수도 있는 작전상의 불확실성 때문이다. 그러나 이곳이 민간인 거주 지역임을 미군이 알았을 가능성이 매우 클 것으로 생각하면 이건 너무 방심한 공격이 아닌가 싶다. 해방이 되고 나서부터 한국전쟁 직전까지 미군이 월미도에 주둔했기 때문이다. 그렇다면 미군은 월미도를 손바닥 보듯이 보고 있었을 것이다. 그러나 대를 위해 소는 희생해야 함이 전쟁의 특성이라 주민들의 억울함 정도는 돌아볼 여유가 없었다. 미군은 아군이 상륙했을 때 기습 공격을 당할 수도 있는 작전상의 불확실성 때문에 마구 공격을 가하는 상황이 벌어질 수밖에 없다는 것이다. 이날 폭격으로 신원이 확인된 희생자가 30명이고, 실종자와 신원을 확인할 수 없는 사람을 포함하면 실제 희생자가 1백여 명에 달했다. 이렇게 희생자의 억울함은 작전상 어쩔 수 없는 상황이 되어 그들은 역사 속으로 사라졌다. 희생한 쪽은 억울하지만, 결과는 미군과 국군은 인천 상륙에 성공한다. 양쪽(낙동강 방어선, 인천)에서 공격받게 된 인민군은 크게 패하고 또 패해 결국 38선을 단 15일 만에 내주게 된다. 인천상륙작전은 UN군과 한국군의 1차 대공세의 시작이다. 그러나 인천상륙작전의 승리는 38도선 남쪽을 침범한 북한군을 몰아내는 것으로 한정된 최초의 유엔 결의를 벗어나 38선 이북으로 북진하는 계기가 되고 만다. 결국, 미국은 기존의 계획을 수정하여 38선 이북 지역에서 북한군을 완전히 몰아내는 것으로 방침을 정한다. 세상은 또 그렇게 저물어가고 있다.

실타래는 너무 엉켜버려 엉킨 곳을 가위로 자르지 않고는 해결책이 없어져 버린 남북. 1950년 9월 13일 상륙 이틀 전인 월미도를 사전 폭격하는 미 해군 상륙 작전은 동해에서 미 군함 미주리호로 삼척 근처에서 상륙 작전 준비로 오인시키기 위한 공습을 시작하기에 이른다. 서해에서는 서해 최적의 상륙 지점으로 간주한 군산시에서도 상륙 작전과 비슷한 수준의 포격을 수차례 실시하는 등의 기만 작전이 펼쳐지고 있다. 전쟁이란 인위적인 이성으로 해결하기엔 불가능한 일이다. 죽이지 못하면 죽어야 하는 선택만 남아있을 뿐이다. 1950년 9월 15일 영덕군에 장사 상륙작전이 실시되기에 이른다. 이와 동시에 술수와 작전에 능한 맥아더 장군은 군산에 곧 상륙할 것이라는 거짓 정보를 흘렸으며 이 정보 전략이 적중하기에 이른다. 인민군들은 이 정보에 꼴깍 속아 넘어간다. 거짓 정보를 참 정보로 믿고 군산의 방어를 강화하기에 이르면서 다른 지역의 경계가 상대적으로 허술해지기 시작한다. 저우언라이는 북한군에게 *인천을 조심하라.*라고 전문을 보내 서해안 방어 사령부를 신설하기에 이른다. 제18사단과 해군과 공군에서 차출한 육전대 병력 등으로 여러 방어용 신규 부대를 편성하는 한편 월미도에 해군 인원들로 구성된 방어진지를 만드는 등의 준비를 했으나 결국 막는 데는 역부족으로 실패하고 만다. 작전의 제1단계는 상륙 본대의 상륙 개시 직전에 수행하는 철저한 계획을 세운다. 사전 정보 수집 교란 작전 각종 준비 작전 및 선견 침투 작전이다. 정보 수

집 작전엔 해군 정보요원들의 적 내부를 볼 수 있는 X-ray 작전, 교란 작전엔 학도병들의 장사 상륙작전 준비 작전과 선견 작전엔 미 해군 수중파괴팀(UDT)의 수중 장애물 제거 작전과 특수임무나 정보, 첩보 관련 부대(KIO) 부대원 및 한·미의 해군·육군 장교들로 구성된 특별 작전 팀이 수행한 팔미도 등대 점등 작전 등을 모두 동원해서 성공한 작전이다. 유엔군과 국군 해병대는 더글러스 맥아더 장군 지휘 아래 인천상륙작전을 감행하고 7만 5천여 명의 병력과 2백 61척의 해군 함정이 투입된다. 이는 한국전쟁 전반의 전세를 뒤집는 계기가 된다. 막강한 군사력을 서울로 대거 투입해 마구 밀고 나가자 위급함을 직감한 북한군은 최용건을 서울 방위 사령관으로 급하게 임명한다. *병력 2만여 명으로 최후일각까지 저항하고 싸워서 이겨내라*고 강력한 명령을 내린다. 9월 15일 드디어 본 작전 개시 일에 함정 206척 7만여 명의 연합군 병력이 영흥도 근처에 집결한다. 본격적인 상륙 작전이 시작된 것이다. 작전의 제2단계는 월미도의 점령으로 시작된다. 새벽 5시에 어둠을 불사르며 쾅쾅하게 하늘을 뚫을 기세로 시작된 공격 준비 사격에 이어 미 해병대의 제5연대 예하 제3대대 상륙단과 전차 9대가 월미도 전면에 맹렬한 기세를 휘날리며 상륙하기에 이른다. 월미도는 그 기세에 눌려 2시간 만에 완전히 미군에 의해 장악되고 만다. 미군은 거침없이 앞으로앞으로 돌격하여 부상 7명의 가벼운 피해를 보고 완승을 한다. 인민군은 1백 80여 명이 어디에서 어떻게 사라졌는지 알 수도 없이 전사하기에 이른다. 포로로 잡힌 적군만 해도 1백 60명이나 된다. 네이팜탄 투하 및 기총소사로 민간인의 피해도 엄청나지만, 그 엄청을 엄청나단 말도 못 하고 만다. 제3단계에는 미 해병대 제1사단의 제1 연대전투단과 제5 연대전투단이 각각 인천 남동부의 블루 비치(Blue Beach)와 인천항의 레드 비치(Red Beach)에 상륙하여 적 경비 병력을 격퇴하고 해안지역을 장악하기에 이른다. 제4단계는 미 해병대 1사단의 나머지 병력과 미 육군 제7보병사단 그리고 국군의 해병대 제1연대와 육군 제17연대 연합군의 내륙 진격으로 상륙은 무사히 이어진다. 인민군 제18사단에서 급조 편성한 표시가 나는 인천의 허술하고 무질서한 북한군 경비 병력은 강력한 태풍처럼 밀려오는 연합군의 파상 공세에 대항할 의지를 잃어버리고 사기를 땅바닥에 눕히고 만다. 사기가 땅바닥에 눕자 곧바로 무너지고 만다. 그리하여 연합군은 조선 인민군의 주력이 규합하여 대항할 시간적 여유를 주지 않고 속전속결로 빼앗아 버린다. 인천 장악에는 식은 죽 먹기로 성공한다. 인민군이 38선에서 낙동강 방어선까지 진격하는 데 81일이 걸린다. 그렇지만 인천 상륙 이후 UN군이 38선까지 돌아오는 데 15일밖에 안 걸린다. 그러니 적의 배후를 기습한 이 작전의 성과는 비교가 되지 않을 만큼 우월하다. 이날부터 신은 서울 편에 깃발을 들어주며 심판하기 시작한다. 인천상륙작전의 성공 이후 서울 수복을 위해 치러진 치열한 전투 끝에 서울 탈환이라는 기염을 토한 국군은 해병대 대령

박정모가 맨 처음으로 중앙청 첨탑에 눈물을 글썽이며 태극기를 내건다. 환희로 나부끼는 태극기의 존재감을 새삼스럽게 보자 가슴이 벅벅 차오른다. 살아서 살아서 펄럭이며 나부끼며 온몸으로 흐느끼며 서울시민과 국민들을 안도시키는 태극기. 태극기는 그동안 흩어진 민심을 하나로 묶는 데 견인차 역학을 하며 절대적 위력을 보여준다. 서울을 탈환한 유엔군은 사기가 오를 대로 올라 다시 사기를 둘러매고 수원 쪽으로 방향을 튼다. 사기는 대나무처럼 하늘을 찌를 듯 펴덕펴덕 살아서 적군을 물리치고 중부와 동부전선에서도 커다란 전과를 올리는 사기를 기록한다. 유엔의 결의에 따라 미국을 비롯한 우방 여러 나라의 파병이 이루어지면서 대한민국 국군과 유엔군의 전력은 드디어 나라를 짓밟고 쳐들어온 북한군을 압도하기에 이른다. 9월 15일 그러니까 인천에서 군과 유엔군의 대규모 상륙 작전이 이루진 날 전세를 뒤엎게 만드는 천운이 든 길일이다. 상륙 부대의 선봉에 선 미국 해병 제1사단과 국군 해병대는 탱크보다 더한 위력을 과시하며 당당한 기세를 흔들어 보이고 있다. 분노로 들끓던 파란의 핏빛 소리가 이제 잦아들고 있다. 1950년 9월 18일 김포 비행장을 탈환하는 건 일도 아니다. 김포 비행장을 우리의 영역으로 표시한 다음 행주 나루터 맞은편으로 한강을 건너간다. 일부는 영등포 방면으로 진출한다. 해병대의 뒤를 따라 진격한 미군 제7사단은 시흥·안양·과천 등 남쪽을 점령하기에 이른다. 관악산을 끼고 돌고돌고돌아 서빙고와 뚝섬 맞은편까지 다다른다. 겨우 한숨을 돌린 해병대와 7사단은 한강을 건너갈 채비를 갖춘다. 빛들이 치열하게 솟아나는 아침 끊임없이 귀퉁이들은 무너지고 설명할 수 없는 인간의 이기는 하늘마저 당황스럽게 한다. 쓰레기통에나 처박아 버려야 할 인간의 이기심. 한여름에 얼음 얼었다는 소리보다 더한 기막힌 말을 들어야만 하는 현실! 1950년 10월 1일 한국군에 의해 최초로 38선 이북으로의 북진이 이루어진다. 이후 맥아더는 각 예하 부대에 가능한 한 북쪽으로 진격하라는 명령을 내린다. 중국은 이미 UN군이 38선 이북으로 넘어오면 참전하겠다고 경고했었다. 그러나 맥아더는 이를 중국의 위협 전술이라 치부한다. 그 결과 중공군의 대대적인 참전이 이루어졌고 유엔군은 다시 후퇴하기에 이른다. 통조림 같은 시간을 견디고 있다. 하늘은 고혹한 눈빛을 흘리고 칡넝쿨은 어둠의 끝을 조금씩 말아 올리고 있다. 칡꽃이 뚝뚝 떨어지며 진한 향기를 풍기고 있지만, 피투성이가 된 대한민국엔 향기 한 톨 파고들 틈도 허락하지 않았다. 손톱에 자라는 상앗빛 반달이 잘못인가? 손톱에 자라는 손톱이 온달이었다면 남북이 이렇게 갈라져서 총을 겨누지는 않았을지도 모른다. 총칼과 포탄과 비명이 노래로 출렁인다. 그 파동에 하얀 곡선을 그리며 새도 피란하였다. 새는 부리에 평화라는 단어를 모두 물고 날아가 버린 것이다. 육시랄! 제기랄! 니에미랄! 염병할! 환장할! 씨부랄! 세상에 있는 욕을 다 해봐도 속이 후련하지 않다. 도대체 이 땅에 박혀 있는 사탄을 꺼내 어디로 추방

해야 이 지루한 피의 시간이 끝날 것인가! 명령해서는 안 되는 명령에 목숨을 걸고 복종해야만 살 수 있다니 이게 무슨 아이러니란 말인가! 피비린내가 부챗살처럼 퍼져 하늘을 뒤덮고 까닭도 모르고 죽어가야만 하는 어린아이들 어린 초목들은 또 무슨 죄란 말인가! 흔들면 흔들수록 불어나는 알코올 방울처럼 일어나는 버블버블버블 피의 버블. 블랙홀의 중력에 이끌리고 있는 전쟁. 전쟁이란 거대한 톱니바퀴에 말려들어 돌이킬 수 없는 이 시간을 총칼로 화살로 대포로 죽일 수는 없단 말인가! 1950년 9월 20일 낙동강 전선에서 총반격으로 들어간 국군과 유엔군은 사기가 충만해져 혼신의 힘으로 적진을 돌파하기 시작한다. 9월 20일 한미 해병대는 짙은 어둠을 가르며 행주 나루터를 첨벙첨벙 건너간다. 온 힘을 다 소진하고 통증을 매고 싸워야만 하는 날 전쟁을 열반에 들도록 하는 방법은 없을까? 아니면 하안거에라도 들도록 하면 좋으련만 언제쯤 내려놓을까? 이 붉디붉은 혈전을! 1950년 9월 21일 수색을 안전하게 밟고 서울 쪽 변두리 주변에 안겨 있는 안산 와우산 연희고지 일대로 무사히 진격하기에 이른다. 지루지루지루증을 앓는 전쟁 차라리 조루조루조루증을 앓는 편이 더 좋을 걸 그랬다. 긴 어둠이 저항도 없이 지나가는 나날. 기적기적기적이 기적소리를 내며 달려와 휴전을 위해 광합성을 시작하면 좋겠다는 생각이 온몸을 휘감는 날이다. 1950년 9월 23일 북한군은 포기할 줄 모르는 끈질긴 근성으로 계속해서 죽음을 사수하며 저항을 한다. 저 끈기와 포기할 줄 모르는 무시무시한 근성이 오히려 붉은 슬픔으로 꽃이 핀다. 죽은 동포여 다음 세상에는 죄로 물들지 않는 곳에서 찔레꽃처럼 순박하게 피어날지어다. 이승만은 한 치 앞도 가늠할 수 없는 답답함에 전쟁이 발발한 이후 단 하루도 잠을 못 자고 뛰어다닌다. 그러다 문득, 나뭇가지에 겁없이 달려 붉게 익어가는 사과를 보고 짧은 시 한 수를 읊어본다.

저토록 완연한 뒷모습 · 1

저 사과는
여름 내내
달콤한 속살을 채우고 계시는가!

누구를 위하여?

1950년 9월 24일 한미 해병대는 이제 얼마 남지 않은 최후의 돌격을 감행하기 위해 함재기(艦載機)와 포병의 압도적인 화력지원을 요청한다. 단 한순간도 숨을 마음 놓고 쉴 수 있는 상황이 아니다. 북한군의 끈질기고 포기할 줄 모르는 근성이나 그 근성과 싸워야 하는 우리 군이나 모두 아프고 쓰리다. 동족을 죽이고 죽어야 하는 현실이 인간의 삶을 황폐하게 물들이고 있다. 온 산천에도 슬픔과 애통함이 농익어 가고 있다. 어서 가을이 가을가을 농익은 슬픔과 애통함을 다 떨어뜨리길 기다릴 뿐이다. 북한군은 계속해서 죽음을 사수하며 저항을 한다. 저 끈기와 포기할 줄 모르는 무시무시한 근성이 장마에 물소리처럼 혼탁하다. 1950년 9월 25일 마침내 치열했던 날들을 접고 삶의 터전을 다시 둘러볼 여유를 찾는다. 서울 시내를 굽어보며 비탄과 개탄이 흘러 한강 물로 서울 한복판으로 굽이굽이 흘러가고 있다. 서울의 동쪽 용마산 일대의 능선과 남산 왕십리 쪽으로 달려가 망우리 고개까지 국군 제17연대가 돌입한다. 서빙고와 뚝섬 일대에는 미군 제7사단 제32연대가 한강 도하작전을 진행하기에 이른다. 여기저기 시가전이 펼쳐지고 있다. 마포 남산 왕십리 등에서 펼쳐지던 시가전은 밤이 먹물을 짙게 뿌릴수록 더 불어난다. 시내 한복판으로한복판으로 힘이 모아져 아우성으로 환희로 동글동글 뭉쳐진다. 퇴로가 완전히 봉쇄될 것을 두려워한 북한 공산군은 밤이 밀려오자 야음을 틈타 의정부 쪽으로 주력을 퇴각시킨다. 그렇지만 후위 부대는 저항을 멈추지 않고 계속한다. 끝까지 포기를 모르는 팽팽한 악바리 근성은 죽음도 넘어서고 있다. 누가 저들의 죽음을 위해 울어줄 것인지. 1950년 9월 26일 미군 제1기병사단의 선발대는 적을 끝까지 추격하면서 경부 가도를 따라 북상한다. 남하 중이던 미군 제7사단 선발대와 북상하던 미군 제1기병사단의 선발대는 오산 북쪽에서 함께 합류한다. 곳곳에 퇴로가 모두 차단되고 끊기게 되자 그때야 위급함을 감지한 북한군의 낡은, 패잔병들은 죽음을 무릅쓰고 험준한 산악을 타고 도마뱀이 꼬리를 자르고 달아나듯 꽁지를 빼놓고 38선 이북으로 달아나기에 급급하다. 서울시가 전투는 끊이지 않고 계속되고 있다. 아직도 완전히 물러가지 않고 끈질기게 남아 있을 적들의 완전 소탕을 위해. 연필은 서걱서걱 공책에 살을 부비며 시 한 수를 낳는다.

저토록 완연한 뒷모습 · 2

저녁답 외딴집에 땅거미 몰려오고
어디선가 늑대는 울고
포탄소리는 달려오고
엄마는 보이지 않고
전쟁에 간 아빠는

불 붙은 한반도

7

1950년 9월 27일 드디어 어둠을 불살라 먹고 하루하루를 버티던 붉은 해가 서울 하늘로 뜬다. 어둠이 거의 물러나고 해가 뜨기 직전 국군 제17연대와 해병대 용사들의 감격 눈물이 출렁출렁 한강 물이 되어 흘러내린다. 눈물에 젖은 태극기는 중앙청 게양대 위에서 펄럭펄럭 펄럭이며 죽음을 담보로 싸운 장병들의 눈물을 말려주고 있다. 그러나 나라를 구하다가 죽은 자들은 싸늘한 침묵을 꽃피웠다. 국민 환호성이 국군들의 목숨값임을 알고 함께 출렁이며 펄럭이며 격려와 고마움을 날라다 주고 있지만, 나라를 구하다 죽은 자들은 끝내 기별이 없었다. 연필은 또 공책을 찾아 심지를 비비는 소리 사각사각사각 오로지 사각밖에 모른다. 오각도 육각도 삼각도 칠각도 모르고 검은 심보만 뾰족하게 내미는 연필. 부산의 한 교회에 북한 공산군 다섯 명이 총을 들고 덮쳤다. 이 교회

목사 이기백은 눈썹 한 올 까딱 않고 말했다. *여기가 감히 어디라고 이 신성한 곳에 총부리를 겨누느냐? 당장 총을 내리지 못할까?* 교회 지붕이 무너지도록 호통을 치자 북한군은 총을 내리고 서로 눈치를 보면서 뒷걸음질해 교회를 빠져나간다. 이기백 목사는 *우리 크리스천의 기도로 하나님의 가호를 입도록 해 달라고 해야 이 나라를 건질 수 있다*며 신도들을 밤낮 교회로 모아 석 달째 하루도 쉬지 않고 나라를 위한 구국 기도를 하던 중이었다. 이기백 목사는 시 한 수를 짓는다.

천당으로 사라진 몸

하늘 문 열어보면
예수 따라 천당 간 알몸
총알 따라 지옥 간 알몸

천지삐까리로 쌓였다.

1950년 9월 28일 잔당을 완전히 소탕하고 적의 치하에서 벌벌 떨며 신음하던 서울 땅을 다시 찾는다. 한강 물은 시민들의 눈물로 수위를 높이며 출렁출렁 기쁨의 눈물이 되어 흐른다. 9월 28일 정오 반격이 개시된 지 2주일이 채 못 되어 국회의사당에서는 수도 탈환식이 감격! 감격! 감격! 감격으로 뒤덮인 가운데 거행된다. 오늘은 연필이 심지가 새까맣게 타는지 이승만 대통령의 손가락으로 달려간다.

갈 증

온누리 샘물을
다 마셔봐도
해갈되지 않는

1950년 9월 30일 북한 공산군 총사령관 김일성에게 항복 권고문이 도착한다. 유엔 총사령관 맥아더 장군 이름이지만 김일성은 배짱 두둑하게도 이를 거부한다. 남한 지역에 있는 공산군의 전면 퇴각만을 명령한다. 화가 난 유엔군 사령부는 전 장병에게 38선을 돌파하여 북진할 것을 명령한다. 북한군 부대들은 태백산맥을 유일한 퇴로로 보고 후퇴하기 시작하지만, 일부는 지리산·대덕산·회문산 일대에 포위되고 만다. 죽기 아니면 살기로 유격전을 한다. 김일성은 스티코프를 면담한 자리에서 소련의 원조를 요청하는 요청서를 보낼 의향을 밝힌다. *적군이 38선을 넘어 이북을 침공할 때에는 소련군의 출동이 절대 필요하다. 만일 그것이 불가능할 때에는 중국과 기타 공산주의 국가들이 국제의용군을 조직해 출동하*

도록 원조해 주기 바란다. 스탈린은 베이징 주재 로신 소련대사에게 전문을 보낸다. *중국 의용군을 보낼 수 있다면 빨리 몇 개 사단이라도 38선에 진출시켜야 할 것.* 마오쩌둥의 회답은 *처음에 우리는 적군이 38선을 넘을 시점에 중국 의용군 여러 개 사단을 투입할 생각이었으나 지금은 당분간 지켜보는 것이 좋다고 생각된다. 북한은 유격 전쟁으로 이행하면 될 것이다. 필요하다면 귀하의 나라에 저우언라이와 린뱌오를 보내도록 하겠다.* 이에 대한 주중 소련대사 로신은 마오의 이 회답은 조선 문제에 관한 중국의 태도가 바뀌었음을 보여주고 있다. 변경 이유는 아직 밝히지 않고 있다. 북은 주북한 소련대사 스티코프를 통해 스탈린에게 북한이 어려움에 봉착하였음을 이유로 원조와 도움을 요청한다. 북한 공산당은 제 나라를 공산주의 소련의 속국으로 만들려는 심산에 하늘이 혀를 껄껄 차고 있었다. *미군이 한반도 전체를 점령하여 극동에서의 전략기지를 만들 의향인 것 같다*며 스탈린은 스티코프에게 비행사 양성에 관한 김일성의 요청을 받아들일 것을 통보토록 지시한다. 그렇지만 국제적으로 눈치를 보느라 선뜻 나서지 못했다. 설왕설래하는 사이 1950년 10월 1일 최초로 38선을 넘어 북진을 개시한다. 수도사단이 인제를 거쳐 북상하여 10월 10일에는 3사단과 함께 원산 시내와 명사십리 비행장을 완전히 점령한다. 중부 전선에서는 국군 제7사단과 8사단이 화천·김화를 거쳐 북상한다. 18일에는 서부전선으로 북상한 미 제1군단과 만나 평양 남방 근교에

육박한다. 햇빛 그물에는 빛들이 멸치 떼처럼 반짝이고 있었다. 그 모습이 하도 처량하고 서글퍼 이승만 대통령은 시 한 수를 적는다.

햇빛그물

햇빛들
노을이 펼친 그물에 걸려
피울음을 운다

1950년 10월 19일 한국군 제1사단을 선두로 평양을 완전히 점령한다. 적군의 최인 중장은 2만여 명의 병력으로 방어태세를 취한다. 그러나 모두 신병 출신들로 대패하여 청천강(淸川江) 이북으로 도망가기에 바쁘다. 남쪽도 내 민족이요 북쪽도 내 민족인데 이제 피를 그만 흘리고 자유민주주의를 세워 부국강병을 이루면 좋겠다고 생각하지만, 마음 같지 않아 이승만 대통령은 또 연필을 들어 시를 쓴다.

별빛에 흩어지는 포르말린

핏물이 층층 켰다
층 켠 것 보았다

매장된 울음층

1950년 10월 20일 서부전선에서는 청천강 이남 숙천(肅川) 일대에 미 제11 공정사단(空挺師團)의 약 5천 명이 낙하산을 타고 내려 북한군의 후방을 공격한다. 국군 제6사단이 미 제24사단과 영국 여단의 서해안 진격과 보조를 같이하여 덕천(德川)·희천(熙川) 등지를 거쳐 서북 국경의 중앙지점인 초산(楚山)으로 진격한다. 죄 없는 병사들의 피 냄새가 하늘을 가득 메우는 것 같아 이승만 대통령은 또 복장을 두드리다 시 한 수를 읊는다.

달빛에 흩어지는 포르말린

천궁 속에 갇혀 있던
한 혀의 뿌리가
天文을 열고 통곡하는 소리.

1950년 10월 29일 오후 8시 50분 우리 국군의 수색대가 드디어 압록강에 진입한다. 모두 지쳤지만 죽기 아니면 살기로 압록강 푸르고 활기찬 물줄기를 따라 북진하는 3사단을 따라 달려간다. 함흥 북청 성진을 점령한 후 길주를 지나 백두산을 향하여 합수(合水)로 진격한다. 이 강물이 합하는 것처럼 남북도 인제 그만, 합해서 자유민주주의가 되었으면 좋겠다고 압록강의 수면은 성난 파도처럼 거품을 마구 토해내고, 붉은 포탄을 실은 물줄기는 넘실넘실 한심한 한숨만을 넘실거린다. 물가에 넘실거리는 물풀들이 푸른 눈물을 자꾸만 보태고 또 보탠다. *형제끼리 죽이고 죽이고 또 죽이는 걸 그만! 그만! 그만하라!* 푸른 멍이 들도록 외쳐보시만 싸움에 혈안이 된 인간들은 압록강의 말을 알아듣지 못한다. 물줄기는 떼지어 헤엄치면서 부레부레 떠올라 입으로 뻐끔거리며 말을 뱉어내다 알아듣지 못하는 인간이 안타까워 지느러미만 흔들어대며 다시 물속으로 들어간다. 피 냄새 가득한 바람은 몰려드는 파도의 공허한 목소리에 몸을 씻고 있다. 1950년 11월 25일 수도사단이 청진에 진입한다. 호사다마랄까 북진의 기쁨에 잉크가 마르기도 전에 시련의 날이 닥쳐온다. 중공군은 50만 병력으로 인해전술을 펼치며 남으로 밀고 내려온다. 북한 공산군이 거의 섬멸 상태에 이르자 중공은 아무런 통고도 없이 한국전선에 병력을 투입하기 시작한다. 중공군은 4개 군 약 50만의 병력으로 고원지대를 타고 몰려 내려온다. 맥아더 장군이 직접 지휘에 나서 총공격을 시도했으나 실패로 돌아가고 29일까지 서부전선의 유엔군은 청천강 이남으로 후퇴 후퇴를 거듭한다. 금방 해가 나던 날씨에 별안간 퍼붓는 소나기다. 초목들도 그늘을 모두 거둬들이고 새 부리도 그늘을 떨어뜨리고 그늘마저 사라진다. 이승만 대통령은 그 절박함을 시로 남긴다.

그늘 한 종지

노을깃을 물고 날던 새부리서
그늘 한 종지
굴러떨어진다.

1950년 12월 4일 맥아더 장군은 *중공군 백만이 북한에 투입되었으며 새로운 전쟁이 시작되었다* 발표한다. 이날 유엔군은 평양에서 완전 철수를 한다. 12월 6일 북한은 수도 평양을 되찾는다. 12월 9일부터는 유엔군이 원산에서 철수한다. 12월 14일부터 24일 사이에 동부 전선의 한국군 18만 명과 피란민 10만여 명이 흥남부두에서 해상으로 철수한다. 흥남부두 철수 작전을 방해하려고 몰려들다가 유엔군의 공습과 포격에 섬멸된 중공군 병력은 5개 사단에 달한다. 중공군의 유일한 전략은 인해전술(人海戰術)이다. 중공군이 일선을 담당하는 동안 북한 공산군도 10개 군단의 병력을 정비하여 다시 일선에 나타나 12월 말까지 38선에 집결한 병력은 중공군 약 20만 북한 공산군 약 10만 총 30만여 명으로 이날 밤 자정을 기해 일제히 38선을 넘어선다. 그야말로 한 치 앞도 내다볼 수 없는 나날이었다. 이승만 대통령은 전장에서 밀리자 그 심정을 또 시로 옮긴다.

금빛 고요

밤이 되면 구석구석 부려놓은 고요
아침이면 다 걷어갈
나무아미타불!

나라를 찾는 일에 정신이 없어 이승만 대통령은 전쟁 중에는 아주 짧은 시를 기록해 둔다. 1950년 12월 29일 *우리에겐 아직 8개 부대가 있다. 이 부대면 북한군을 충분히 무찌를 수 있다. 모두 용기를 잃지 말고 싸우라!*며 기세 당당하게 우리나라를 구하기 위해 싸워주던 워커 중장이 일선 시찰 중 자동차 사고로 사망한다. 낙동강 사수에 성공한 주한 미8군 사령관 해리스 월턴 워커 중장은 향년 61세로 교통사고로 사망했다. 겉으로 보기에는 단순한 교통사고였지만 내막은 소련에서 죽인 것이다. 북한 공산당 특수 요원은 소련의 지령을 받고 밤낮 워커 중장의 행적만 파악하고 다녔다. 그렇게 서로 어디로 어떻게 갈 것을 낱낱이 파악하지만 그를 제거하기 어렵다고 소련에 알리자 소련은 *수단과 방법을 가리지 말고 워커를 암살하라!*고 또 지령이 내려왔다. 5명으로 제거하기가 어렵게 되자 20명으로 특수 업무 요원이 늘어났다. 어느 날 한국군으로 위장한 특수 요원 20명 전원이 그가 출발해 가는 목적지로 함께 가기로 작전을 세웠다. 중앙 분리대가 없는 곳에서 2중 3중 앞으로 에워싸기 작전을 벌였다. 그리고 워커 장군의 차를 따라가다가 분리대가 없는 차도가 나오자 그 차 앞을 가로막아 정면으로 부딪쳤다. 그러나 워커 대장이 조금밖에 다치지 않음을 알고 그를 병원으로 후송해야 한다며 싣고 갔다. 한적한 야외로 달리는 차 안에서 자신이 간호 장교라며 미리 준비한 주사기로 워커 장군의 팔에 약을 주입했다. 20분 정도 지나자 워커 장군은 다시 못 올 곳으로 떠나버렸다. 북한 특수 요원들은 그를 다시 그의 차에 앉히고 교통사고로 위장했다. 그러나 이 천인공노할 워커 장군의 죽음은 교통사고로 역사 속으로 사라지고 말았다. 워커 중장은 아들인 샘 S 워커 대위의 은성 무공 훈장 수상을 축하하기 위해 이동하던 중 의정부 남쪽의 양주군 노해면(현 서울 도봉구 도봉동)에서 사고를 당했다고 타고 있던 지프가 빠른 속도의 민간인 차량을 피하다가 굴러떨어진 것으로 위장되었다. 시신은 아들에 의해 수습되어 미국 본토로 보내진다. 대한민국의 평화를 위해 싸우던 워커 중장은 타지에서 한 줌의 재가 되어 사라지고 만다. 후임 미 제8군 사령관에는 매슈 리지웨이 중장이 취임한다. 워커 중장은 *우리는 더 이상 물러설 수 없고 더 이상 물러설 곳도 없다. 무슨 일이 있어도 결코 후퇴란 있을 수 없다. 내가 여기서 죽더라도 끝까지 한국을 지키겠다*며 낙동강 전선을 무조건 방어하라고 부하들에게 강하게 명령한 것으로도 유명하다. 이에 한 부하가 반론을 제기하자 옆에 있던 더글라스 맥아더 미 극동군 사령관이 *군대에는 민주주의가 없*

다며 워커 사령관을 지원했다고 한다. 그는 제2차 세계대전 당시 조지 패튼 장군 휘하에서 20군단장으로 북아프리카 전투에서 롬멜 부대와 맞서 공훈을 세우고 중장으로 승진했다. 한편 한국전쟁 당시 전선에서 진두지휘하던 아들 워커는 미군 역사상 최연소 대장으로 진급해 미 육군 역사상 유일하게 부자가 나란히 대장이 되는 영예를 안았다. 1963년 개관한 워커힐 호텔과 주한미군의 대구 비행장인 캠프 워커도 그의 이름을 딴 것이다. 미군의 경전차 M41 워커 불독도 워커 사령관을 기린 것으로 지금도 태국 등 여러 국가들이 워커 불독을 사용하고 있다. 이웃 나라를 위해 싸우다 간 워커 중장. 마음을 구부려 온전히 사랑을 보낸다. 마음이 영혼까지 가 닿기를 온전히 빌면서. 낯선 이국땅 어디쯤 별빛보다 반짝이는 탑을 쌓아놓고 바람처럼 흔들리고 모래알처럼 부딪치다가 그 영광을 윤슬처럼 빛낼 호령 같던 당신의 숨결을 공글리며 자박자박 영혼을 보듬어 주리라. 1951년 영국군이 의정부에서 격전 끝에 철수. 1월 4일 서울이 두 번째로 적의 수중에 넘어가기에 이른다. 한편, 1월 7일 수원이 모두 함락된다. 중공군과 북한군은 다시 사기를 충전하고 계속 남진하고 있다. 유엔군도 이때는 이미 병력과 장비를 정비하여 반격할 태세를 갖추는 상황이었다. 반면에 중공군과 북한군은 식량부족과 추운 날씨에 동상(凍傷)에 시달려 제10사단의 일부만이 태백산맥을 타고 경북 보현산(普賢山)까지 내려가고 다른 부대들은 진격이 부진했다. 1951년 4월 소련 모스크바에서 스탈린과 북쪽 김일성 그리고 박공산 간의 회담이 잡히고 그들은 만났다. 남한에 검은 그림자를 길게 늘일 작전을 하기 위해 의기투합하여 형제간에 싸움을 시켜놓고 자국의 이익을 얻으려는 스탈린의 검은 속셈도 모르고 북쪽의 김일성과 박공산은 민족의 피와 목숨을 팔아 오로지 자신의 욕심 채우기에 혈안이 되어 자신의 형제와 혈투를 할 준비에만 여념이 없다. 모스크바 호텔에서 만난 스탈린은 거만함을 온몸에 바르고 걸음걸이에조차 거만거만거만이 찰거머리처럼 까맣게 달라붙은 것처럼 걷는다. 저놈의 찰거머리는 기어이 남의 나라 피를 다 뽑아먹고 말 것이다. 동족의 피를 모두 저 소련의 스탈린에게 다 빨리려고 작당하는 북쪽을 무어라고 해야 할지. 거머리를 개미 떼처럼 끌고 의자에 깊숙하게 몸을 기대고 앉은 스탈린은 *이리들 앉지.* 하고 싸레기밥만 먹고 살았는지 반말을 건넨다. 그러나 쓰벌레 같은 김일성과 박공산은 만나 준 것만도 황송해서 어쩔 줄 모른다. 아니 더 정확하게 말하면 그들을 등에 업고 나라를 공산주의 붉은 땅으로 넘겨줄 계획을 짜려는 것이다. 스탈린은 김일성과 박공산을 아주 기분 나쁜 표정으로 쳐다보며 *나 지금 당신들하고 오래 말할 시간이 없소. 그래 당신들이 우리 소련에 부탁할 일이 무엇이오?* 하고 깔보고 비하하는 웃음을 웃으며 김일성에게 묻자 박공산은 *지금 사태가 위급합니다. 유엔과 미국이 남한 쪽에서 저리 설치니 어찌해야 할지 모르겠습니다. 도와주십시오!* 박공산의 말을 듣고는 말을 테이블 위에 휙, 던지면서 *나더러 무얼 어떻게 도와 달란 말이오?* 하며 두 사람을 쳐다본다. 눈썹에는 징그럽게 생긴 송충이가 두 눈 위에 누워서 꿈틀꿈틀하고 있다. 김일성은 박공산을 쳐다본다. 박공산은 본인이 주석이라도 된 듯 고개를 끄덕이자 김일성은 스탈린 주석에게 *남북이 하나로 통일해서 공산주의를 반듯하게 세우려고 한 남침인데 일이 잘못되어 가고 있는 느낌이니 우리 북이 전쟁에서 이길 수 있는 길을 찾아 달란 말이오. 이 은혜는 잊지 않을 겁니다. 은혜라! 당신들은 이미 전쟁 승낙을 받을 때부터 은혜 운운하면서 우리에게 은혜 갚은 것이 무어라고 또 은혜를 들고나온다는 말이오! 지금은 국제정세에 따르는 것이 옳을 것이니 조금 더 두고 봅시다.* 하고 말을 던지는데 자존심도 팔아서 삶아 먹었는지 김일성은 흠집 하나 안 난 하얀 쌀로 된 말을 그에게 준다. *여부가 있겠습니까?* 절절매는 듯한 김일성의 태도에 비겁함이 하루살이 떼처럼 바글거림에 만족한 스탈린은 음흉한 웃음을 섞어 *당신의 배짱을 믿고 내 노력은 해보겠소. 가서 기다리시오.* 하니 노비가 양반에게 하듯 비굴비굴 굽신거린다. 허리를 확, 걷어차 버리고 싶은 심정이지만 그 비굴함에 만족한 스탈린은 *그리고 또 하나 지금은 국제환경이 유리하게 변하고 있으니 정신 차려 어서 일을 서두르면 성공할 수 있을지도 모르지만 장담할 수는 없소.*라며 얼음처럼 차가운 말을 한다. 그리고 두 사람을 쳐다본다. 그러자 스탈린은 *다만, 이 문제의 최종결정은 중화인민공화국과 유엔과 상의해야 하며 만일 중국*

공산당이나 유엔 의견이 부정적이면 새로운 협의가 이루어질 때까지 결정을 기다려야 하니 그리 알고 돌아가서 연락을 기다리시오. 합의한 후에 다시 이야기합시다. 한다. 김일성은 *그럼 그렇게 하시지요?* 하고 말하고 일단 후일 다시 만나기로 하고 나온다. 박공산의 얼굴은 옻이 올라 벌겋게 달아오른 것처럼 얼굴 껍질을 붉으락푸르락하며 김일성에게 말한다. *아니 어찌 거기서 아무 말도 못 하고 그냥 돌아온단 말입니까? 그럼 무슨 말을 하란 말이오? 중국과 유엔과 협의가 이루어져야 한다는데, 그건 보기 좋게 거절하는 것인데 우리가 남침하려고 할 때도 똑같은 말을 하지 않았소. 일을 마무리 지어야 다음으로 넘어가는 것 아닙니까?* 하고 따지듯이 거칠게 말을 김일성에게로 던진다. *그럼 도대체 어쩌란 밀이오? 어쩌지 못하시겠으면 모든 건 내게 맡기시오.* 하자 김일성은 그래 지금 맘껏 까불어라. 너는 토사구팽(兎死狗烹)이란 말을 주머니에 넣고 다녀야 할 것이다. 본래 콩이란 콩이 다 여물 때까지만 껍질이 필요한 것이지 콩이 다 익어 알맹이를 꺼내고 나면 껍질은 밭에 던져져 거름이 되고 마는 법이다. 생각하고 있는데 *나를 못 믿겠다는 말입니까?* 하고 다시 말 줄기를 뻗는다. 그때야 김일성은 *아 아 아니오. 내 생각하니 내가 잠시 잘못 생각한 것 같으니 당신이 그 부분은 힘껏 한번 해 보시오. 알겠습니다.* 박공산은 그 길로 바로 주베이징 대사를 찾아간다. 그리고 마오쩌둥과 만남을 주선해달라고 부탁한다. 박공산의 생각은 스탈린과 마오쩌둥이 만나면 무슨 계

략을 꾸며서 지금 이 난국을 미국의 눈치를 보고 유엔의 눈치를 보면서 도와주지 않을지 모른다는 생각에 불안을 거미줄처럼 치고 있었다. 그렇게 그 거미줄에 걸리지 않기 위해 마오쩌둥과 직접 만나기로 약속을 잡는다. 마오쩌둥과 김일성과 박공산이 만난 자리에서 마오쩌둥은 생각지도 않게 일을 박공산의 구미에 맞게 풀어가고 있었다. 스탈린과는 전혀 다른 생각을 가지고 있던 마오쩌둥은 *조선통일은 무력에 의해서만 가능하다고 생각했고 미국이 남한 같은 작은 나라 때문에 자국의 손해를 보면서 지원해 줄 걸 상상도 못 했고 유엔까지 지원 요청을 했다. 그리고 미국에 지원받기까지는 거리상이나 여러 가지 절차 문제가 있다고 생각한 것이 오판이었다. 남한을 무력으로 통일시키는 것이 점점 멀어지고 있다. 그렇다고 미국이 남한을 위해 미국에 아무 이익도 없는 3차 대전을 시작하지는 않을 거로 생각하고 미국의 개입은 불가능하다고 생각했다. 미국이 무엇 때문에 가난뱅이 나라인 것을 다 알면서 공짜로 무기를 주지도 않을뿐더러 그렇다고 남한에서 미국에 돈을 주고 무기를 살만한 여력이 없다고 판단했다. 남한은 먹을 것이 없어 헐벗고 굶주리고 또한 문맹이 90%에 육박하니 지금 전쟁이 났을 때가 적기라 생각했지만, 오판이었다. 지금은 만반의 준비를 하고 기회를 놓치지 않아야 할 것이지만 그리 쉽게 해결될 일이 아니게 되었다.*라며 괴발개발을 늘어놓는 말은 태엽에 감겨 멈추지 않고 돌아가고 있었다. 그렇게 쉽게 해결될 일이 아님을 북한의 김일성은 생각했다. 그러나 김일성과 박공산과 마오쩌둥은 공산주의 나라를 위해 서로 도와줄 방법을 생각하며 마오쩌둥은 김일성에게 말한다. *구체적이고 상세한 계획을 세워서 다시 오시오. 무얼 어찌 해야 할지!*라고 말하고 면담을 끝낸다. 그러곤 뒤도 돌아보지 않고 차에 오른다. 형제의 땅을 빼앗기 위해 모욕적이고 굴욕적인 대접을 받으면서도 허리를 반으로 접어 차의 꽁무니를 향해 절을 하는 모습을 보고 새들이 공중에서 똥을 찍찍 뿌리며 날아갔다. 새들도 비웃는 행동임을 알 리 없는 김일성과 박공산은 그렇게 헤어지고 계획을 짜서 다시 만나기로 약속을 걸어놓고 돌아온다. 그들은 어떻게든 이 기회에 남한을 다 차지해야 한다고 마오쩌둥과 만나기 위해 베이징으로 날아갈 계획을 세운다. 마오쩌둥은 남북 모두를 이 기회에 속국으로 만들 생각을 굳힌다. 이렇게 삼박자가 척척 맞은 그들은 군사행동을 도와줄 것이라는 말을 언급하며 *오늘 우리가 만난 것은 비밀 유지를 해 주길 바라오.* 한다. 김일성은 비밀이란 말에 꼭 도와줄 확신을 의심한다. 비밀을 유지해야 할 일은 없는 일이다. 이미 전쟁 중인데 무슨 비밀이 필요하다는 말인가? 그렇지만 일단 계획한 일을 마오쩌둥에게 말한다. *북한으로 이양되는 중공군 소속의 조선인 사단을 위해 중국이 노획한 일본 및 미국 무기를 제공해 줄 것을 요청합니다. 북한의 무기로 남한을 초토화하기엔 부족하기 때문입니다. 그리고 소련에도 함께 우리를 도울 수 있는 길을 마련해 주셔야 1952년 전에 남한을 초토화하고*

남한에 공산주의 수립 계획할 수 있도록 해 주십시오. 작전은 한시가 급합니다. 벌써 전쟁 난 지가 2년인데 별 진전이 없습니다. 이제 국제 사정을 핑계로 더 이상 머뭇거릴 시간이 우리에게는 없습니다. 최대한 시간 단축이 필요하며 상태를 철저하고 완벽하게 이길 수 있도록 도와주시길 바랍니다. 마오쩌둥은 현 국제환경은 과거와는 다르므로 북한을 도와주기가 쉽지가 않습니다. 최종결정은 나에게 하라고 일임했소. 그러면 스탈린 주석과 합의되었다는 말씀이군요. 우리가 단독으로 하기엔 국제 여론도 있고 해서 스탈린 주석이 소련 모스크바로 면담을 요청하기에 내 다녀왔지만, 지금은 전쟁을 처음 시작했을 때와는 국제 여론이 많이 달라졌습니다. 형제끼리의 혈투를 벌이기 위해 남의 나라에 구걸하는 북한 형제를 지나가던 구름이 모스크바 빌딩에 앉아 내려다보며 먹구름으로 인상을 찡그린다. 어두운 먹구름은 언제 맑았느냐는 듯 소나기를 모스크바 광장에 들어부었다. 무쇠솥에서 파도 소리가 끓듯 모스크바 광장에 소나기가 펄펄 끓는다. 맥주 거품 같은 물방울이 꺼졌다 생겨나고 생겼다 꺼지면서 지구상 어딘가에 동족 살상의 피비린내를 우주로 퍼 나르고 있었다. 무슨 혹한의 근원에 홀린 듯 먹구름은 머금고 있던 비를 모두 쏟아내고 어디론가 사라지고 어느 수만 리 먼 곳에서 벼락이 달려와 꽈당꽈당! 꽈당당! 성을 마구 낸다. 당신들 모두 한패로 작당해서 무슨 일을 벌이는 거야? 칼을 갈아 비수로 만드는 게 틀림없는데 새만도 못한 머리들로 작당을

부리며 만 년을 살 것처럼 작당하는 게야. 저 삭아가는 관이 보이지 않나? 언젠가 저렇게 관 속에 고인 물이 되어 사라지고 말 목숨 무엇을 위해 그렇게 멀쩡한 사람들이 썩어빠진 짓을 작당하고 있는 건지. 바람이 이말 저말을 마오쩌둥에게 했지만 바람을 먹고 사는 인간이면서도 바람의 말을 알아들을 리 없다. 마오쩌둥과 스탈린과 김일성과 박공산의 심보따리를 풀어 강물에 씻어버리고 싶다는 생각을 하는 바람을 안아주고 싶은 하늘이었다. *너희 인간들 아무리 피비린내를 풍기며 욕심을 부려봐야 독 안에 든 쥐처럼 지구 속에 갇힌 미물에 불과한 존재란 걸 깨달아라.* 수없이 전문을 보내오지만, 인간들은 한 마디도 알아듣지 못하고 욕심 넝쿨만 키우기에 정신이 없었다. 인간 몸에 박혀 있는 사탄의 알을 꺼내 매운탕을 끓여 먹고 싶은 시대다.

불 붙은 한반도

8

전장에 날아든 파랑새

하늘 밭에 평화라는 씨앗을 뿌려야 할까? 평화 씨앗들이 공중에 실뿌리를 내리면 전쟁이 종식될까? 탄피가 사라지고 총성과 이 피비린내와 긴장이 사라진 평화꽃밭이 될까? 평화라는 푸른 잎새와 꽃향기가 공포를 몰아낼 수 있을까? 이 대한민국에 언제나 전쟁이 끝나고 평화꽃이 피어날까? 평화꽃을 밀어낸 스탈린은 마오쩌둥에게 보낸 특별전문에서 이렇게 연설을 늘어놓고 있었다. *국제정세의 변화에 따라 통일에 착수하자는 북조선의 제청(提請)에 동의한다. 그러나 이는 중국과 북조선이 공동으로 결정해야 할 문제이고 중국이 동의하지 않을 때는 다시 검토할 때까지 연기되어야 한다.* 남의 나라를 두고 이방인들이 마음대로 밀가루 반죽을 하듯 주물럭거리는 이 기이한 현상. 북한 김일성과 박공산은 이렇게 민족을 삼킬 작전을 남의 나라에 동의를 구하며 바람이 컹컹 하늘 물어뜯는 소리를 스탈린이 마오쩌둥에게 전하도록 상황을 만들었다. *탕! 탕! 탕! 탕!* 늑골까지 총소리가 들린다. 혈관에서 푸른 피가 울컥울컥 터져 나오고 있다. 정지하지 못하고 형제의 몸에서 피를 훑아내려는 저 철없는 짓에 동백꽃조차도 붉은 울음을 울어대고 있었다. 소련 모스크바 스탈린의 메시지를 받은 뒤 마오쩌둥은 북쪽 김일성과 박공산을 중국으로 불러 구체적인 의견과 전쟁의 구체성을 이야기한다. 당신들의 구체적인 계획을 말해 보시오. 마오쩌둥은 호빵처럼 생긴 얼굴에 거드름을 가득 피워 올리며 음흉한 눈빛으로 두 사람을 쳐다보며 말한다. 김일성은 고양이 앞에 꿇어앉은 쥐처럼 찍찍거린다. *1단계 군사력을 증강해 주고 2단계 평화적인 통일 방안을 남한에 제의함으로써 안심시켜 놓고 무력으로 남한을 공격하는 작전을 세우고 3단계 남한의 평화통일방안 제의를 거부한 후 전투행위 개시할 때 미국도 당하지 못할 강력한 무기와 군사를 지원해 줄 것. 이렇게 3단계 계획과 세부적인 계획을 세워놓았습니다.*라며 어디 호랑이 한 마리를 잡는 계획처럼 아무렇지도 않게 야무진 계획을 입에서 마구 꺼내놓는다. 미국과 유엔이 남북 전쟁에 나서자 발등에 불이 떨어져 급한 마음인 것이 한눈에 보이는 계획이었다. 마오쩌둥은 유들거리는 얼굴을 손바닥으로 쓸어 올렸다 쓸어내렸다 하더니 넓적하게 생긴 두 손을 펴서 손바닥을 들여다보면서 독 안에 잡아놓은 쥐에게 선심이라도 쓰듯이 먹이를 던지며 자 어서 이 먹이를 받아먹어라. 그래서 통통하게 살을 찌워야지 내가 한 끼의 식사로 한입에 냉큼 넣지. 조선은 늘 우리 중국에 조공을 바치는 속국이었으니 이번 참에 아예 중국으로 편입시켜 중국 땅으로 만들 수 있는 절호의 기회가 왔다고 생각하며 그 기회를 잘 활용하려는 야욕을 드러내고 있었다. 그러나 선진국인 미국에서 정치를 공부하고 많은 경전으로 지혜를 쌓고 누구와도 비길 수 없는 미래를 보아내고 인맥을 쌓아놓은 이승만 대통령은 전쟁 중에도 인맥들을 백분 활용하며 미국이 마음을 돌려 유엔까지 손잡을 수 있게 만들었다. 그것은 현재 상황에서는 천만 장병들을 모아놓고 소리치는 것보다 나라를 구하는 데 더 유리한 일이었다. 이승만 대통령은 맥아더 장군에게 말했다. *이 기회에 남북을 합해서 자유민주주의를 만들어 주십시오. 이 위기를 전화위복의 계기로 만들 수 있게 힘을 써 달라는 말입니다.* 하고 말하자 맥아더 역시 *검토해 보자고* 대답했다. 그리고 맥아더는 간절한 기도를 했다. *주여, 내 형제를 약하게 만들지 마옵시고, 형제의 나라를 강하게 하여 주옵소서. 형제의 나라가 평탄한 길을 걷게 하지 마옵시고, 고난과 도전에 직면하여 용기 있게 이를 극복할 줄 알게 하는 지혜를 주옵소서. 형제를 안일과 편안함 속에서 자라게 하지 마옵시고, 역경과 어려움 속에서 인내와 용기를 배우게 하여 다시는 형제의 나라가 비극으로 추락*

하지 않게 해 주옵소서. 실패 속에서 겸손을 배우게 하시고, 승리 속에서 관용을 배우게 하여 주옵소서. 그의 마음이 깨끗하고 목표가 높게 하시며, 남을 다스리기 전에 먼저 자신을 다스릴 줄 알게 하여 주옵소서. 미래를 향하여 나아갈 때 과거를 잊지 않는 사람이 되게 하여 주옵소서. 그리고 그가 언제나 겸손함과 온유함을 잃지 않게 하여 주시고, 참으로 위대한 생각을 하며 세계 자유민주주의가 되는 데 앞장서는 이승만 대통령, 아니 대한민국이 될 수 있게 힘을 주옵소서. 힘겨운 비바람이 불어도 유머로서 난국을 지혜롭게 헤쳐나갈 수 있게 해 주옵소서. 머리의 지혜를 숫돌에 갈아서 날카롭게 만들어 침몰하는 대한민국을 건질 수 있게 해 주옵소서. 눈앞의 상황에 매몰되지 않고 다시 일어설 수 있는 용기와 지략을 주옵소서. 맥아더의 간절한 기도를 하늘은 조용히 지켜보고 있었다. 이승만 대통령은 밀고 밀리는 사이 어차피 미국과 유엔이 개입했으니 다시는 동족의 전쟁이 일어나지 못하게 해야겠다는 생각이 들었다. 이승만 대통령은 큰 그림을 완수하기 위해 끊임없이 노력했다. 김일성은 *남조선에 미국이란 거대한 고래가 아가리를 벌리고 노리고 있다. 더군다나 유엔까지 끼어들어 일이 점점 복잡하게 되는구먼.* 하고 중얼거린다. 한편, 북한과 중국은 악어와 악어새 사이가 되기 위해 전쟁을 일으켰지만, 예상 밖에 일이 생겨 지금 상황에서는 쉽지가 않자 끊임없이 중국과 소련에 도움만 요청할 뿐이었다. 김일성과 박공산은 가슴을 죄면서 마

오쩌둥의 행동을 기다리는 수밖에 별다른 방법이 없었다. 그의 입에서 무슨 말이 나올까 기대를 하고 있지만, 며칠째 아무 연락이 없자 박공산은 김일성을 앞세워 다시 마오쩌둥을 찾아간다. 마오쩌둥은 *이제 모든 정세가 어렵게 돌아가고 있소. 당신들 힘으로 이 전쟁에서 이겨야 하오.* 마오쩌둥의 말에 성질 더러운 박공산이 김일성을 뒤로 밀치며 입을 연다. *주석님 궁금한 것이 있습니다. 무엇이오? 말 하시오. 지금 그 말은 처음 약속과 다르지 않습니까? 군사적 지원을 해 주시기로 해놓고 전쟁이 시작되어 밀리는 기세인데 인제 와서 이러시면 어쩌라는 말씀이신지? 북조선 힘으로 싸우기야 하겠지만,* 하고 말하자 마오쩌둥이 이마에 번데기 주름을 만드는 걸 무시하고 박공산은 지껄인다. *지금 유엔과 미국이 합동으로 남조선 편에 서 있습니다.* 하고 신경질이 잔뜩 묻은 말을 한다. 마오쩌둥은 매서운 눈초리로 박공산을 째려본다. *그럼 그런 돌발상황이 생길 걸 예상하지 않고 전쟁을 시작했단 말이오? 그런 말이 아니라 주석님께서 전쟁에 병력과 무기를 지원해 주신다는 약속을 했으니 전쟁을 시작한 건 아닙니까?* 마오쩌둥은 능글능글 기름기가 번들거리는 말로 *어리석기는! 어떤 무식한 나라가 남의 나라 힘을 믿고 전쟁을 벌인단 말이오!* 하고 박공산을 섬뜩하도록 쏘아본다. 그리고 또 말을 잇는다. *설마 당신들 그렇게 어리석은 생각을 하고 전쟁을 시작한 건 아니겠지요?* 하고 김일성을 쳐다보며 묻는다. *예, 예 저도 주석님과 똑같은 생각이긴 하지*

만 지금은 워낙 급한 상황이라 드리는 말입니다. 하고 말을 더듬는다. 박공산은 말을 더듬는 김일성을 못마땅하게 쳐다본다. 박공산의 눈에는 불꽃이 철철 흘렀다. 불빛이 너무 강렬해 움찔한 김일성은 속으로 중얼거렸다. *박공산 너는 독 안에 든 쥐다. 독 안에 잡아놓은 쥐에게 선심이라도 쓰듯이 먹이를 던져야지. 자 어서 이 먹이를 받아먹어라. 그래서 통통하게 살을 찌워야 내가 한 끼의 식사로 한입에 냉큼 넣어야지.* 마오쩌둥이 북한을 두고 한 생각과 김일성이 박공산을 두고 한 생각이 쌍둥이 같았다. 김일성의 생각을 헤집으며 마오쩌둥은 *미국과 각국 나라 군이 파견되긴 했지만, 참전 상황을 결정적으로 변화시키지는 못할 것*이라며 위안을 덧붙인다. 이때를 놓칠 리 없는 박공산은 *주석님 만일 미군과 유엔에 대응할 중국 병력과 소련 병력을 파견해 북한을 도와주겠다고 약속을 해 주셔야 마음 놓고 싸울 수 있습니다. 손가락 걸고 약속을 해 주십시오.* 박공산의 말에는 비굴함이 밀가루처럼 허옇게 묻어 있었다. 마오쩌둥은 씁쓸해서 도저히 삼키기 어려운 웃음을 뱉어내며 *상황을 봐서 그리하지.* 하고 고슴도치처럼 가시투성이 말을 한다. *사실 소련은 미국 쪽과 38선 분할에 관한 합의가 있어 전투행위에 참가하기가 불편하지만, 중국은 이런 의무가 없으므로 북한을 도와줄 수 있다. 그러나 남조선과 통일이 되고 나면 모든 주권은 우리에게 있음을 잊으면 안 된다.*고 하자 김일성은 *여부가 있겠습니까? 주석님!* 하고 말을 공손하게 받아 안는다.

이렇게 중국과 소련을 등에 업고 같은 민족을 죽이고 땅을 빼앗으려는 천인공노할 작전을 벌이면서도 아무 죄책감도 느끼지 않고 오히려 중국의 속국이 되는 것에 들떠 있었다. 중국 입장에서 보면 손도 안 대고 코 푸는 격이 되니 이보다 더 좋은 일이 어디 있겠는가? 이제 갓 일본의 압박에서 벗어나서 두 편으로 갈라져 집안싸움을 하고 있을 때 중국으로서는 남조선과 북조선을 한입에 삼킬 수 있는 절호의 기회가 왔다는 생각을 하자 마오쩌둥은 힘이 절로 나서 한 마디 덧붙인다. *현시점에서 북조선이 남조선과 통일을 위해 작전 개시를 하고 이 작전이 양국 간 공동의 과제가 되었으므로 이에 동의하고 필요한 협력을 제공하겠다. 단, 미국과 유엔의 계획에 따라 방향이 달라질 것이다.*고 말한다. 김일성은 그 말을 받들며 말한다. *조선민주주의인민공화국은 계획대로 열심히 싸웁시다. 그래야 남조선에서 우리의 이 계획을 눈치채지 못할 것 아니오.* 김일성은 박공산에게 못을 박는 심정으로 압력을 가하고 박공산 역시 이 계획이 끝나기만 하면 김일성 너는 내 손에 처형된다고 마음먹는다. 그렇게 두 사람은 서로 같은 마음을 품고 치열한 전투를 벌이며 신경을 날카롭게 벼리고 있다. 박공산은 자신이 주석이 되기 위해 전쟁 중에도 정신 싸움을 하고 있었고 그 속셈을 눈치챈 김일성은 전쟁만 끝나면 바로 박공산을 처형할 생각을 하고 박공산은 전쟁만 끝나면 김일성을 처형하고 자신이 주석이 되리라고 서로 동상이몽(同牀異夢)을 그리고 있었다. 서로가 서로에게 자칫하다가는 당하고 말지도 모른다는 사실을 두 사람은 육감으로 느끼고 있었다. 그러나 지금은 전쟁 중이니 전쟁이 끝나면 서로를 처형하기로 마음먹고 그때까지 참기로 마음먹는다. 한편, 관료들의 반발로 아무런 대책도 세우지 못한 이승만 대통령은 원망조차 할 시간도 없이 뛰어다닌다. 1951년 9월 21일 *작전 상황에서 특정 병원체의 효과를 알아보기 위해 대규모 현장 실험을 시작할 것. 맥아더 장군은 중국 만주지역에 핵 공격을 가함으로써 중국 지원을 차단하고 전세를 역전시키려고 힘쓴다. 핵무기 26발을 1차로 북한과 만주에 투하하자는 의견을 내놓으며 주장한다. 트루먼 대통령도 한국전쟁에서 핵무기 사용을 해서라도 전쟁을 종식시키라고 한다.* 거짓 문서를 흘리자 공산군 측은 결국 전세가 유리하지 않음을 깨닫기 시작한다. 마오쩌둥은 일본이 미국에 항의하다 얼마나 처참하게 되었는지를 보았기에 일단 한 발 뒤로 물러서 사태를 관망하기로 마음을 굳혔다. 북한 김일성도 핵이라는 말에 겁을 먹고 다시 마오쩌둥에게 연락을 취했지만, 그는 김일성을 만나주지 않았다. 그렇게 거짓 문서, 그러니까 초강수의 전략 덕분에 치열한 전쟁을 중단하자고 소련의 유엔 대사 마리크(Marik)로 하여금 한국전쟁의 정전을 제의해 온다. 미국이 이에 호응함으로써 회담 장소를 판문점으로 옮겨 10월 25일 회담을 진행하기에 이른다. 대한민국의 전쟁사를 남의 나라에 의해 싸우고 정전하고 이 꼬락서니를 후손들은 무엇이라고 할지 이승만 대통령은 피를 토하는 심정이 되었다. 그렇게 핵이란 강수가 나오자 북한은 또 엉뚱한 말로 모함을 하기에 이른다. 이듬해인 1952년 2월 북한 외무성은 *미국이 한국에서 세균전을 펼치고 있다*는 거짓 성명을 발표한다. 북한은 공식적인 성명으로 *1952년 1월 28일부터 미군 비행기가 세균에 감염된 곤충을 대량으로 한반도 상공에 살포하고 있다*면서 유엔 측에 강력하게 항의한다. 중국의 마오쩌둥은 소련의 스탈린에게 전문을 보내 미국이 항공기와 야포를 이용해 10 차례에 걸쳐 세균무기를 사용했다고 강한 반발과 주장을 내민다. 그들은 세균무기를 사용했는지 하지 않았는지는 중요하지 않았다. 국제 사회에 여론몰이용으로 그들은 아니면 말고 식으로 끊임없이 거짓 선동을 참처럼 퍼뜨리며 여론전을 벌이고 있었다. 이승만 대통령은 맥아더 장군에게 *어찌 공산주의자들은 거짓말을 겁도 없이 참말처럼 공문으로 뿌릴 수 있습니까? 저런 공산주의를 그냥 두면 되겠습니까? 다시는 이 땅에 공산주의 세력이 발붙이지 못하게 이참에 꼭 자유민주주의 한 나라로 만들 수 있도록 힘을 써 주십시오.* 하고 거듭 부탁을 했다. 그리고 짧은 시 한 편을 적는다. 간절하게 평화로운 나라를 만들어 후손들에게 물려주어 후손들이 이런 자유민주주의에서 시를 쓰며 살아가게 하고픈 간절함을 썼다.

달빛 항아리에 고인 하늘

찻잔에 별이 진다

아침차를 우려

별빛을 마신다

그러는 사이에도 전쟁은 치열해 차선차후(差先差後)의 나날이었다. 1월 4일 서울이 두 번째로 적의 수중에 넘어가기에 이른다. 38선을 방어 중이던 국군과 유엔군은 전방으로부터의 압력과 측 후방의 위협으로부터 격전을 치르면서 서울 남쪽 60km 지점의 평택-삼척을 잇는 북위 37도선으로 철수를 하기에 이른다. 1월 8일 중공군은 남침을 계속하여 수원-여주-강릉 선까지 진출하는 데 성공하고 그동안 누적된 전력 손실로 인하여 중동부 전선으로 침투 중이던 북한군을 제외한 전군에 추격정지 명령을 내리고 휴식과 정비 및 방어 체제로 전환한다. 1월 12일 프랑스와 네덜란드 대대 그리고 미 제2사단이 북한군 제5군단의 공격에 맞서 치열한 공방전을 전개하고 마침내 적을 격퇴하고 원주를 탈환한다. 이 시기에 일본군의 참전설이 나온다. 이승만 대통령은 이에 대해 강력히 반대 의사를 밝힌다. 이승만 대통령은 38선은 조선인민군이 남침하였을 때 이미 없어진 것이므로 북진 정지는 부당하다고 선언한다. 국군과 유엔군은 38선으로의 복귀를 전제로 병력과 장비를 정비하여 반격할 태세를 갖춘 상황이었다. 서부전선에서 접촉이 단절된 중공군의 배치, 규모, 장차의 실행 계획 등을 탐색하는 데는 어려움이 가속되었다. 또 중동부 지역에서의 북한군의 힘을 견제하기 위해 제한된 위력수색작전을 계획했다. 1월 15일 중공군이 개입되자 전쟁의 심각성을 잠재우기 위해 유엔군이 처음으로 반격을 시도한다. 미 제1군단의 제25사단은 연대전투단을 편성하여 새벽에 위력수색작전을 개시하라는 명령이 내려진다. 2월 11일 중공군은 국군의 전투력이 약한 횡성을 목표로 빠른 병력을 집결하여 공격을 개시한다. 야간기습을 통해 북한군의 병력이 사방에서 동시다발적으로 돌진하여 국군은 대량의 인원과 장비 손실을 보고 전면 철수하기에 이른다. 중공군은 횡성 다음으로 지평리를 포위 섬멸하기 위해 근처 일대로 진출한다. 이때 지평리의 경계 상황과 적정을 보고 받은 미 제8군 사령관 리지웨이는 지평리는 홍천-여주 축선상 병참선의 중심지이고 한강 선으로 진출할 수 있는 관문의 역할을 하므로 절대적 점령의 필요성을 강조하며 사수 명령을 내린다. 제23연대 전투단은 중공군의 많은 병사를 상대로 격전을 치른다. 위치나 병사의 수에서 불리한 상황이지만 큰 손실 없이 지평리를 방어하는 데 성공하고 국군과 유엔군 전 부대에 자신감을 안겨준다. 3월 2일 비로소 한강을 넘어서 3월 14일 국군 제1사단이 다시 서울에 진주한다. 3월 24일 맥아더 장군은 38선 월경을 개시하고 이승만 대통령은 한국-만주 국경까지 진격하기 전에 휴전은 안 된다고 담화문을 발표한다. 한편 강원도 쪽에서 중국 인민해방군과 조선인민군이 강릉까지 마구 밀고 내려왔다. 유엔군은 이 전선을 지원 방어하고 전격적으로 공격을 퍼붓기 시작했다. 서로의 피 터지는 목숨 쟁탈전에서 중국 인민해방군과 조선인민군이 밀리고 또 밀려 후퇴를 거듭하기 시작했다. 유엔군은 38선을 넘었고 방어선을 쳐버린다. 밀고 밀리는 전투를 거듭하여 공산주의냐 자유민주주의냐의 팽팽한 줄다리기가 이어진다. 4월 17일 소양강 변에 거점 진지를 구축해서 국군의 진출을 저지하려는 북한군보다 우리 국군이 먼저 소양강을 건널 것을 계획하고 인제 방면으로 공격해 가기 시작한다. 승패를 예측할 수 없는 공방전이 이어진 결과 국군은 7일 만에 여러 개 고지를 점령하고 석룡산-화악산-지암리-신포리-용화산에 걸친 38선 북방에 위치한 방어선, 캔자스 선(Kansas Line)을 확보하며 방어진지를 구축한다. 4월 30일 중공군과 북한군이 다시 밀고 내려와 서울 구파발에서부터 강원도 홍천까지 진출한다. 5월 16일 중공군은 치밀하고 계획적으로 일사불란한 진격을 했다. 결국, 우리 국군이 지키고 있는 수 개 방어선을 무너뜨리고 현리 일대에 종심 약 90km에 달하는 대규모의 넓이를 진격하고 하진부리-유촌리를 지나 앞으로 앞으로 진출한다. 그러나 5월 20일을 전후하여 주력부대의 공세 활동이 현저히 감소되는 상황을 맞이한다. 우리 국군과 유엔군이 5일 동안의 공세 작전을 펼쳤다. 조직적으로 지연 작전과 강력한 포병 및 항공폭격으로부터 적군은 막대한 피해를 보았다. 이로 인해 중공군 제12군이 막대한 손실을 입었으며 전투력도 현저히 약화된다. 5월 21일 지원군 사령관 펑더화이는 공격 중지를 결정하고 모든 예하 부대에 신속하게 후퇴하도록 명령을 내린다. 6월 초 양측 모두 엄청난 피해를 보았음에도 불구하고 결정적인 승기를 쟁취하지 못한 상태에서 전황은 전전(戰前) 상태로 회귀한다. 그러나 이듬해 봄 다시 본색을 드러내면서 서서히 물이 오르기 시작한다. 엽록소들이 다시 바짝 굴러 마른 나무의 살을 뚫고 파릇파릇 봄을 알리는 계절. 포탄과 총성과 피비린내를 모두 봄볕에 내어 말리기 좋은 계절. 아무리 말리고 말려도 마르지 않을 상처들만 여기저기 낭자하고 솥적다솥적다 슬픔을 물어나르며 울어대는 새들은 아찔한 봄날을 펼친다. 중국 저우언라이 총리는 미군 비행기가 중국의 화북 지역 및 동북부에서 세균전을 수행하고 있다는 발표를 흘려 미국을 강력하게 비난한다. 중국군은 북한군 측에서 발병한 전염병과 관련해 미군 조종사 전쟁포로들에게서 세균무기를 사용했다는 진술을 받아낸다. 그렇지만 석방이 되고 미국으로 돌아온 다음에 이들은 손바닥 뒤집듯이 말을 뒤집어 진술을 번복한다. 진술한다는 건 어쩔 수 없었다는 뜻? 영국의 생화학자인 조지프 니덤(Joseph Needham)을 단장으로 하는 국제 과학자협회 공식 조사단은 사건이 똥인지 된장인지를 구분하기 위해 조사를 한다. 니덤 보고서를 작성하면서 미군 비행기가 투하한 생물무기 폭탄 사진

등을 공개한다. 한편 이승만 대통령은 *분단 상태에서의 휴전은 한국에 대한 사형선고*나 다름없다고 자신의 소신을 강하게 펼친다. *민족국가로 생존하기 위해 단독으로라도 계속해 싸워나갈 것*이라고 휴전에 대해 반발을 하며 아쉬움을 강조한다. 철저한 반공주의를 지향하던 남쪽 이승만 대통령은 북진을 고집하며 휴전에는 협조할 수 없다고 동의도 할 수 없다고 강력하게 피력하며 맥아더 장군에게 *부디 이번에 하나로 뭉친 자유민주주의를 만들 수 있게 도와 달라*고 요청했다. 유엔군과 한국군이 반격하였고 인민군을 압록강까지 물리쳤을 때 이승만 대통령은 대한민국을 분단시킬 여러 번의 휴전 제안에 동의하기를 거절한 적이 있기에 연합국들은 이승만 대통령에게 질타의 매를 두들겨 패기도 했다. 이승만 대통령은 이 기회를 놓치지 않고 유엔의 도움으로 통일된 한국을 만들어 조선민주주의인민공화국 정부를 저지하고 통일된 국기를 꽂기 위해 애쓴다. *통일된 국가를 만드는 데 방해가 되는 어떤 협정에도 동조할 수 없다*며 관절이 삐거덕거리도록 반기를 든다. 또한, 이승만 대통령은 *중화인민공화국에 좀 더 강력하고 확실한 방법을 강구하여 술 찌꺼기를 걸러내듯 걸러내야 한다*고 주장한다. *이렇게 좋은 기회를 장맛비에 허무하게 떠내려 보낼 수 없다며 기회가 자꾸 오는 것도 아니고 기회가 온다고 하더라도 수많은 희생이 따르기 때문에 기회가 왔을 때 반드시 놓치지 않고 기회를 잡아 통일된 조국을 이뤄야 한다*고 주장한다. *조금 더 힘이 소진되고*

힘이 고갈되더라도 남북이 하나가 되어 성장해나가야 한다고. 여기에서 체념하고 포기할 수 없다고. 미국이 폭격하는 데 망설이는 것에 대해 화를 내며 항의한다. 푸르름은 한 뼘쯤 자라고 물소리도 한 뼘쯤 자라고 종달새의 울음도 한 뼘쯤 자라는 오! 5월. 세상 일들도 덩달아 없던 일들이 생겨 나와 키를 키운다. 전쟁이란 폭력이 남긴 흉터를 치료하는 데 또 얼마나 많은 시간과 약이 필요로 할지. 또 얼마나 많은 합의와 계약과 사인이 동원되어 통과라는 관문을 거치고 안개비처럼 속절없는 일들이 일어날지. 모든 건 인간이 해결하는 게 아니라 시간이 해결하는 것이다. 포로 교환 문제를 제외하곤 대부분 의제에 합의하기에 이른다. 한국전쟁 중 2년 동안 이렇다 한 성과를 올리지 못하고 중화인민공화국 개입으로 전선이 굳어진다. 중화인민공화국을 부담스러워한 미국은 현상 유지 차원에서 휴전협정을 추진하기 시작한다. 소련이 부분적으로 참전한다. 마법 같은 일이 저들의 손에서 일어난다. 한국전쟁이 분단이란 줄에 묶이면 안 된다. 머지않아 고삐를 풀어버리고 냉전 체제를 끝내야 한다. 그렇지 않으면 한국의 통일을 위한 제3차 세계대전이 일어날 거라는 세계 여러 나라의 들끓는 여론을 비웃기라도 하듯 보기 좋게 불발로 끝난다. 유엔군과 중국 인민해방군은 얼른 한국전쟁을 중단하고 휴전을 하기로 해야 한다는 데 의견을 일치한다. 미국 측과 소비에트 연방 및 중화인민공화국 측과 휴전을 논의한다. 대한민국이라는 나라는 또 이렇게 이러하게 이러할

수밖에 없이 강대국이란 물결이 흔들어대는 대로 졸라졸라졸라 졸라 따라 흔들리면서 또 흔들리면서 따라 흘러갈 수밖에 없는 다만 오로지 당연한 길처럼 따라 흘러갈 뿐이다. 한 번 출렁하면 묻혀버리고 말 졸졸졸졸 소리만 내면서. 1953년 3월 5일이 지구상에는 속절없는 일이 또 일어난다. 천둥처럼 보냈다가 폭우처럼 데리고 가버리는 생명을 쥐락펴락하는 신의 장난 앞에서 한없이 나약한 인간은 속수무책이다. 감히 누가 이 신의 말을 거스를 수 있단 말인가! 신은 천둥처럼 인간 세상에 보냈던 스탈린을 폭우처럼 이 지구상에서 끌어내 또 다른 세상으로 데려가고 만다. 이로 인해 휴전 회담은 새로운 국면을 맞게 된다. 3월 19일 소련 내각은 *한국전쟁을 정치적으로 마감한다*는 판결의 망치를 두드린다. 중화인민공화국과 북한으로 자신들의 결정을 통보하면서 부상 포로의 우선 교환에 동의하도록 요청한다. *맹목적인 분노에 몸을 맡기는 것은 짐승의 성질에 다가가는 일이다.*라는 니체의 말이 스탈린의 관 위에 꽃잎처럼 떨어진다. 지금은 세상 만물이 푸르러지는 시간 또 다른 어느 세상인가로 가서 다시 싹을 틔워 따뜻하고 푸른 바람을 마시며 병아리처럼 노랗게 피어날 것이다. 돌 틈이나 구릉지나 언덕이나 어디든 온도와 햇살과 바람과 물소리들만 모여 사는 곳이라면 탓하지 않을 것이다. 스탈린이란 허물을 벗고 휘어진 뼈를 버리고 살을 버리고 5장 6부를 버리고 기침을 버리고 말을 버리고 물기를 물어 나르던 수로를 버리고 모두 새것으로 갈아 넣으며 아득한 우주를 지나 또 다른 하얀 우주를 찾아 날아갈 것이다. 스탈린이 영혼의 손발짓으로 자신의 몸을 우주 밖으로 밀어내는 소리가 전파를 타고 공중으로공중으로 타전되고 있다. 이 세상에 없는 또 다른 계절을 찾는 소리가 방생되고 있다. 산수유 열매보다 붉은 바람이 봄을 흔들고 있다. 이승만 대통령은 휴전협상을 계속 미루었다. 다시 또 동족 간의 피를 부르게 될 일을 하고 싶지 않았기 때문이다. 그러나 미국 대통령은 자신의 공약을 지키기 위해 지속해서 휴전을 요구해 오고 있던 1953년 5월 22일, 월터 스미스 미국 국무차관은 엘리스 브릭스 주한 미국대사에게 훈령을 보낸다. 그 훈령은 *미국은 서태평양 지역에서 군사력을 유지하고 있으므로 한국에 가까운 지리적 근접성이 북한의 침략을 억지하는 힘이 되고 있으니 휴전협정과 더불어 발표할 유엔의 제재 강화 성명을 믿으면 된다. 휴전협정을 하면 만약 공산 측의 재침략이 있을 때는 유엔 참전 16개국 나라가 함께 그에 맞서는 제재에 참여한다는 약속이다. 그러니 안심하고 제재 강화성명을 믿으면 될 것이고 또 미국이 한국의 장래 방어를 위해 계속 지원을 제공하겠다는 약속이다.*라고 이승만 대통령에게 훈령을 내민다. 이승만 대통령은 코웃음을 치며 속으로 너희 미국이란 나라가 우리나라를 엿으로 보고 있구먼. 웃기는 코쟁이 같은 소리 하지 마라. 코가 클수록 벼락에 맞을 확률도 높다는 걸 니들이 알기나 해. 내가 너희들이 인정하는 프린스턴대학교에서 국제법과 정치학을 공부해 보니 너희 나라가 그렇게 대단한 무엇도 아님을 알았다. 그렇게 우리나라를 호락호락하게 보다가는 큰코다친다. 이승만 대통령이 미국의 얇은 수법에 적당한 코웃음을 치고 있는데 이승만 대통령의 속을 알 리 없는 엘리스 브릭스 주한 미국대사는 *아이젠하워 대통령께서 현 상황에서는 대한민국과 상호방위조약 체결을 고려할 수 없다고 하십니다. 이것은 대한민국의 안전에 관한 관심의 결여를 의미하는 것이 아니라 유엔협정을 하면 16개 나라가 모두 귀국의 안전을 보장해 주기 때문임을 아셔야 합니다.*라고 말하자 이승만 대통령은 *그건 미국이 지금 형제의 나라를 혼자 보호하고 싶지 않다는 말로 들리오. 그런 말 하려거든 돌아가시오. 이젠 미국의 일방적인 행동에 나도 질렸소. 가서 전하시오. 그렇게 유엔협정 16개 나라를 핑계로 우리나라를 밀어내려 한다는 것쯤 나도 알도 있으니 그런 말 같지도 않은 말로 내게 하려거든 비겁하게 핑계 대지 말고 직접 미국 대통령이 내게 와서 무엇 때문인지 말하라고!* 소리를 지르자 엘리스 브릭스 주한 미국대사가 일어서며 *다시 찾아뵙겠습니다.* 한다. *무조건 나를 설득하려 하지 말고 귀국에 내 말을 분명하게 전해주시오. 이 비극을 겪고도 그렇게 무사안일한 결정을 하는 것에 나는 동조할 수 없으니 내가 요구하는 것이 무엇인지 진정으로 고민해 보라고 전해 주시오.* 하자 *알겠소.* 하고는 나가버린다. 쏟아지는 폭포수 소리가 그치고 등을 보이며 사라지는 주한 미국대사의 등에는 깨진 달비린내가 쿨렁거리고 바람의 심장과 혈관에서 송충이가 꿈틀꿈틀 입으로 기어 나와 덥석, 송충이를 씹어 입안에 송충이 피가 파랗게 번진다. 이승만 대통령은 송충이 피를 *퉤! 퉤!* 뱉어낸다.

불 붙은 한반도

9

이승만 대통령은 벌레 씹은 물을 뱉어낸 입안을 냉수로 우물우물 헹궈 공중에 푸푸 뿌려 버렸다. 하늘에서 무지개가 떴다. 이승만 대통령은 무지개를 보며 중얼거렸다. *저 미국이란 도둑 같은 나라가 우리나라를 이용만 해 먹으려 저렇게 날뛰는 걸 보면 몰라? 유엔에 적당하게 떠넘기려는 걸 나도 알지. 흥! 찢어버리면 그만인 종이 쪼가리 협정으로 나를 설득하려고 번지르르한 수를 쓰는 걸 내가 모를 줄 알고. 어림없지.* 그렇게 돌려보내고 나니 온 입안에 다시 송충이 쓸개즙 냄새가 고였다. 어떻게든 미국과 일대일의 상호조약이 필요하지 쓰레기 같은 유엔협정은 눈감고 야옹하는 장난감 같은 일이야. 생각이 잠을 모두 쓸어가 버려 하얗게 눈을 뜨고 며칠을 지새우는데 5월 26일 브릭스 대사와 함께 마크 클라크 유엔군 사령관이 또 경무대를 찾아왔다. 이승만은 그래 정치도 게임이다. 저들이 또 온 건 나를 설득하고 달래려는 심산이지만 어림없지. 생각을 서랍에 집어넣고 서랍 문을 닫는다. *어쩐 일이시오?* 하고 아무것도 모르는 척 묻자 마크 클라크 유엔군 사령관이 이승만이 예상했던 대로 봄비에 막 피어난 조팝꽃 같은 말을 이팝꽃처럼 하얗게 피워낸다. *아이젠하워 대통령께서 방위조약 대신 만약 침략이 일어나면 참전 16개국이 돌아올 것이라는 취지의 성명을 발표할 것이라고 합니다. 유엔협정을 하면 15개국이 대한민국이라는 나라를 공산군이 재침략할 경우 도와줄 텐데 왜 그리 고집을 피우시오?*라는 말을 이팝꽃처럼 피워내자 이승만 대통령은 *그 달달한 사탕으로 날 달래려 하지 마시오. 나를 바보 천치로 아시오? 나도 당신들만큼은 알 것 다 알고 있소. 지금 잠시 어수선해서 나라가 어지러우니 미국의 상호조약이 필요하다는데 그것이 무에 그리 어렵다고 이리 뺀들 저리 뺀들 뺀들뺀들 미꾸라지처럼 빠져나가려 말도 안 되는 천으로 말을 덧대며 야바위꾼 같은 말로 우리 대한민국을 유린하는 말을 한단 말이오? 당신들이 하려는 그 모든 일은 우리에게는 무의미하며 걸레 같은 말이란 걸 당신들이 몰라서 이러는 건 아닐 것이오. 천 번 만 번을 다시 내게 설득하려 들어도 아무 소용이 없다는 걸 아시오. 지금 대한민국이 그리고 국민의 생명과 안보를 책임지는 대통령인 내가 가장 필요한 것은 미국의 방위조약뿐이며, 민주주의 국가에서는 정치가 변하면 모든 것이 달라지며 또한 유엔협정이란 우리나라에*

아무 의미가 없기 때문이니 그리 알고 나를 설득하려고 왔다면 아이젠하워 대통령께 가서 전하시오. 우리나라를 진정으로 형제국이라 생각한다면 하나님이 보는 앞에서 방위조약 맺는 것이 뭐가 그리 큰일이라고 이런저런 이유 같지 않은 이유를 끌어다 대며 나를 설득하려 하느냐고 한 번 물어보고 그 답을 내게 가지고 오시오. 내 그 답이 타당하면 생각해 보겠소. 하고 마크 클라크 사령관의 제안을 받아서 쓰레기통에 던져버렸다. 그는 어이가 없어 *알겠습니다.*라는 말을 남기고 경무대를 나가 버렸다. 이승만 대통령은 얇은 천을 가지고 가죽천이라 우기는 미국이 이해가 안 되는 건 아니지만 그래도 어려움에 허덕이는 형제의 나라에 자신들의 이익과 안위만 생각하는 게 자유민주주의의 기본은 아니라는 생각에 괜히 찬물만 벌컥벌컥 들이마신다. 그렇게 그들을 돌려보내고 3일 뒤 다시 브릭스 대사와 함께 마크 클라크 유엔군 사령관이 경무대를 방문했다. *어서 오시오!* 이승만 대통령은 좋은 소식인가 싶어 반갑게 맞이한다. 차 한 잔씩을 아무 말 없이 마신 두 사람이 서로 눈알로 핑퐁핑퐁 탁구를 치는 걸 본 이승만 대통령은 좋은 소식이 아님을 직감하고 *또 똑같은 소리를 하려거든 돌아가시오. 이 지구가 닳아 없어지라고 하는 편이 나를 설득하는 것보다 빠를 것이오.* 하자 마크 클라크가 입을 연다. *유엔군과 중공군의 동시 철수 이후 미국이 방위조약 체결을 한다고 합니다. 그러면 되겠지요?* 하고 마치 선심이나 쓰듯 말하자 이승만은 바로 탁구채

로 그들의 눈알을 때려버린다. 좋소이다. 그렇다면 이렇게 하자고 하시오. 어차피 미국이 유엔군과 중공군의 철수 이후 방위조약을 맺어준다니 고맙구려. 그렇다면 어차피 도와주기로 마음먹었으니 유엔군과 중공군의 동시 철수 이후가 아니라, 철수 전에 방위조약을 체결하면 되잖소. 그렇게 합의 보자고 전하시오. 하사 둘은 동시에 아무것도 먹지 않고 사레가 들린 듯 헛기침을 해댄다. 뭘 그리 야단스럽게 그러시오. 조삼모사(朝三暮四)란 말 모르시오? 아침에 세 개, 저녁에 네 개씩 주겠다는 말이나 아침에 네 개, 저녁에 세 개씩 준다는 말이나 같은 말을 가지고 뭘 그리 어렵게 생각하오. 설마 우리나라더러 도토리를 던져주니 좋아서 얼른 받아먹으라는 말을 하는 건 아니겠지요? 하자 둘은 또 서로를 쳐다본다. 이승만 대통령은 다시 대나무처럼 쭉 곧은 말을 한다. 당신네 나라 미국이 초강대국이고 우리나라를 도와준 사실은 인정하고 고맙게 생각하오. 은혜를 저버릴 생각은 없소. 하지만 우리 대한민국이 이제 갓 태어나 미국의 버팀목을 잡고 일어서려는데 끝까지 화끈하게 도와주면 지금 현재 우리가 모두 미국을 뜨고 대한민국을 떠나서 하나님 나라로 이주한 이후 미국 당신들 나라 후손과 우리 대한민국의 후손들이 나란히 손잡고 꽃길을 걸으며 노래하고 춤추는 모습을 보여주고 싶지 않소. 우리 지금만 보지 말고 먼 미래를 보자고 아이젠하워 대통령께 전해 주시오. 그렇게 하면 아이젠하워 대통령은 인류의 평화를 위해 살다 죽은 사람으로 기록

되며 영웅시될 것이나, 지금처럼 미국의 이익만을 생각하고 형제의 나라를 다 떨어진 신발 버리듯 버린다면 당신은 역사의 죄인이 될지도 모른다고 전해 주시오. 미국법적으로 구속력 있는 방위조약을 중공군이나 유엔군 철수 이전에 체결해 달라고 전해 주시오. 이승만 대통령의 말을 들은 두 사람은 뒤통수를 긁적이며 나갔다. 미국 브릭스 대사는 이승만 대통령을 아주 존경하는 인물이었다. 미국인이면서 미국의 아이젠하워 대통령보다 대한민국의 이승만 대통령을 더 영웅시하며 존경하는 터라 며칠 후 5월 29~30일 열린 미국 국무부의 군부 고위급 회동이 열리는 자리에 직접 참석해 이승만 대통령의 편에 서서 강력하게 주장했다. 그의 주장을 받아들인 고위급 회동에서 논의 끝에 한국 정부가 휴전협정 체결과 시행에 동의하는 조건으로, 한국군을 유엔군 사령관의 지휘하에 존속시킨다는 조건을 내걸고 미국과 필리핀의 방위조약과 미국과 호주와 뉴질랜드의 조약과 같은 조약을 미국과 한국 간의 안보조약 체결을 한국 측에 제안할 것을 대통령에게 건의하기로 결정이 났다. 그러나 한미상호방위조약을 탐탁지 않게 여기던 아이젠하워 대통령은 그들의 건의를 한마디로 거절했다. 그러나 브릭스 대사가 개별로 아이젠하워 대통령을 만났다. *지금 이 어수선한 시기에 휴전협정이 체결되지 않으면 미국 국민들의 시선이 대통령에게 곱지만 않을 것입니다. 미국 사회에서는 한국 이승만 대통령에 대한 호의적인 사람이 특히 선교사들 사이에서 널리 퍼져*

있으므로 빨리 휴전협정 체결을 위해 꼭 필요한 일이니 지금 방위 조약을 맺었다가 이다음에 적당한 시기에 조약을 파하면 될 것을 무얼 그리 생각을 하십니까? 한 번 조약이 영원하리란 법이 없지 않습니까? 어서 이승만이 요구하는 조약을 체결해 주고 휴전협정에 서명하도록 하는 것이 미국으로서는 훨씬 득이 클 거로 생각합니다. 하고 간청하자 *아이젠하워는 응, 그런 방법이 있었구먼. 좋아 그렇게 하지.* 하고 이를 받아들이기로 했다. 그렇게 마음을 결정한 아이젠하워 대통령은 이승만 대통령에게 보낸 서신에서 *한미 상호방위조약 체결을 해 줄 테니 휴전협정 체결에 협조해달라*는 연락을 받았다. 1단계를 건너선 이승만 대통령은 지금 당장 붙은 불을 끄기 위함은 안 된다. 아주 탄탄하게 먼 후일 우리 후손들이 어떤 어려움에 당면하면 미국이란 나라의 힘이 필요하다. 그래야만 다시 중국이란 거대한 나라에 속국이 되어 조공을 바치고 일본이란 나라에 침략을 당하지 않을 것이 뻔하게 보였다. 그건 미국이란 강대국에서 교육을 받아본 결과이다. 미국이란 나라는 세계 1등 국을 쉽게 내줄 나라가 아니니 이 강대국과 아무리 잘 드는 톱으로도 자를 수 없는 탄탄한 동아줄을 만들어 놓아야만 한다. 그렇게 해 놓아 다시는 주변 나라들이 호시탐탐 우리 대한민국을 감히 내다보지 못하도록 반드시 해 놓을 수 있는 것이다. 야당에서 말 폭탄으로 미국 앞잡이라고 공격을 받지만 그건 개인 욕심이므로 나는 그 말 폭탄에 맞아 내 목숨을 잃는 한이 있어도 반

드시 이 나라만은 몇백 년이 지나도 탄탄대로가 되도록 해 놓고 죽어야 한다. 마음을 굳힌 이승만 대통령은 아이젠하워 대통령에게 답신을 쓴다. *20세기 초 가쓰라 태프트 밀약(密約)과 1945년 미소(美蘇)의 일방적인 38선을 획정한 것, 그리고 1950년 애치슨선언으로 북한의 남침을 촉발하게 한 것 등 당신 미국이란 나라의 전과(前過)들을 다시 한번 생각해 보시오. 그렇다면 한미상호방위조약은 미국이 한국에 무슨 은혜를 베푸는 것 같지만 그건 은혜가 아니라 과거에 미국이 저지른 잘못에 대해 한국에 마땅히 갚아야 할 도덕적 채무(債務)임을 알아야 할 것이오.* 하고 아이젠하워 대통령의 친서에 고맙다는 말보다 당연히 대한민국에 갚아야 할 채무임을 강조하자 아이젠하워 대통령은 다시 회신 글을 이승만 대통령에게 보낸다. *도대체 이승만 당신은 왜 그리 도도하오. 소원을 들어주면 고맙게 생각하기는커녕 적반하장(賊反荷杖)도 유분수지 도대체 당신 이승만이란 사람은 무슨 강철로 된 사람이오. 계속해서 당신 조국에 이익되는 것만 요청하고 도와준 은혜는 없고 그렇게 잘 났으면 어디 하고 싶은 대로 해 보시오. 이제 더 이상 당신의 투정을 들어주고 싶지 않소. 투정도 한계가 있지 원, 땅도 코딱지만 하고 힘도 없고 자원도 없는 나라가 무슨 자존심은 하늘을 찌르는지 모르겠소. 어디 당신 마음 내키는 대로 해보시오. 한미상호방위조약은 없었던 것으로 하리다. 모든 건 무효니 당신 그렇게 도도하고 자신 있으면 하고 싶은 대로 해 보시오. 말리지*

*않겠소.*라고 친서가 오자 이승만 대통령은 포커 게임에서 마지막 숨겨 놓은 에이스 카드를 꺼내 들기로 마음먹는다. 이승만 대통령은 아이젠하워 대통령의 친서를 받은 날 마지막 에이스 카드로 아이젠하워 대통령의 복수를 시작한다. 미국에서 정치와 법으로 최고의 학부에서 최고로 어려운 여건을 견디며 공부한 나 대한민국의 이승만의 코털을 건드렸다 이거지. 그래 내가 당신을 보기 좋게 한 번 엎어치기를 해 주지. 당신네 나라는 씨름이란 놀이가 없어 모르지. 씨름에서 한 방에 엎어치기를 해 줄 테니 기다리시오. 단단히 각오한 이승만 대통령은 초강수를 놓기로 마음먹는다. 괴로운 어둠이 오더라도 내 후손들은 이 어려움을 당하지 않게 반드시 해 놓을 것이다. 너희 나라는 그리 오래된 습관이 아니지만 우리나라는 엄청난 역사와 백의민족의 결기를 자랑하는 민족이다. 언제든 다시 일어나서 세상을 밝힐 한글 씨를 땅에 뿌려 놓고 아직 싹이 트지 않아서 그렇지 그 싹이 트면 넝쿨은 온 지구를 덮고도 남으리라. 너희 미국이란 나라의 국화인 장미꽃은 남의 나라 담벼락을 넘는 죄를 범하지만, 우리나라 국화 무궁화는 아무리 진딧물이 바글거려도 고고한 꽃을 피우는 민족이다. 장미는 꼿꼿하게 자라지 못하고 무언가를 타고 올라가면서 피지만 우리 무궁화는 꼿꼿하게 홀로 서서 꽃을 피우는 걸 잊지 마라. 그러므로 지금은 비록 아직 싹이 다 자라지 못해 제자리에 서서 닳고 있는 것 같지만 조금 지나면 선불의 셈 같은 일이 일어날 것을 잊지 마라.

나는 지금부터 내 머리로 강대국인 너희 나라의 대통령, 당신 아아젠하워의 머리를 내 마음대로 사용하리라. 국제적으로 망신 좀 당해봐라. 뛰는 놈 위에 나는 놈이 있다는 것을 보여주마. 너희 꼬부랑 글씨는 절대로 우리 과학적인 지성적인 숭고한 한글 근처에도 오지 못함을 우리 후손들이 세상에 알릴 수 있게 할 것이다. 지금 밀리면 영원히 후손들은 유대인처럼 떠돌아다닐지도 모른다. 그러므로 나는 내 한 목숨 바쳐서 후손들이 어깨를 쫙 펴고 세상을 활보하게 할 것이다. 이승만 대통령은 굳은 결심 하나를 꺼내 손에 든다. 그러고는 콜린스 미 육군참모총장에게 이승만은 경고를 날린다. *나는 휴전을 반대한다. 그리고 한국군을 유엔군 사령관의 작전지휘권으로부터 철수시켜 대한민국 단독으로 북진통일 작전을 하겠으니 미국은 알아서 하라. 미국 아이젠하워 대통령은 나와 아주 위험한 포커 게임을 하자고 제의한 것이나 마찬가지라고 전하라. 나에게도 숨겨 놓은 에이스 카드가 있으니 그때 가서 체면을 구기지 말고 내가 이만큼 용서해 주고 받아들일 때 좋은 게 좋다고 합의를 보는 것이 좋을 것이다. 내가 마지막 경고를 하는 것은 형제의 나라에 대한 예의 때문이다. 우리나라는 동방예의지국이거든.*이라고 말하자 콜린스 미 육군참모총장은 아이젠하워 대통령을 만나 다시 간청한다. *이승만 대통령이 한국군을 유엔군 사령관의 작전지휘권으로부터 철수시켜 대한민국 단독으로 북진통일 작전을 하겠다고 한 말이 결코 미국을 위협하는 허세*

만은 아닐 것 같습니다. 그는 우리 미국에서 정치와 법을 그것도 몸으로 체험해 가며 배운 천재가 아닙니까? 재고해 보심이 좋을 듯합니다. 하자 아이젠하워 대통령은 *당신 지금 미국 사람입니까? 한국 사람입니까?* 하고 화를 내자 콜린스 미 육군참모총장도 더 이상 아무 말도 하지 않는다. 이승만 대통령이 아이젠하워 대통령이 요청한 포커 게임을 시작하겠다고 하자 콜린스 미 육군참모총장은 누가 이길 것인지 흥미진진한 게임이 될 것이라며 내심 이승만 대통령이 이길 것 같다는 생각이 들자 불안하기도 했다. 그러나 이승만 대통령은 정치와 법을 공부했기에 확실한 조국의 미래를 100년 후까지 내다보는 지혜를 갖추고 있었다. 그렇기에 어떤 방법으로든 우리 후손들이 자자손손 혜택을 입고 위험에 처할 때마다 우리의 안보를 지켜주어 후손들이 마음 놓고 경제 부흥 국가를 만들어 번영을 누릴 기틀을 잡아주는 일은 만약 공산당이 다시 전쟁을 일으키면 16개국이 도와줄 것이란 찢어진 휴지 같은 협정은 아무짝에도 쓸모없이 개나 물고 가서 씹을 일이란 것을 너무나 잘 안다. 미국이 자국이 빠져나가기 위한 지략으로 하는 공허한 약속만 믿고 한미상호방위조약을 체결하지 않으면 우리 한국의 미래를 장담할 수 없다. 역사를 뒤돌아보면 모르겠는가? 지금 내가 반드시 어떤 방법과 수단을 동원해서라도 한미상호방위조약만 체결 해두어야만 후손들이 앞으로 대대손손에 걸쳐 혜택을 받게 될 것이다. 이 조약을 체결해야만 우리는 앞으로 번영을 누릴

것이며 우리의 안보가 튼튼해야 그 후의 역사는 찬란하게 빛이 날 것이다. 나 이승만은 종이 쪼가리 하나에 우리의 운명을 맡기는 어리석은 사람이 아님을 미국 저들은 모른다. 고심참담(苦心慘憺)하며 투쟁에 내 목숨을 건다. 미국 너희는 포커 게임을 원하지만 나는 그 포커에 목숨을 건다. 그럼 목숨을 건 싸움과 대충 눈앞의 이익을 위해 싸우는 사람과 누가 이기겠는가? 묻고 따질 필요도 없이 당신 미국 대통령은 내 앞에 참패하고 말 것이다. 내가 반드시 우리 한국과 미국의 조약인 한미상호방위조약을 쟁취해서 월계관을 우리 후손들에게 씌워 줄 것이다. 그래서 이 조약으로 인해 물과 공기와 햇빛 덕분에 살면서도 너무나 당연하게 고마움의 존재조차 못 느끼고 살지라도 우리 후손들이 마음 놓고 안보 걱정 없는 번영을 누리며 살게 할 것이다. 후일 후손이 이승만 대통령 덕분에 이렇게 산다고 물과 공기와 햇빛에 고마움을 못 느끼듯 못 느낀다고 하더라도 그렇더라도 단 한 사람이라도 내 이 투쟁을 알아준다면 나는 영광스럽게 내 몸을 바친 것을 잘한 일이라 생각하리라. 1953년 7월 27일 한반도를 무력으로 통일할 수 없는 일진일퇴를 거듭하는 상황에서 양측은 어느 한쪽도 결정적인 승세를 갖추지 못한다. 이를 해결하기 위해 처음으로 소련의 유엔 대표 말리크는 유엔 라디오 방송을 통해 *소련은 한반도에서 전쟁의 종식을 위해 휴전을 원한다*는 뜻을 밝히며 정전을 제의해 온다. 같은 달 30일 유엔군 사령관 리지웨이 장군도 휴전회담의 개최를 공식 제안한다. 휴전협상을 개시한 지 4개월 반 동안의 설전 끝에 국군과 유엔군은 북측의 38선 주장을 철회하고 쌍방이 대치 중인 접촉 선을 군사분계선으로 결정하는 데 성공한다. 그 후 남북은 각자 상대적 우위를 확보하기 위해 군사력을 증강하는 한편 견고한 진지를 구축하며 방어태세를 강화한다. 1953년 7월 27일 남측은 유엔군 사령관 클라크 장군을 선두로 북측은 김일성과 중국의 펑더화이를 선두로 하는 휴전협정에 서명한다. 민족상잔의 혈투는 중단되고 이로써 한반도를 가르던 아픈 38선은 또 다른 이름의 휴전선이라는 높은 담으로 다시 태어난다. 하나의 하늘을 공유한 두 개로 나누어진 땅. 새카만 밤일수록 가장 밝게 비춰주던 단일 민족의 별자리는 기약 없는 이별을 예고하듯 가장 강한 섬광을 뿌리고는 보이지 않는 먼 곳으로 위치를 옮겨간다. 다음 날 밝아 온 두 개의 돋을 볕은 시름시름 앓던 지샌 달을 밀어내고 남으로 북으로 높이 올라 멀리 갈라져 새로운 아침을 알려준다. 이승만 대통령은 파도 거품 같은 날들에 몸서리치고 있다. 도깨비에 홀린 듯 아무것도 들리지도 보이지도 않는다. 그렇다고 두 손 놓고 무작정 시간만 죽음 쪽으로 흘려보내고 있을 수만은 없지 않은가! 오전 내내 빛들이 달려와 땅으로 내리꽂힌다. 위로와 반항이 교대로 쏟아져 자신의 머릿속을 괴롭히고 있다. 감옥 같은 시간이 못다 산 형량을 살아내고 있다. 함께 갇힌 정오의 몸에 수인번호가 새겨지고 면회실 창살엔 소나기가 찾아와 자신의 몸과 마음을 흠뻑 적신다. 몸과 마음이 젖어 한기에 덜덜덜덜 떨고 있다. 쨍쨍한 빛마저 소나기에 다 젖어 그림자마저 잃어버린다. 나라와 국민 마음을 말려야겠다. 불을 지펴서 나라와 국민의 마음을 뽀송뽀송하게 말려야겠다. 언제 또 사납게 불어닥칠지 불안이 뇌 속에서 웅크리고 있다. 눈물이 주루룩 고개를 들어 손등을 바라본다. 손등에 고개를 비비는 눈물, 그때 느닷없이 쨍그랑쨍그랑 감옥의 유리창을 깨고 햇살 한 줄기가 다급한 얼굴로 헐레벌떡 뛰어와 급보를 전한다. 화들짝 눈을 뜨고 몸을 일으킨다. 해바라기처럼 달맞이꽃처럼 낮밤으로 오로지 자신을 쳐다보며 희망을 건지려고 애쓰는 백성들이 눈으로 들어와 아우성아우성 슬픔을 말릴 빛을 요구하고 있다. 정신을 차리자. 이승만 대통령은 몸을 일으켜 일에 손을 대기 시작한다. 아이젠하워에게 보낸 친서에서 다시 한번 한미상호방위조약을 요구한다. 맥아더 장군이 전쟁에서 결정적으로 우리나라를 구할 수 있었던 것은 이승만 대통령을 통해서 우리나라의 문화를 익혔고 우애를 다졌기 때문이었다. 이승만 대통령은 맥아더에게 한국은 동방예의지국이라며 한국의 아름답고 겸손한 미덕을 맥아더에게 가르쳤다. 맥아더는 그 예의범절을 좋아했고 또 직접 실천을 하며 자신보다 나이가 많아 보이는 할머니가 지나가면 앉아 있다가 벌떡 일어나 모자를 벗고 인사를 할 정도로 한국 문화에 익숙해져 있었다. 유엔군 사령관이란 것도 잊고 농부가 지나가거나 머리가 하얀 사람이 지나가면 모자를 벗고 인사를 할 정도로 한국 문화를 사랑하고 문화에 젖어 있었던 것은 이승만 대통령에 대한 사랑이었다. 이승만 대통령의 매력에 빠져 이승만 대통령의 조국까지 관심을 가졌으며 참다운 사랑을 실천했던 사람이다. 전쟁 3일 만에 수도 서울이 함락되고 대한민국 군인 중에 8만 5천 명의 절반 이상인 4만 5천여 명이 죽거나 행방불명이 되어 어느 모로 보나 망하기 직전의 나라였지만 사랑하는 친구의 조국이 공산화가 되면 안 된다는 생각에 두 번 생각도 않고 도와주었다. 3년 넘게 질질 끈 전쟁 그 당시 한국이란 이름을 잘 모르고 코리아가 나라인지 기업 이름인지 몰랐던 시절 맥아더는 한국을 알리는 데 전력을 다해 도와주었다. 미국이란 나라는 세계대전을 전시 특별 예산 없이 그냥 치러낼 수 있을 만큼 부자나라였다. 그런데 미국 역사상 처음으로 전시 특별 예산을 편성해서 지금 전쟁 중이니까 교육비 줄이고 학생들이 받아야 할 혜택을 줄이고 복지 장애인 노인 저소득층 고아 등 미국의 불우한 사람들이 받을 혜택을 줄인다. 모두 줄이고 특별 예산으로 달러를 쏟아부었던 단 한 번의 사례가 6.25전쟁이다. 세계 전쟁 때도 특별 예산이 필요 없었는데 왜 한국전쟁에는 특별 예산이 필요하냐는 미국인들의 반발도 많았다. 그러나 맥아더는 그들을 이해시키는 데 최선을 다했다. 미군이 한국에 와서 전쟁만 한 것이 아니었다. 6.25전쟁 3년 동안 3천만 한국인들의 의식주를 모두 해결해 줬다. 아프리카 같은 나라는 전쟁을 안 해도 100만 200만 명이 굶어 죽는 시점인데

6.25전쟁 당시 아프리카보다 못 사는 나라였고 그 와중에 나라 전체가 잿더미가 되고 시쳇더미가 되는 끔찍한 전쟁이었지만 그런데도 우리나라는 그렇게 많이 굶어 죽은 사람은 없었던 이유는 미국이 의식주를 다 해결하기 위해 달러를 마구 쏟아부었기 때문이다. 미국 사람들도 사람인지라 지치기 시작했다. *코리아란 나라가 무엇이냐? 그 나라가 없으면 우리나라가 망하냐? 코리아에서 지하자원이 콸콸 쏘아져? 코리아가 세계적으로 우리나라에 무슨 보탬이 돼? 그 코리아 때문에 우리나라 미군 5만 명이 넘게 죽고 10만 명이 넘게 다치고 교육비 복지혜택 다 줄여서 코리아 3천만을 먹여주고 입혀주고 재워주고 왜 미국이 코리아 때문에 이런 희생을 치러야 하느냐.* 미국 국민이 회의를 느끼고 분노할 때 미국 선거가 있었고 아이젠하워가 출마를 선언했다. 그는 2차 세계대전을 끝장낸 명장이었다. 이 아이젠하워 공약 1호가 *한국전쟁 종결. 내가 전 세계에서 벌어진 2차 세계대전도 종결시켰는데 그 조그만 나라 한국에서 벌어지는 한국전쟁은 내가 대통령이 되면 바로 끝낼 수 있다는 걸 명심해 주시오.* 미국 사람에게 각인된 그는 미국이 3년 싸워주었으니 이제 휴전선 긋고 미국이 떠나면 되었다. 미국이 떠나면 남한이 경제력이 40배인 북한을 이길 수도 없었고 북은 탱크가 200대 이상 있었지만, 남한은 단 한 대도 없어 남한이 북한을 감당하기 어렵다. 중공 공산주의 중국이니 중국 소련이 주위에 있었고 북한 경제력이 높았다. 이승만 대통령은 미국에 따졌

다. 미국은 기독교 나라였고 또한 대통령을 비롯한 미국의 중요 요직에 있는 장관들과 두루 교류해서 어떤 톱으로 자를 수도 없고 망치로 두들겨 깰 수도 없는 탄탄한 인맥 때문이었고 또 하나는 1950년대 미국은 인류 역사상 유례를 찾기 어려울 정도로 기독교를 찬양하는 국가였고 대부분의 국가 지도자들이 기독교인이기 때문이었다. *미국과 우리는 기독교 성경을 함께 공부하고 한 하나님을 믿는 형제다. 독실한 기독교주의 미국은 이 멸망에 처한 한국을 그런 식으로 버려두고 도망치는 게 기독교 국가라는 나라가 할 짓이냐? 네 이웃을 내 몸처럼 사랑하라는 그런 성경 말씀을 송두리째 버리는 것이 기독교를 독실하게 믿는 나라냐?*라며 이승만 대통령이 아이젠하워 대통령에게 따진다. 아이젠하워는 *약소국으로 전쟁통에 다 망해가는 나라 주제에 최강대국 미국 대통령인 나한테 따져 심각하게 건방이 둑을 넘어 흐르는구나.*면서 이승만 대통령을 무시하고 휴전협정을 추진한다. 이승만은 그래 내가 그렇게 쉽게 물러서지는 않을 것이다. 끝까지 한 번 해보자. 다짐한다. 그렇게 서로 신경전을 벌이다가 휴전협정이 되었다. 휴전협정이 되면 쌍방이 잡았던 포로를 서로 교환하게 되어 있다. 쌍방이 휴전협정하고 떠나면 그만인데 3만여 명이 넘는 북한의 포로들은 자기 고향으로 가지 않겠다고 반발했다. 자신의 가족이 있고 나고 자란 곳인데 공산주의가 싫어서 북한으로 돌아가지 않겠다고 하는 일이 발생했다. *우리는 자유대한민국인 남한에 귀순하겠습네다.* 우리를 받아 주시라요. 하고 단체로 버티었다. 이런 문제가 생긴 이유는 6.25 때 공산군이 되어서 쳐들어온 사람의 대부분이 공산주의가 좋아서 공산주의가 된 것이 아니라 12살에서 18살 글자도 쓸 줄 모르는 문맹인 사람, 즉 공산주의가 무엇인지도 모르는 소년들을 너 군대 안 가면 너희 부모를 둑인다 했습네다. 협박에 못 이겨 내가 군대 안 가면 부모를 둑인다는 소리에 어쩔 수 없이 우리는 총을 들고 던댕터로 나온 것입네다. 그리고 던댕터에서 남한군과 싸우면서 김일성 동디와 공산군이 참으로 나쁜 놈이란 것을 깨달았습네다. 인민을 위한다면서 인민을 총알받이로 내몰고 던댕을 일으켜서 남북 우리 민독 다 둑게 만들고 그러니까 공산당은 덩말로 나쁜 놈들이란 걸 이데 깨달았습네다. 공산당 군복을 입고 싸우면서 공산군을 미워하고 등오하게 되었습네다. 그러다가 포로가 된 것입네다. 북한에서는 미 데국두의다 놈들은 사람을 답으면 눈알을 뽑고 생체실험을 하고 배를 갈라 창다를 끄덥어내거나 산 채로 묻기도 하는 미국은 살인마라고 배웠습네다. 그런데 막상 미군을 만나니 미국 병사들이 먹는 음식이랑 같은 음식을 두었습네다. 태어나서 처음으로 스테이크를 먹어보았습네다. 디금까지 먹어본 음식 둥에 가장 맛있는 음식 그 음식을 이름도 모르고 먹었습네다. 포로한테도 인격 대우를 해 두는 것을 보고 이것이 다유민두두의라는 걸 깨달았습네다. 우리가 살았던 북한 공산두의와는 비교도 안 된다는 걸 몸소 체험했습네다. 여기는 다유민두두의란 말처럼 다유를 둬서 내가 결덩하고 내가 선택할 수 있다는 신비로운 다른 세상을 만났습네다. 그렇게 미워하던 남도선과 살인마 미국인들을 딕텁 겪고 보니 모든 다유를 빼앗긴 북한에 살 때와 비교가 되기 시닥했습네다. 그래서 다시 북으로 가기 싫습네다. 우리는 같은 민독이니 우리를 받아 주시라오. 데발, 살려 두시라오. 이들의 간절한 애원에도 아이젠하워는 빨리 포로를 돌려보내야 휴전협정이 맺어진다며 빨리 포로 교환을 하라고 협박을 했다. 그러다가 결국은 강제로 북한으로 돌려보내기 위한 작전을 추진한다. 이승만 대통령은 북한으로 돌아가기 싫다는 사람들을 왜 강제로 보내려 하느냐? 이 사람들은 남조선이나 북조선이나 같은 민족이므로 한국에 살 자격도 있는 것이다. 이 사람들을 돌려보내면 모두 처형될 것이 뻔한데 나는 그렇게 할 수 없다. 당신이 기독교인이 맞습니까? 미국이 정말로 기독교 국가가 맞는 겁니까? 3만여 명이나 되는 젊은이들이 공산당이 좋아서 공산당이 된 것이 아니고 부모를 죽인다고 협박해서 강제로 전쟁에 끌려 나와 싸우다가 이제 자유가 날개 달린 새인 걸 알고 이제 자유로운 한국 땅에서 살겠다는데 3만여 명을 죽이는 게 하느님의 뜻이겠습니까? 살리는 게 하느님의 뜻이겠습니까? 기독교 국가이고 하느님을 믿고 인권을 존중한다는 당신들이 하는 일이 옳다고 생각합니까? 나는 하느님을 믿는 사람으로 내 조국 동포를 죽음의 구덩이로 밀어 넣을 수 없습니다.라고 맞서 항의했다. 아이젠하워는 유창한 영어 실력으로 따지는 이승만 대통령을 매우 못마땅하게 생각했다. 이 황량한 계절은 언제 멈출 것인지. 남과 북은 황량한 계절의 입술을 윗입술은 윗입술대로 아랫입술은 아랫입술대로 자신의 입술만이 입술이라고 가장 맛있는 술이라고 지껄이고 있었다.

불 붙은 한반도

10

아이젠하워는 강대국으로서의 자존심이 바람의 풀처럼 드러눕는 것 같았다. 아이젠하워는 이승만의 말에 찬물을 끼얹어 무시해야겠다고 생각했다. *이유를 불문하고 내 말에 따르시오. 북한 포로를 한 사람도 없이 돌려보내지 않으면 안 될 것이니 단 한 명도 남기지 말고 모두 북한으로 돌려보내시오!* 하고 협박문을 보냈다. 이승만 대통령은 *당신네 미국이 강대국이라고 우리 대한민국을 약소국으로 보고 그렇게 우리나라 국민의 인권과 목숨을 우습게 여겨 함부로 멸시하고 무시했다가는 반드시 대가를 치르게 될 것입니다.*라고 친서를 써서 미국으로 보낸다. 이승만 대통령은 친서를 미국으로 보낸 다음 말과 글로만이 아니라 행동 작전에 들어가야겠다고 생각했다. 이승만 대통령은 반공 포로들이 가장 많은 거제 포로수용소와 부산 대구 영천 등 곳곳에 나누어져 있는 포로를 반드시 탈출시켜 구해야겠다 다짐하고 헌병을 부른다. *그리고 1부대는 거제 포로수용소 2부대는 부산 포로수용소 3부대는 대구 포로수용소 4부대는 영천 포로수용소를 책임지라.* 반공 포로들이 갇혀 있는 곳마다 부대원들을 지정하고 다음 명령을 내린다. *미군이 억류하고 있는 북한 포로들을 아이젠하워의 정책에 따라 북한에 보내면 모두 죽게 될 것이다. 우리 동족 3만여 명의 동포를 구출해야만 한다. 치밀한 작전을 짜서 포로가 미군에 의해 북으로 가기 전에 작전 수행을 서둘러라.* 이승만 대통령은 아이젠하워와 정면 승부수를 던지며 전쟁을 선포하기에 이른다. *치밀한 작전으로 미국 헌병과 전쟁을 하되 반드시 싸우지 않고 이기는 상책을 쓰라. 싸워서 이기는 전쟁은 이긴다고 해도 상책이 못 되고 중책밖에 안 된다. 그러니 반드시 상책을 쓰도록 하라. 첫째 미군을 제압해서 무력화시킨다. 둘째 한국군이 미군에게 총을 쏘아서는 절대로 안 된다. 3만여 명 포로를 구출하지 못한 자들은 전원 자살하라. 이건 3만여 명의 동포를 구하는 일임을 명심하고 바로 실천하라!* 무서운 명령을 내리자 헌병이 묻는다. *명령을 복종해야 한다지만 복싱이나 레슬링으로 총을 제압하라는 말씀입니까?* 헌병이 한마디 하자 이승만 대통령은 장황하게 예를 들며 설명한다. *모든 조건이 압도적으로 좋은 국민당을 공산당 최고의 군사전략가 마오쩌둥과 모택동의 전략으로 밀어내는 것을 보지 못했나? 보통 사람은 끝까지 싸우다가 죽느니 전세가 불리하면 항복을 한다. 그러나 최*

고의 군사전략가는 끝까지 전략을 세운다. 이길 연구를 하면 전쟁이 역전되어 하루에 1개 사단씩 없어지는 게 보이지 않느냐? 이성장군 삼성 장군들이 자기 휘하에 1만여 명의 부하를 이끌고 1개 사단이 통째로 항복하는 걸 못 보았느냐? 병력 물자 무기가 많은데도 항복시키는 지혜 제갈공명이나 사마의의 지혜를 이때 빌려 읽어야지 머릿속에 썩혀두면 모두 땅에 묻히고 마는 것을 모른단 말이냐? 우리나라 전쟁 3년 내내 1개 사단 1개 연대 1개의 대대 심지어 1개 소대까지도 싸우다가 장렬히 전사했지 항복하고 투항한 부대는 단 한 군데도 없었다. 이렇게 끝까지 싸웠기에 나라를 지킬 수 있었다. 이승만의 이야기를 듣고 헌병은 아무 대책도 없으면서 오히려 용기백배했다. 그리고 대통령은 역시 멋지다. 포로를 못 구하면 죽으라는 말도 이해가 되었다. 그래 방법이 있겠지. 무조건 믿고 따라 아무리 어려운 말도 안 되는 말에도 이승만 대통령의 명령을 따르면 될 것 같은 용기가 불쑥 솟아올랐다. 그 훌륭한 믿음과 용기는 우리 민족을 살리기 위해 먹여주고 입혀주고 재워준 그 고맙고 감히 상상도 못 할 강한 나라에 대항해 우리 동족을 살리기 위해 맞장을 뜨는 것이다. 이승만 대통령의 당찬 명령에 헌병들은 아연실색하고 만다. 그리고 군인들은 모여서 아이디어를 짜기 시작했다. 수백 가지의 아이디어를 낸 끝에 결론이 났다. 이승만은 연일 아이디어를 올리라고 독촉한다. 그렇게 밤잠을 반납하고 1주일 동안 머리를 맞댄 끝에 솔로몬의 지혜꽃이 활짝 피었

다. 포로수용소마다 솔로몬의 지혜꽃 모종하기에 들어간다. 첫 번째 꽃을 모종하는 법은 포로들이 갇힌 수용소 밖에 철조망을 미리 모두 잘라놓는다. 그리고 보이지 않는 테이프로 살짝 붙여놓고 포로 한 명을 데리고 나가서 살짝 미리 알려 준다. *여기를 발로 차면 철조망이 열리게 되어 있다. 비밀이 새나가면 너희 모두 죽는다. 그러니 철저하게 비밀을 유지하고 동료들에게 미리 은밀하게 말해 두었다가 너가 발로 차고 나머지를 모두 뒤따라 오게 해서 밖으로 탈출한다. 탈출 후에는 반드시 각자 모두 다른 방향으로 뛰어라. 그리고 최대한 어두운 곳으로 뛰어라. 숨을 곳이 있으면 숨어 있다가 다시 도망치도록. 미군이 끝까지 따라가지는 않을 것이니 너무 당황하지 말고 반드시 따로 흩어져서 가야 미군이 따라가지 못함을 명심하라. 우리는 고맙디요. 어서 들어가. 미군 눈에 띄면 총살이니 조심하고. 미군이 총을 들고 망루에서 지키고 있다. 그러니 적당한 시기에 내가 손 신호를 주면 도망가라.* 그렇게 훈련을 시키고 밖으로 나온다. 미군이 망루에 총을 놓고 잠시 느긋하게 교대를 하는 순간 손을 들어 신호한다. 그리고 미군 교대자에게 영어에 능통한 헌병이 음료수 두 개를 미리 준비해 한 개씩 나누어 주며 이것 마시고 근무하라고 한다. 미군 병사들이 느긋하게 음료수를 먹고 있는 사이 포로들이 우르르 몰려나오자 미군은 도망가는 포로들을 보며 코웃음을 쳤다. *저 미련한 놈들 뛰어봐야 부처님 손바닥 안이지 철조망이 저렇게 철통처럼 보초를 서고 있는데*

그래 네까짓 놈들 마음대로 해봐라. 쓸데없이 달리기 연습하는구먼. 이놈들! 하며 태연했다. 우리 헌병도 *제까짓 것들이 뛰어봐야 벼룩이지. 걱정하지 마시고 음료수 마시고 느긋하게 교대하셔도 됩니다. 철조망이 저리 탄탄한데 자기들이 어떻게 하겠습니다. 곧 다시 되돌아올 겁니다.* 하고 시간을 끌어주었다. 그런데 우르르 달려간 포로들이 한꺼번에 발로 철조망을 차자 철조망이 열리고 모두 도망가자 헌병은 어리둥절해서 허겁지겁 어쩔 줄 몰라 했다. 그러나 따라가기엔 너무 멀리 갔고 나간 그들이 어디로 각자 흩어져 따라가는 걸 포기했다. 그리고 안절부절 미국에 보고도 하지 못하고 어찌해야 할지 걱정을 하고 있었다. 그리고 부산 포로수용소는 전혀 다른 지혜꽂을 모종했다. 철조망 밑으로 미리 땅굴을 파 놓았다. 그리고 그 위에는 거적때기 같은 걸 덮어놓고 그 위에 흙을 덮어 감쪽같이 완료해 놓았다. 그리고 헌병들이 철조망을 점검하는 사이를 이용하기로 했다. 우리 군이 돌멩이를 줍는 척하고 땅바닥에 앉으면 수용소 옆에서 근무하는 우리 병사가 포로들에게 손을 위로 들어주면 탈출하기로 했다. 그리고 나무 막대기를 준비해 허수아비를 만들어 굴속에 숨겨 두었다. 만반의 준비를 해두었다. 그걸 알 리 없는 헌병들은 철조망 밑 땅굴로 포로들이 탈출할 것은 상상도 못 하고 철조망이 튼튼한지 검열하느라 정신없었다. 그렇게 철조망이 별일 없는지 보초병이 검열하느라 소홀한 틈을 타서 땅굴 밑으로 포로들을 빼돌렸다. 철조망 밑으로 헌병의 눈을

피해 한 명 두 명 그렇게 도망갔다. 땅굴 속에 누웠던 허수아비를 꺼내서 포로들 대신 눕혀놓고 포로들이 빠져나간 걸 알 리 없는 헌병은 고요한 달빛을 바라보며 모두 누워서 잠자는 포로들을 불쌍하다고 여기고 있었다. 그러나 이튿날 아침 미군 헌병은 포로들이 모두 빠져나간 자리에 누워서 곤하게 잠자고 있는 허수아비들을 발길로 마구 걷어차고 집어던지며 허수아비에 분풀이를 하고 있었다. 비상이 걸려 미국에 보고해야 하는지 사태를 어찌해야 할지 회의를 소집했다. 한편 영천 포로수용소에는 또 다른 지혜꽃을 모종했다. 포로들이 운동장에서 축구 시합을 하고 있었다. 철조망 옆에서 새벽부터 축구 시합을 하고 있는 포로들을 보며 미군은 *저 포로들 참 기이하네! 축구를 어떻게 10시간씩 하고 있나? 먹지도 못하며 몇 년씩 전쟁하느라 기운이 다 빠진 병사들이 어떻게 저렇게 오래 축구를 할 수 있단 말인가? 체력이 강철 체력인가?* 하고 서로 혀를 차며 신기하게 생각했다. 그렇지만 그건 함정이었다. 10시간 내내 계속 같은 옷으로 선수 교체가 이루어졌는데 미군은 까맣게 모르고 있었다. 축구를 하다가 남한 병사로 위장해서 가고 다음 사람을 또 병사로 교체하고 그렇게 탈출시켰다. 미군은 청맹과니여서 선수가 남한 사람인지 북한 사람인지 전혀 분간을 못 하고 교체한 사실조차 몰랐다. 그렇게 10시간 동안 축구를 하면서 남한 병사들이 포로가 되어 축구를 하고 포로가 모두 다 빠져나갔다. 뒤늦게 포로수용소에 포로가 한 명도 없는 걸 알았다. 그러나 누구에게 물어도 포로가 빠져나가는 걸 보지 못했고 우리는 당신들 보다시피 새벽부터 축구를 했다.고 하자 헌병은 귀신이 곡할 노릇이다. 그럼 지금까지 축구를 한 건 남한 사람이었단 말인가? 분명 포로들의 축구 시합이 있다고 해서 축구를 하는 운동장만 포로들을 지켰는데 왜 우리를 속였나?라며 따졌다. 그러자 한국 병사가 말했다. 말도 안 되는 소리. 북한 포로가 축구를 하다가 도망이라도 가면 우리는 모두 사형인데 어찌 난폭한 포로들의 축구 시합을 하겠소. 분명 우리는 우리 병사들이 축구 시합 한다고 말했소. 하고 강단 있게 말하자 미국 병사는 망연자실했다. 그리고 대책 회의를 하기에 이른다. 또 대구 포로수용소는 또 다른 지혜꽃을 심었다. 너희들은 고개를 푹 숙이고 따라오다가 내가 미국 병사에게 고춧가루를 뿌리면 그때 뒤돌아보지 말고 도망쳐라. 그리고 미리 열어놓은 철조망을 발로 차고 아주 빨리 여기를 탈출하라. 그리고 아주 빠르게 모두 각자 따로따로 어디든 가장 가까운 곳에 숨었다가 다시 뛰어라! 우물쭈물하다가는 잡히고 말 것이니 전쟁을 하던 그 절박함으로 행동해야 살 것이다! 그렇게 교육했다. 그리고 계획대로 포로들에게 일을 시킨다며 호미 같은 가벼운 연장을 하나씩 들려서 전원 데리고 나온다. 포로들은 고개를 푹 숙이고 호미 한 자루씩을 들고 한국 병사의 뒤를 따라오고 있었다. 한국 병사는 보초를 서는 미국 병사에게 다가가 인사를 한다. 굿모닝! 활짝 웃었다. 그러자 미군 헌병은 아 코리아 병사가 오늘 기

분이 좋은가 보다 하고 만족해했다. 그러면서 같이 *굿모닝!* 하면서 손을 든다. 손을 들자 한국 병사는 더욱 가까이 가서 손을 내밀고 악수를 청한다. 그때 음료수 한 병을 내민다. 미군 병사는 잠시 총을 내리고 고개를 뒤로 젖히고 음료수를 마시는 순간 옷 소매에 감추어 두었던 고춧가루를 꺼내 미국 병사 눈에 휘리릭 뿌린다. 미군이 매워서 절절매는 사이 총을 빼앗고 그사이 포로들을 탈출시켰다. 전원 탈출을 시킨 병사는 포로수용소를 나와 다른 곳으로 이동했다. 반공 포로들을 탈출시킨 그날 미국 병사는 눈에 들어간 고춧가루를 어쩌지 못해 팔딱팔딱 뛰고 난리가 났다. 미국 헌병들은 회의 끝에 상부에 알려야 한다는 결정이 났다. 그리고 미군 병사가 클라크에게 전문을 보냈다. 1953년 6월 18일 유엔군 사령관 마크 클라크가 파이프로 담배를 피우고 사색에 잠겨 있었다. 그때 갑자기 뛰어온 미군 병사가 말을 버벅거리며 말을 내뱉었다. *크 크 큰일 났습니다. 한국군이 우리를 공격했습니다. 무슨 소리야 북한군이 우리를 공격하지 남한군이 우리를 왜 공격해? 우리가 남한을 위해 이 개고생을 하는데 왜 우리를 공격하겠어. 잘못 알았겠지? 아닙니다. 정말로 참말로 진짜로 남한국군이 우리를 공격했습니다. 좀 침착하게 차근차근 말해봐. 말에 털을 뽑고 대가리를 자르고 꽁지를 자르면 무슨 말인지 어떻게 알아!* 유엔군 사령관 클라크의 높은 목소리에 미군 병사는 *예 알겠습니다. 남한군이 우리에게 공격하고 북한 반공 포로들을 모두 석방시켰습니다. 이 무슨*

자다가 봉창 두드리는 소리야? 우리 미군은 무기도 좋고 한국군에게는 무기도 그리 좋은 것이 없는데 그들이 우리 미군한테 총을 쏘았단 말이야? 그들이 무슨 이유로 우리 미군을 물리치고 북한은 적군인데 왜 북한 포로를 풀어줬다는 거야? 정확하게 진상 파악을 하고 보고해야지. 그리 엉터리 보고를 하려거든 가서 낮잠이나 자라. 클라크는 말도 안 되는 소리라는 생각이 들자 화를 버럭 냈다. 화를 내는데도 병사는 물러서지 않고 답답하다는 듯 *아닙니다. 독가스도 아니고 생화학 무기도 아닌 여태껏 한 번도 본 적도 들은 적도 없는 괴상한 정체불명의 붉은 물질을 뿌려 우리 미군을 무력화시켰습니다. 뭐라? 이 머저리 병신 쪼다 같은 말 하지 말고 제대로 보고해 봐. 붉은 물질이 도대체 뭐란 말이야?* 클라크가 벌떡 일어나는 바람에 담뱃불이 클라크의 얼굴에 떨어졌다. *제기랄! 좀 말이 되는 소리를 해. 무슨 잠꼬대 같은 말을 가지고 보고라고 하고 있나?* 클라크가 일어나서 병사에게 진상을 물었으나 병사에게서는 그 상황도 무기도 도무지 알 수 없는 말만 했다. 답답해서 소리만 지르던 클라크는 *도저히 안 되겠다, 상황을 직접 살펴봐야겠다.* 하고 일어서는 순간 뉴스가 흐른다. *남한이 억류하고 있던 반공 포로 2만 7천 3백 79명을 남한이 탈출시켰다.* 전 세계가 뒤집히는 뉴스가 흘러나왔다. 클라크는 그 자리에 다시 주저앉았다. 그 뉴스는 종일 지구촌을 장식했고 전 세계는 물론 미국에서는 어이없는 일이라며 모두 각자의 생각을 떠들어대고 있었다. 그리고 그

들은 이승만 대통령에게 책임을 추궁하기 시작한다. 그러나 이승만 대통령은 *추궁 따윈 다람쥐나 물어가서 땅속에 묻으라*며 당당하게 탈출시킨 북한군 포로들을 세워놓고 말했다. *이제부터 너희들은 대한민국 국민이다. 두려워하지 말고 당당하게 남한 땅에서 살아가라! 너희들이 공산당이 좋아서 공산당이 된 건 아니고 김일성의 감언이설에 속은 거지? 이제 우리는 힘을 합해서 공산당을 물리치고 통일을 이루어야 해. 남한과 북한은 조선이란 한 나라였다는 걸 명심하라. 같은 피를 나눈 형제이니 대한민국 땅이 곧 너희의 땅이다. 그러니 주눅 들지 말고 어깨 펴고 열심히 행복하게 인간답게 주인으로 살아가길 바란다.* 이 말은 중계되어 전 세계 언론을 멋지게 장식했다. 이승만 대통령의 말을 들은 반공 포로들은 이승만 대통령의 사진과 태극기를 들고 거리를 행진하며 *우리는 이승만 대통령이 아니었으면 북한에 넘겨져서 총살당할 뻔했다. 그런 우리를 같은 민족이라며 살려주셨으니 이제는 그 은혜를 갚기 위해 공산당과 싸우겠습니다.*라고 외치며 거리를 행진했다. 이렇게 아이젠하워의 남한과 북한의 쌍방 포로를 교환하고 휴전을 맺고 떠나려던 작전은 이승만 대통령의 반공 포로 해방으로 실패로 돌아가고 말았다. 북한은 이 이유로 휴전협정이 결렬되었다. 아니 애초에 공산화하려던 야욕이 빗나가자 다시 공산화를 위해 휴전협정을 하지 않겠다고 했다. 그러나 스탈린이 사망한 후로 휴전 논의는 급물살을 타고 흐르기 시작했다. 휴전 회담이 급물살을 탈수록 이승만 대통령은 더욱 거센 둑이 되어 급물살을 막기 시작한다. 이승만 대통령은 아이젠하워 대통령에게 전보를 보낸다. *혼자라도 북진해 이참에 남북이 한 나라로 통일해서 자유민주주의를 굳건하게 세울 겁니다. 북한 포로가 조국에 돌아가지 않겠다고 할 만큼 비참한 북한을 두고 이대로 휴전협정을 하려는 것은 강대국들의 꼭두각시놀음에 우리가 놀아나는 일입니다. 반드시 남북이 하나로 뭉쳐 살기 좋은 대한민국을 만들어야 하는데 강대국들이 내놓는 휴전협정을 받아들이는 것은 자살을 강요당하는 것과 같습니다. 이대로 휴전을 하면 공산당은 또다시 강대국의 힘을 업고 우리 남한을 침략할 계책을 세울 것입니다. 미국에 대한 한국의 확고부동한 신뢰에도 당신들은 과거 두 번씩이나 우리를 배반했습니다. 1910년 일본의 한국 합병과 1945년 한반도의 양분에서 볼 수 있듯이 미국은 겉으로는 형제의 나라라며 위하는 척하고 우리나라 등에 칼을 두 번이나 꽂고 일본과 한패를 먹고 이번에 또 배신하며 우리나라를 도와주는 척하며 당신의 나라에 이익이나 챙기려거든 그만두시오. 당신들은 이미 한미상호방위조약 체결에서도 주한 미군 철수와 에버레디 작전을 하고 우리나라를 통째로 삼키겠다는 심산을 하는 걸 내 다 알고 있소.* 하며 협상을 하지 않겠다고 버텼다. 그렇게 버티자 미군이 한국을 떠나는 계획에 차질이 생겼다. 미국은 자신들이 당한 나라에는 꼭 보복을 하는 나라다. *피도 살도 안 섞인 우리나라가 자신의 나라를 위해 목숨을 바쳐 싸*

우면서 도와준 대한민국이 미국에 망신을 주었다. 그러니 미국은 이승만을 제거하라. 암살하든지 아니면 미국말 잘 듣는 대통령을 새로 뽑아라. 감히 미국에 함부로 저항해 포로들을 석방해! 흥분을 감추지 못한 아이젠하워는 에버레디 플랜을 세우라고 지시를 한다. *첫 번째 이승만을 암살하라. 두 번째 이승만을 감옥에 넣고 미국의 말을 잘 듣는 사람을 대통령으로 세워라. 세 번째 이승만을 납치해서 미국으로 데리고 오라.* 아이젠하워는 긴급회의를 소집했다. 이승만 대통령을 제거하기 위한 회의였다. 회의에 참석한 사람들은 *각하, 한 번만 참으십시오.* 하자 *지금 이승만이 미국에 대한 호의를 원수로 갚는 걸 보고도 그런 말을 하나?* 하고 화를 내자 주위가 잠시 조용해지더니 다시 *이번에 이승만을 제거하려고 하시면 이승만이 죽는 게 아니라 잘못하면 각하가 죽을 수도 있습니다. 제발 다른 방법을 강구함이 옳을 것이라 생각합니다.* 하고 정중하게 간청하자 *그 이유를 말해보라.*라고 한다. *각하 생각을 해 보십시오. 이 조그만 나라가 중국과 소련을 등에 업은 북한과 싸우고 자신의 나라를 도와준 세계 최강국인 우리나라에 눈도 깜빡 않고 국제법을 어겨가며 자기 민족이라고 3만여 명에 가까운 엄청난 반공 포로들을 그것도 자신의 나라에 총부리를 들이댄 적을 겁도 없이 그냥 풀어주는 저 대담함에 전 세계 언론이 다 깜짝 놀라고 신문 방송에 머리기사로 얼룩지고 또 당당하게 우리나라를 향해 미국 너희 나라도 처음부터 강대국이 아니었다. 미국도 원래*

유럽에서 근근이 가난에 싸여 굶어주고 얼어 죽고 했던 가난한 나라였다. 그러나 너희 선조들이 굶어주고 얼어 죽는 걸 보면서 하나님께 기도하고 기도해서 하나님께서 축복하셔서 미국이 오늘의 세계 최대강국이 된 것이다. 그러나 강국이 되기 전에는 자신의 집을 짓기 전에 먼저 교회를 짓고 학교를 지어서 아이들에게 성경을 알려주고 하나님의 말씀을 찬양했기에 강국이 되었는데 오늘날 강국이 되고 나서 형제 나라를 위해 싸워준 건 훌륭하게 고맙게 생각한다. 그러나 잘 생각해 보라. 대한민국도 용맹하고 위대하고 우수한 민족이다. 세계 어느 나라보다 긴 역사를 가지고 살아왔다. 일본에 저항하여 나라를 찾고도 우리는 일본에 보복하지 않았다. 그러나 강대국들의 욕심에 의해 나라가 허리를 묶고 살다 또 공산당 나라들의 힘을 등에 업고 이 나라를 공산주의화하려고 한다. 하나님을 믿는 형제로서 당연히 도와주어야 한다. 하나님의 은혜와 축복으로 강대국이 된 미국의 사명이기 때문이다. 우리나라에 선교사를 보내 하나님을 믿게 한 자들도 너희 나라고 또 하나님의 뜻을 아무리 살펴봐도 사람을 사랑으로 감싸 주라고 했지 어디 한 군데도 사람을 죽이라는 구절은 못 봤다. 그리하여 하나님의 뜻을 충실하게 이행해 북으로 보내면 모두 목숨을 잃을 형제를 구해준 것이 죄가 된다면 우리 당장 하나님께 심판을 받으러 가야 할 것이다. 미국은 하나님을 겉으로만 믿고 속은 하나님을 배신하는 행위다. 그렇지 않고서야 어찌 같은 동족을 살려준 나를 죽이려고 하는가? 나의 죄가 있다면 죽음을 무릅쓰고 나라를 지키려고 한 죄 전 세계의 법을 어기고라도 우리 동포를 죽음의 늪에서 건져 올린 죄가 있을 뿐이다. 법이 무어냐? 국제법 운운하면서 우리 동포를 살려줌에 타당성을 말한다면 법 역시 사람이 만들었고 법은 죄를 지은 자를 벌하라는 것이지 사람을 살린 자를 벌하라는 법이 아닐진대 세계 최강국인 당신들이 어찌 그리 쩨쩨하게 구는가! 하고 당당하게 말하고 있습니다. 그리고 이 방송 원고가 전 세계에 언론에 보도되자 이 연설을 들은 전 세계 언론과 사람들은 모두 이승만에게 손뼉을 치면서 맞다, 세계에서 제일 용맹한 국부다운 행동이다. 이승만 만세!까지 부르며 좋아했습니다. 이런 상황에서 이승만을 없애거나 벌을 준다는 건 미국에 나쁜 영향을 끼치게 될뿐더러 이승만은 보통 사람이 아니라 각하의 목숨마저 위태로울 수도 있습니다. 그리고 지금 대한민국에는 이승만을 대체할 훌륭하고 강력한 반공 지도자가 없습니다. 그러니 더 혼란을 가중시키지 말고 차라리 이 기회를 잘 이용하는 것도 미국에 좋은 일일 수도 있습니다. 하자 *어쩌다 한국을 전쟁에서 건져주고 물질을 나눠주며 도와주고도 한국에 욕먹고 저주나 받는 이런 비참한 신세가 됐느냐?*고 한탄하며 아이젠하워는 손으로 얼굴을 위아래로 몇 번 훑더니 *일단 다들 가서 기다리라.*고 회의를 종료했다. 아이젠하워는 턱을 괴고 생각한다. 그를 대체할 인제도 없고 없앨 수도 없다면 이승만과 타협을 해야만 휴전을 할 수 있음인데 어떻게 한다? 생각이 여기까지 닿자 아이젠하워는 일단 조금 더 여론을 들어보기로 한다. 그러나 여론은 이승만 대통령 쪽으로 기울고 있었다. 이승만 대통령은 미국에서 오랜 세월 언론과 정치 종교까지 인맥을 골고루 만들어 놓았다. 미국에서 아주 유명한 언론사 7개를 가지고 있는 사람이 있었다. 그는 이승만 대통령의 열렬한 팬이었다. 그는 이승만 대통령 소식을 듣고 그의 인터뷰 내용을 7개의 언론사를 통해 *이승만 대통령의 생각이 아주 훌륭하다. 누구도 따라올 수 없는 배짱과 누구보다도 하나님을 성경 말씀을 가장 잘 실천하는 사람*이라며 대서특필했다. 그 외 미국의 다수의 언론은 일제히 *이승만 대통령의 용기가 국제법을 이겼다.* 다루며 미국은 점점 친 이승만 대통령 편으로 넘어가고 미국 시민의 반응은 모두 이승만 대통령의 용기에 박수를 보내며 거리에 모여 이승만 만세를 부르며 거리행진을 벌였다. *한국전쟁 끝낸다면서 전쟁은 못 끝내고 국제적으로 미국이 망신을 당하고 3년 동안 도와주고 한국에 배신이나 당하는 바보 같은 대통령*이라며 아이젠하워의 인기는 수직으로 떨어졌다. 이승만 대통령은 성경만 읽고 단순히 기도만 하는 사람이 아니었다. 이승만 대통령은 모든 걸 다 생각해 어떻게 언론에 내보내서 언론사들과 시민들의 마음을 얻는지 다 알고 있었다. 그러면 아이젠하워도 대한민국 대통령인 자신한테 꼼짝 못할 걸 다 알고 있었다. 모든 여론이 이승만 편으로 기울자 아이젠하워는 위태로움을 느꼈는지 1953년 6월 25일 성명을 발표한다. *이*

승만의 일방적인 행동은 약속 파기이다. 미국은 이승만이라는 강적을 만났다. 우리는 한국으로부터 절대 퇴장하지 않는다. 공산주의자들이 한국을 차지하도록 결코 내버려두지 않는다. 그렇다고 미국이 겁쟁이라서 이승만의 말에 억눌려서가 아니라는 걸 증명하기 위해 우리는 물러나지 않고 끝까지 싸우며 이승만의 불굴의 의지를 미국이 끝까지 지원할 것이다. 그 순간에도 이승만 대통령은 아이젠하워와 타협은 없다며 큰소리를 쳤다. 아이젠하워가 말했다. 그 대한민국이 공산주의가 아닌 자유민주주의를 수호하기 위한 심정은 우리도 잘 알지만 우리는 지금 5만 명이 넘는 군사가 죽었고 10만 명이 넘게 다쳤으니 대한민국을 위해서 미국 젊은이들이 계속 죽을 수 없지 않냐? 그러니 우리가 휴전협정을 하는데 이승만 당신 그냥 모른 척 해라. 그러니까 이승만 당신한테 무얼 요구하는 것이 아니니 당신은 그냥 가만히만 있으면 된다. 당신만 가만히 있으면 우리 미국이 휴전협정 맺고 방해하지 않는 조건으로 이승만 당신이 해 달라는 거 다 해주겠다. 이승만은 속으로 코웃음이 났다. 강대국 대통령이란 자가 여론이 추락한다고 해서 비겁하게 타협하다니 이승만 대통령은 회심의 미소를 짓는다. 그리고 미국과 타협할 내용을 적는다. 좋다. 그렇다면 이 기회에 우리나라의 안보를 위해 무언가 요구해 두어야만 한다. 언제 또 변할지 자신의 나라에 이득이 되는 쪽으로 변하는 게 국제 정세인지라 지금 단단하게 해 놓지 않으면 대한민국의 미래를 내다볼 수 없다. 너무

*나 무사안일하고 교육도 경제도 자원도 아무것도 없는 나라 아닌 가? 국민이 교육을 받고 습관에서 벗어나기까지 보호하기 위한 장치를 해 두어야 조국의 장래를 약속할 수 있다.*라고 적은 다음 이승만 대통령은 미국 대통령에게 조건을 말한다. 6.25전쟁이 발발한 지 딱 3년이 되는 1953년 6월 25일 미국 대통령 특사(特使)인 로버트슨 미 국무부 동아시아차관보가 서울에 왔다. 이승만은 눈썹도 까딱 않고 만날 생각도 않고 버틴다. 작전이다. 그러자 안달이 난 미국 특사 로버트슨은 6월 26일 이승만 대통령을 찾아갔다. 이승만 대통령은 당당하게 *또 무슨 수법을 전하러 우리 대한민국 땅을 밟았느냐*며 만나주지 않는다. 로버트슨은 끊임없이 회담을 요구했고 몇 번의 요청에서 못 이기는 척 만나 회담을 하기로 했다. 그렇지만 밀당은 12차례나 계속되는 팽팽함을 보였다. 도저히 감당이 안 되자 7월 6일 로버트슨 차관보는 국무부에 보고서를 보내기에 이른다. *이승만은 미국 역사에 관해 철두철미한 지식을 갖추고 통찰을 하고 있다. 그는 대통령이 협상한 조약은 상원에서 반드시 체결된 조약이 아니라는 점을 너무나 환하게 꿰뚫고 있다. 대통령 자신이 미국에서 대중적 지지를 잃어 그 이유로 상원이 한미상호방위조약에 동의할지에 의문을 품고 있어 협상이 쉽지 않다. 이승만이 크게 우려하고 있는 점은 미국과 한국의 방위조약 없이는 한국이 다른 어떤 강대국의 먹잇감이 될지도 모른다는 점을 내다보고 있기에 이 같은 그의 입장 때문에 현재 상황이 장래에 조약*

이 없을 시기를 맞아 생길 수 있는 상태 때보다 더 강하다고 그는 판단한다. 이승만 대통령이 협상 상대자인 미국의 정치 시스템에 아주 능통하고 약자(弱者)이면서도 도리어 강한 미국에 한국이 가진 유리한 조건을 극대화할 수 있는 시점이 언제인지를 정확히 간파하고 있는 아주 무서운 인물이다. 미국이 약소국 대통령이라고 이승만을 함부로 보았다가는 낭패를 당할 수 있음을 간과(看過)해서는 안 될 것이다.라고 다시 미국으로 서신을 보내자 이를 받은 아이젠하워 대통령은 참으로 골치 아픈 친구구먼. 내 진작부터 그의 모든 상황을 파악해 보통 인물로 보아서는 안 될 사람으로 보기는 했지만, 이 정도로 대단한 인물인지는 몰랐다. 덜레스 국무장관에게 한미상호방위조약에 서명하라고 전하라.고 명령을 한다. 존 포스터 덜레스 국무장관은 한미상호방위조약을 맺어 주겠다며 만날 것을 요청한다. 그제야 이승만 대통령은 덜레스 국무장관을 만난다. 덜레스 국무장관은 당신이 원하는 대로 우리 대통령께서 해주신다니 우리 한미상호방위조약에 서명합시다. 하고 대단한 선심이라도 쓰듯 말한다. 이승만 대통령은 시퍼렇게 날 선 말을 한다. 지금 잠시 깜깜한 터널 속을 달리고 있다고 영원히 어둠 속에 갇힐 거라 착각하지 마시오! 우리 민족은 단군의 자손이오. 당신네 미국 같은 나라는 감히 상상도 할 수 없는 역사와 전통을 자랑하는 백의민족이란 말이오! 우리는 두 개의 손에 등불을 들고 뚜벅뚜벅 터널을 걸어 나올 것이오! 세상 모든 어둠이 우리에게 몰

려온다고 해도 우리는 그 어둠에 기죽거나 어둡다고 무서워 떨며 두려워하지 않는단 말이오! 지금은 터널이라 아무것도 안 보이지만 터널만 빠져나오면 머지않아 미국 당신네가 우리에게 도움을 청해야 할 것이니 한미상호방위조약은 결국, 우리가 당신들을 도와주는 것임을 잊지 마시오!

불 붙은 한반도

11

그렇다면 미국은 형제 나라이니 우리의 조건 두 가지만 들어주면 휴전협정에 응하겠소. 또 무슨 조건 말이오? 미국, 당신들이 잘 아시다시피 지금 우리나라는 경제적으로나 사회적으로나 너무나 혼란스럽고 어려운 시기에 있소. 그러니 형제의 나라를 돕는다고 생각하고 내 조건을 들어 주시오. 그 첫 번째는 우리나라에 미군을 주둔시키고 공산주의가 다시 발붙이지 못하게 해 주시오. 북한이 한국으로 넘어올 수 있는 길이 24군데가 있는데 그 24군데 모두 미군이 지키고 있게 해 주시오. 그건 형제의 나라를 위한 사랑이요, 보험을 드는 것이지 결코 그냥 도와주는 일이 아니란 말이오. 먼 후일 미국이 어려움에 처하면 우리 자손에게 청구해서 타 먹을 수 있는 보험을 들어 놓는다고 생각하란 말이오. 이승만 대통령의 당당한 말에 아이젠하워는 기가 막혔다. 어떻게 도움을 청

하는 처지에 저렇게 당당할 수가 있나? 생각이 들었다. 대답하기가 난감했다. 바로 난색을 보이거나 싫다고 하면 여론에 밀려 자신의 대통령직이 위태롭게 될 것 같아 참고 듣는다. 이승만 대통령이 그렇게 할 수 있었던 것은 미국에 오래 살며 공부를 했기에 미국에 관한 법을 알기 때문에 가능했다. 미국 법에는 해외에 있는 미군이 공격을 받으면 곧바로 전쟁을 선포하게 되어 있다는 것을 알았기에 이 조건은 북한이 다시 쳐들어올 때 미국이 지키고 있으면 미군이 공격을 받으면 한국과의 전쟁이 아닌 미국과의 전쟁이 된다는 것을 안다. 그러기에 북한이나 중국 일본마저도 감히 우리나라를 함부로 못 넘겨다 볼 것을 생각하고 국가 안보를 담보로 거래 조건을 내세웠다. 잔인하게 말하면 미국 군인이 한국의 총알받이가 되어 달라는 말이었으니 미국으로서 난색을 당연히 보여야 하지만 이승만 대통령이 너무나 당당하게 형제의 나라를 내세우자 두 번째 조건을 묻는다. *두 번째 조건은 또 무엇이오? 두 번째 조건은 아시다시피 지금 우리나라 국민들은 전쟁으로 인해 헐벗고 굶주리고 있습니다. 형제가 굶어 죽게 둔다는 건 하나님의 뜻이 아니니 하나님도 가난한 자에게 복이 있다고 한 것은 형제가 도와주니 도와주는 자가 더 행복해진다는 뜻이고 굶주리다 따뜻한 물 한 모금이라도 얻어먹으면 행복을 느끼기에 복이 있다고 했다고 생각합니다. 대한민국이 강국이 될 때까지 경제 원조를 해 주셔야겠습니다. 그리하여 대한민국이 잘 살면 형제의 나라인 미국이 헐*

벗고 굶주릴 때 앞장서서 도와주고 미국이 위험해질 때 앞장서서 싸울 것이니 이것이 상호조약이라 생각합니다. 아이젠하워 대통령은 너무도 어이가 없어 아무 말도 않고 일어선다. 그리고 정부 관료들을 모아 회의를 한다. *대통령 각하의 공약이 전쟁을 종식시키는 것이었으니 우선 어떤 요구든지 들어주고 전쟁을 종식시키는 것이 우선입니다. 그래야 추락한 여론을 끌어올릴 수 있으니 이승만 대통령이 원하는 것은 일단 다 들어주고 나중에 변경해도 됩니다.* 아이젠하워는 자신도 그렇게 해야 대통령직을 유지할 수 있다고 생각했다. 8자는 바로 해도 8자요 거꾸로 해도 8자다. 옆으로 누우면 무한대가 되는 8월 8일 아침 경무대에서 이승만 대통령이 지켜보는 가운데 변영태 외무부 장관과 덜레스 국무장관은 한미상호방위조약에 서명했다. 이승만 대통령은 유엔협정은 정식 조약이나 협정 승낙(agreement)이 아니어서 국제법적 구속력이 없다는 것도 알았지만 상황이 바뀌면 얼마든지 협정 각서를 다시 협의할 수 있기에 이들의 협정은 자신들이 불리하면 얼마든지 빠져나갈 수 있는 종이 쪼가리에 불과하다는 걸 알았다. 그러기에 거기에 나라의 운명을 맡겼다가는 다시 후손들이 혹독한 시련을 겪을 것을 우려해 목숨을 걸었지만 그걸 아는 한국 사람은 없었으니 이승만 대통령은 홀로 뜬 낮달처럼 외로웠다. 너무 외로워서 한미상호방위조약을 맺고 나서 3일간 사경을 헤매고 아팠다. 이제 할 일은 다 했다. 대한민국의 장래를 위하여 이승만 대통령은 그 조약을 무기한

으로 유효하게 만들었지만, 미국은 무기한이란 말에는 별 의미를 부여하지 못했다. 이걸 국운이라고 해야 하나. 그렇게 양측은 판문점에서 휴전에 서명했다. 서명은 유엔군 측 수석대표 해리슨과 공산군 측 수석대표 사이에서 이루어졌다. 이어서 같은 날 오후 문산에서는 클라크 유엔군 사령관 그리고 개성과 평양에서는 인민군 사령관 김일성과 인민지원군 사령관 팽더화이가 각각 서명했다. 그러나 이승만 대통령은 끝까지 서명하지 않았다. 그날 밤 10시 모든 전선의 포성이 멎었고 1129일간의 전쟁은 마침내 중지됐다. 총성이 훑고 지나간 나라는 눈을 뜨고 보지 못할 정도로 처참했다. 어서 남한의 시간을 일으켜 세워야 한다는 생각으로 그로부터 3일 후에 이승만 대통령은 경무대에서 한미상호방위조약 임시(假)조인을 했다. 그리고 이렇게 일기를 썼다. *이 조약을 해두어야만 후일 우리 후손이 마음 놓고 내 나라 글을 쓰고 내 나라 말을 쓰며 경제 부국을 만들 수 있는 버팀목이 된다. 역사(歷史)의 연구(研究)를 써서 순식간에 세계의 지식인으로 평가받은 아놀드 토인비는 '역사를 연구해 보면 민족의 유형을 크게 세 가지로 나눌 수 있다'고 주장했다. '첫 번째는 재난(災難)을 당하고도 대비하지 않는 민족, 두 번째는 재난(災難)을 당해야만 준비하는 민족, 세 번째는 재난(災難)을 당하지 않고도 미리 대비하는 민족'이라 했다. 조선 시대 징비록(懲毖錄)은 임진왜란이 끝난 뒤 조선(朝鮮) 선조 때 영의정과 전쟁 수행의 총 책임자를 역임한 유성룡(柳成龍,*

1542~1607)이 쓴 임진왜란 전란사(戰亂史)로서, 1592년(선조 25)부터 1598년까지 7년에 걸친 전란의 원인과 전황을 기록한 책이다. 징비록(懲毖錄) 저자인 유성룡이 자리에서 물러나 낙향(落鄕)해서 지은 것으로 제목인 징비(懲毖)는 시경(詩經) 소비편(小毖篇)의 '예기징이비역환(豫其懲而毖役患)', 즉 미리 징계하여 후환을 경계한다. 구절에서 따온 것이다. 징비록에서 유성룡은 수많은 인명을 앗아가고 비옥한 강토를 피폐하게 만든 참혹했던 전화를 회고하면서, 다시는 이 같은 전란을 겪지 않도록 지난날 있었던 조정의 여러 실책을 반성하고 앞날을 대비하기 위해 징비록을 쓰게 되었다고 밝히고 있다. 온 산천이 피로 물들고, 계곡마다 하얀 시체가 산더미처럼 쌓였고, 시체 썩은 물과 가죽이 계곡에 흐르고, 사람이 사람을 잡아먹는 그 참혹한 전란이 다시는 조선에서 반복해 일어나지 않도록 경계하라고 피를 토하는 심정으로 썼던 것이다. 이렇게 목적의식을 가지고 집필했지만 아이러니하게도 이 책은 조선에서 편찬되지 못하고 침략국 일본에서 편찬되었다는 것 또한 슬픈 일이다. 17세기에 대마도에서 먼저 읽히고 있는 것이 발견되었다는 것이다. 어느 역사학자가 조선의 역사가 5,000년이라고 하고 그동안 조선이 외침(外侵)을 받은 횟수는 무려 938번이라고 밝혔다. 평균 5.3년마다 한 번씩 외침을 받았다. 조선은 참으로 불행한 역사를 갖고 있다. 왜 조선은 이렇게 외침을 많이 받으면서도 깨우치고 미리 전쟁을 막을 생각을 않고 같은 비극을 되풀이했을까? 그 이유는 토

인비가 말한 첫 번째 민족 유형이기 때문이다. 재난을 당하고도 대비하지 않는 민족이기 때문이다. 조선은 참혹한 임진왜란이 끝나고도 정신을 차리지 못하고 또 얼마 뒤에 병자호란이란 참혹하고 치욕적인 전란에 휩싸이게 되었고 강산이 초토화되었다. 징비록에서 그렇게 미리 준비하고, 준비해서 또 그런 비극이 없도록 경계해야 한다고 주장했지만, 준비하고 대비하지 못한 지도자와 리더들의 무능과 무기력 때문이다. 그로부터 한참 뒤에는 아예 주권을 통째로 일본에 빼앗기고 말았다. 우리는 이 참혹하고 비극적인 일을 되풀이한 긴 역사를 가졌다. 그런 정신을 가진 리더들은 분석하고 연구해서 다시는 이런 역사를 반복해 당하지 않도록 대비해야 하는 것이 리더가 해야 할 일이다. 얼마나 못났으면 비극을 보고도 당하고 또 당하고 하는가? 모두가 힘이 없어서라고 말하겠지만 힘이 없어서가 아니라 준비하지 않아서다. 자기의 이익을 위해서 국민에게 왜곡, 선동하고 표를 위해 편 가르기와 같은 어리석은 짓거리를 할 것이 아니라 역사에 대해 뼈저린 반성을 하고, 무엇이 잘못된 것인지 다시는 반복해 당하지 않기 위해 징비(懲毖)를 해야 할 역할이 리더의 역할임을 강조해서 나라를 튼튼하게 키워야 한다. 그런데 불행하게도 그러한 무능의 역사와 무능한 자들이 지금도 지배자가 되어 나라 장래는 뒷전이고 욕심 채우기에 혈안이 되어 있으니 가혹한 안타까움과 자괴감을 떨쳐버릴 수 없다. 무능과 무책임, 그리고 사익만을 추구하는 리더들의 디엔에이

(DNA) 성향이 그리 쉽게 달라지겠는가? 기원전 로마 시대의 철학자 세네카는 아주 유명한 말을 했다. '평화를 얻으려고 하면 전쟁을 준비하라'라는 유명한 말을 남겼다. 그러나 안타깝게도 아 역설(力說)을 아는 사람조차 없으니 한심하다. 평화는 구걸해서 얻어지는 것이 아니다. 어설픈 상념이나 말장난으로는 나라와 국민을 지킬 수 없다. 나라 경영을 책임진 리더가 자기가 좋아하는 짐승을 키우듯이 좋아하는 것만을 하고자 하면 결코 지도자가 되어서는 안 되는 것이다. 오늘 잘못을 반성하고 준비하는 것에 의해 바로 미래가 결정된다. 미래를 구하는 것은 미래가 아니고 지금이다. 지금 아무리 강한 무기와 힘도 막을 수 있는 힘을 비축해 두지 않으면 우리나라는 조선 시대를 반복할 것이다. 후손들이 그런 실수를 다시 밟게 해서는 안 된다. 이승만 대통령은 또박 또박 적어놓고 만년필 뚜껑을 닫는다. 내가 선택한 이 두 개 조항에 의해서 한국은 엄청난 발전을 이룰 것이고 영원히 한국 땅에서 전쟁이 일어나지 않을 것이다. 일본 역시도 독도를 함부로 처들어와 미군을 공격한다면 미국과 일본과의 싸움이 되니 함부로 하지 못할 것이다. 그리고 북쪽에서나 다른 나라들도 선불리 공격을 못 하리라 생각한다. 이제 다른 나라 침범 때문에 경제성장을 파괴하지 않고 편안하게 경제성장에 신경을 써서 전 세계에서 손가락 안에 드는 강대국을 만드는 기초를 다져 놓았다. 이제 나머지는 수습하는 일만 남았다. 누가 내 마음을 알아주지 않아도 괜찮다. 미국과의 상호조약

으로 조국의 장래는 반석 위에 올려놓은 것이나 진배없으니 이제 전 국민이 정신 차려서 열심히 살면 된다. 내가 만약 한미 원조조약이라고 하면 먼 후일 우리 국민들이 자존심 상할 수도 있으니 한미 상호 방위조약으로 해 놓으면 서로 돕는다는 뜻이니 미래의 후손들이 자존심 상하는 일은 없을 것이다. 뜻인즉슨 미국이 한국을 일방적으로 돕는 것이 아니라 미국이 어려워지면 한국도 돕는다는 뜻이니 아주 공평하고 합리적이고 자존심 상하지 않는 멋진 조약이다. 그리고 혼자 자축하는 의미로 손뼉을 *탁! 탁! 탁!* 세 번 쳤다. 손안에 갇혀 있던 소리들이 맞다면서 *탁! 탁! 탁!* 소리를 내며 뛰쳐나와 멀리멀리 날아갔다. 다음날 맥아더가 이승만에게 물었다. *미국에서 40년을 생활하고 독립운동을 했기에 미국이 어떻게 움직이는지를 환하게 내다보고 있어 이렇게 하면 어찌 될 거란 것까지 예상했지 않소. 인종 차별과 강대국 행패를 부리는 것을 싫어했고 기독교 사상과 민주주의 국가는 좋아하며 당신의 조국인 대한민국을 미국처럼 강대국으로 만들고 싶다고, 했소. 약소국이라고 무시하고 인종 차별 하는 것을 반드시 뛰어넘겠다는 야심을 품었고 대응책을 마련하던 당신이 왜 협정에 반대했던 거요? 혹시 미국 국민의 여론이 일어나고 민주주의는 국민이 일어나면 되는 걸 알았소? 아니면 아이젠하워와 싸우며 미국의 주요 언론을 대상으로 끊임없이 여론몰이를 하고 싶었던 것이오? 당신의 그 당당한 글솜씨가 미국 뉴욕 워싱턴 포스터 등 주요 타임스지 같은*

유명한 신문에 이승만이란 이름이 3천 번 넘게 오르내린 위력을 과시하는 이유가 뭐요? 외국 사람으로서는 기사가 가장 많이 실린 것을 자랑하려는 것이오? 아니면 그 정도로 미국 국민을 설득해 여론몰이하려는 것이오? 이승만은 갑자기 절친인 맥아더 장군에게 소리를 지른다. 미국 당신네 나라가 언제부터 강대국이었나? 미국은 본래 유럽에서 살기 어려운 가난한 이민자들이 도망쳐서 세운 가난한 나라였다. 죄수, 가난한 사람, 가톨릭에 박해를 받은 개신교 신앙의 자유를 찾기 위해 모여서 세운 나라이고 청교도들이 배를 타고 건너와 추수감사절 예배를 드렸던 사람들이다. 처음 추수감사절 예배를 올린 신도 가운데 절반 이상의 사람이 1년 이내에 굶어 죽고 얼어 죽고 습격당하고 피살당해 죽었다. 시체를 뜯어 먹으며 비참하게 살면서도 학교를 지어 아이들에게 교육을 시켰다. 그렇게 굶어 죽고 얼어 죽으면서도 하나님께 예배를 드렸을 만큼 기독교를 신앙했다. 그런데 조금 살만하다고 약소국을 냉대하고 그렇게 하느님을 믿는 나라인데 우수하고 용맹한 5천 년 동안 약소국으로 살다 우리도 하느님 믿는 나라를 만들어 보고자 하는데 우리도 미국처럼 잘살아 보고자 하는데 우리 한국도 잘 살려고 하는데 한국 잘 도와주라고 하느님이 잘살게 해 주었는데 공산당 무섭다고 도망치라고 강대국 만들어 주지 않았다. 강대국 나라를 도와주면서 그렇게 쉽게 타협하고 비겁하게 살라고 강대국 만들지 않았다. 미국이 미군을 철수하면 한국이 살길은 하나다. 항

복밖에 없다. 항복하지 않고 싸운다는 건 불가능하다. 그러니 기독교 나라를 세우겠다는데 무슨 큰 인심이라도 쓰듯 하나? 우리는 겁쟁이 미국처럼 도망가지 않는다. 이승만 대통령의 말을 막고 맥아더는 말한다. *로스코 드럼몬드는 '크리스천 사이언스 모니터'에 한미상호방위조약이 성립됨으로써 대한민국은 앞으로 여러 세대에 걸쳐 많은 혜택을 받으며 나라를 세계적으로 발전시킬 것이라고 했는데 이승만 대통령 당신은 아이젠하워 대통령과 맞장을 뜨기 전에 이 사건을 예언이라도 하듯 의도적으로 발표했소. 그건 이승만 대통령 당신을 최고로 피력하는 글이라고 모든 언론이 떠들고 있소. 이승만 당신을 제거하기 3일 전에 언론에 이런 기사들이 쏟아져 나온 것은 이승만 대통령 당신이 미국 언론을 이미 당신 편으로 돌렸다는 말인데 어떻게 미국이란 거대한 강국에 겁도 없이 이런 일을 했단 말이오?* 하고 말하자 이승만 대통령은 *맥아더 장군 당신을 믿고 했소. 그럼 대답이 되겠소?* 하고 말했다. 맥아더 장군은 이승만 대통령보다 다섯 살 어리지만, 이승만 대통령은 그에게 조국 독립을 위해서는 반드시 그를 가까이해야겠다는 생각을 하고 다가갔었다. 이승만 대통령은 *맥아더 장군 당신 아버지가 러일 전쟁 때 한국을 방문했을 때 고종황제가 장군의 아버지께 국보급 향로를 선물했고 당신 아버지는 이 국보급 향로를 아주 자랑스럽게 생각하고 자랑하고 다녔으며 아주 귀하게 여겨 소중하게 간직했다는 걸 아시오?* 하자 맥아더는 화제를 돌렸다. 이렇게

인연의 끈을 가져다가 묶기 시작했었다. 이승만 대통령은 맥아더와 가까워질 끈을 이은 다음 생일 때마다 선물을 하며 식사도 하고 함께 많은 이야기를 했다. 이승만 대통령으로서는 외교적으로 맥아더가 언젠가 한국을 도와주게 하기 위한 복선을 깔았지만, 맥아더는 그런 속마음을 알 리 없었다. 이승만 대통령과 만나 정치 이야기를 나누는 것이 즐거웠다. 맥아더는 *지금 영국 스웨덴 일본이 입헌군주제를 도입한 근대국민국가 시대에 대해 어떻게 생각하십니까?* 하고 묻자 이승만은 *러시아는 자기 국민을 노예로 알면서 전제군주국임을 자부하면서 우리나라 고종황제에게 따라 하라고 권했습니다. 고종황제에게 말도 안 되는 압력을 넣자 고종황제가 백성이 안 따를 것이라 말했지만 러시아는 전제(專制)나 압제(壓制)나 황제가 하라면 해야지 백성이 감히 무슨 상관을 하겠냐며 아라사는 전제정치로써 천하의 강국이 되어 만국이 다 두려워한다면서 뻥을 뻥뻥 쏘아 올리며 자기네 나라를 의지하면 일본이 감히 어찌할 수 없을 테지만 그렇지 않으면 장차 일본에 큰 화를 당할까 두려워하는 말이라며 씨부렁씨부렁 말씨를 뿌렸다. 그러나 그건 우리나라를 통째 삼키려는 야욕이었지요. 러시아 대문호인 알렉산드르 푸시킨의 시 '삶이 그대를 속일지라도 슬퍼하거나 노여워하지 말라 슬픈 날을 참고 견디면 즐거운 날이 오리니 마음은 미래에 살고 현재는 언제나 슬픈 것 모든 것은 곧 지나가고 지나간 것은 또 그리워지나니'라는 시가 그 나라의 힘들고 어지러웠던 시*

대에 희망을 주는 시로 자리매김할 정도인 걸 세상이 다 아는 일 아닙니까? 블라디미르 푸틴 대통령이 역사적 멘토로 삼는 인물은 전제정치의 원류인 표트르 대제(재위 1682~1725)라고 하지요. 물론 표트르 대제가 세계에서 가장 넓은 영토를 가진 근대 러시아를 설계한 사람이지만 그는 '목표가 수단을 정당화할 수 있는가'라는 질문에 결론을 내기가 어렵다는 걸 너무나 잘 알았지요. 러시아 민중들의 고통과 사회 자체의 후진성을 투명하게 보았고 후진국에서 벗어나는 방법을 찾았지요. 선진국을 향해 가는 길은 유럽 국가를 모방하는 것이라 생각했지요. 그는 바로 생각을 행동으로 옮겼지요. 교역을 확대하는 길은 바다를 이용해야 한다고 생각했어요. 발트해와 흑해로의 진출하기 위한 발판으로 돈강 하구의 튀르크 요새 아조프를 포위하고 대규모 병력을 동원했지요. 스웨덴과 오스만튀르크가 모두 봉쇄하고 있었기에 방법은 선택의 여지가 없었지요. 대규모로 엄청난 포격을 퍼부었지만 피해만 입고 항복하고 말았지요. 표트르는 러시아의 폐쇄적인 전통주의를 무시하고 유럽을 모방하기 위해 1699년 그동안 사용하던 러시아식 달력을 불구덩이에 태워버리고 율리우스력을 채택해서 자신의 정책 발행을 상징적으로 선언했지요. 그 당시 스웨덴은 열여덟 살이던 카를 12세(Karl ☒)가 통치하고 있었지요. 표트르는 스물여섯 살이었으니 어린 카를을 우습게 생각하고 오스만튀르크와 그의 아조프 점거를 인정하는 선에서 평화 협정을 하고 10만 명의 병력을 동원해서 당시 잉그리아(Ingria) 발트해 연안의 스웨덴 영토로 자신만만하게 들어갔지요. 하지만 카를 12세는 군사적으로 상당히 유능한 인물이란 걸 몰랐지요. 스웨덴군의 전투력은 유럽 최고였고 근대화를 막 시작한 허약한 러시아군에는 엄청나게 무시무시한 상대라는 걸 전혀 상상도 못 했지요. 1700년 최초로 벌어진 나르바에서 러시아군 2만 명 중 절반의 병력을 스웨덴 군사가 목을 잘라버렸지요. 표트르는 스웨덴과 전쟁 중에 네바강 하구에 파도가 높으면 바닷물이 들이치고 겨울이면 차가운 북풍이 몰아치는 척박한 습지에 러시아의 수도를 세울 계획을 세웠지요. 1703년 이 지역에 도시 건설에 착수해 최대 업적으로 꼽히는 상트페테르부르크를 건설했지요. 하지만 그 건설은 스웨덴 출신의 전쟁 포로들과 러시아에서 강제로 동원된 농노 수십만 명이 상트페테르부르크를 건설하다 죽은 혼들의 위령비라고 하는 게 맞지요. 세계에 유령비는 얼마든지 많습니다. 모두 남의 나라를 빼앗거나 자신의 명예를 위해 희생한 목숨의 대가로 유령비를 지어주고 추모를 한다느니 어쨌다느니 하지요. 물론 나라를 자키기 위해 싸우다 전사한 사람들의 위령비라면 하늘을 뚫어도 모자라지만 남의 나라를 빼앗거나 한 국가 권력자의 명예를 위해 세운 위령비라면 아마도 그 위령들이 모두 돌을 뚫고 나와서 피눈물을 흘릴 거로 생각합니다. 상트페테르부르크 역시 빨리 짓기 위해 무기로 위협하면서 고된 노동을 시켜 추위를 견디지 못해 얼어 죽고 질병으로 죽고 과로로 죽고 한겨울에 수만 명이 넘게 죽어 나갔고 건설이 끝나기도 전에 상트페테르부르크가 러시아의 새로운 수도로 이전되었지요. 그러나 스웨덴과의 전쟁도 끝나지 않아 영토의 소유권을 가져가 버렸지요. 카를 12세는 끝까지 나라를 지키기 위해 싸우다가 1718년 겨울에 추위를 뚫으며 노르웨이 원정 중에 전사하자 두 나라의 전쟁이 막을 내렸시요. 1721년 표트르는 스웨덴과 종전 협상을 벌였지만 내심 불안함을 감출 수가 없었겠지요. 새로운 수도가 들어선 지역에 대해 스웨덴과의 소유권 논란이 일어나지 않도록 인근 지역 전체를 사들였으며 핀란드의 점령 지역은 스웨덴에 돌려주며 상트페테르부르크에 위협이 될 만한 핀란드 접경 지역은 제국이 아닌 러시아의 차르가 개인적으로 토지를 소유하는 것으로 협상을 타결할 정도로 주도면밀했지요. 그렇게 1721년 스웨덴과의 평화 협정을 맺고 나서 표트르는 러시아의 황제라는 칭호를 사용했고 스웨덴과 폴란드는 즉시 이 칭호를 승인했고 차차 유럽 각국이 따랐지요. 그러나, 프랑스는 쓰지 않고 있다가 그가 죽은 지 25년 후에 외교문서를 통해서 공식적으로 이 칭호를 사용하여 국제적인 공인 절차를 마치게 되었지요. 표트르가 시행하는 모든 분야에서 개혁 자체에 대한 저항도 심해 표트르의 개혁은 제도, 행정 조직, 군대, 법률 같은 분야뿐 아니라 권위주의는 부패의 온상이 되고 말았지요. 그리고 러시아 정교회 개혁도 힘으로 밀어붙여 심지어 러시아 남성들이 기르던 수염까지 강제로 밀어 버려 표트르의 개혁은 반란과 저항으로 나라가 어지러웠지요. 그리고 권력형 부패로 수많은 사람이 처형되거나 추방당하고 표트르의 신임을 받는 사람들만 채웠지요. 그렇지만, 여우를 피하려다 호랑이를 만난 격이 되었으니 그를 가장 가슴 아프게 했던 사람은 오랜 친구이자 개혁의 동지였던 알렉산드르 멘시코프지요. 멘시코프는 야전에서도 이름을 날려 대원수까지 오르며 상트페테르부르크의 건설 책임자이기도 했지요. 그렇지만, 권력형 부패 고리를 끊지 못해 영지에서 가혹한 착취로 악명을 날렸는데도 표트르는 이례적으로 관대한 조치뿐이었고 멘시코프가 엄청난 공금을 횡령했는데도 눈을 감았지요. 그것이 표트르의 개혁이지요. 그러나 표트르가 운이 좋은 건 맞지요. 여기저기서 멘시코프에 대해 관대한 표트르를 원망할 때 그가 중병에 걸려 죽으니 다행이었지요. 표트르 역시 24살에 차르가 되어 치열하게 투쟁했으니 강철 같은 표트르의 심신도 서서히 무너져 술에 의존해서 달랬지요. 그리고 술은 그의 몸속으로 들어가 그의 몸을 갉아먹었으며 알코올 중독 증상이 나타났지요. 분노를 제대로 통제하지 못해 의심이 많아지면서 잔인하고 괴팍한 사람이 되어 명석했던 판단력도 급속도로 빛을 잃었지요. 정신적인 결함은 육체적으로도 이상을 일으켜 안면 신경통에 시달리고 수시로 간질과 유사한 발작으로 결국 비극적으로 이어졌지요. 그러나 러시아 역사에 그가 없었다면 제정 러시아나 소비에트 연방 공화국은 존재할 수 없었을 것이라는 가설은 인정하지만, 표트르는 목표를 위해 어떤 잔인하고 난폭함도 서슴지 않는 그것이 바른 것이라는 생각을 않습니다. 그가 남긴 역사적 교훈은 약소국가를 빼앗아오는 비법과 강한 나라와 먼저 힘을 합해 작은 나라를 나누어 없애고 그 후에는 틈을 타서 그 나라마저 쳐 없애는 교훈밖에 없는데 저는 그들의 정치 방향에 반대입니다. 불과 얼마 전만 해도 중국이 우리나라에 하던 짓을 보십시오. 조선이었을 때 우리나라와 혼인이나 결연을 통해 먼저 내정을 간섭하여 권리를 주장하고 다 알지 않습니까? 이승만의 차분하고 논리적이고 세상을 뒤돌아보고 현재에 이어오는 것까지 모두 꿰뚫고 있고 박학다식함에 너무 놀라 그는 이승만 대통령의 말을 마치 어떤 군주에게서 듣고 있는 듯한 착각으로 듣느라 그의 말이 끝났는데도 멍하니 이승만 대통령을 바라보고 있었다. 제 얼굴에 뭐가 묻었습니까? 하고 이승만 대통령이 묻자 그때서야 아아 아닙니다. 미안합니다. 너무 심취해서 듣느라 그래요? 나도 나도 자유로운 민주주의가 좋습니다. 인간의 존엄성과 인간의 권리와 종교의 자유를 보장해 주는 자유민주주의 말입니다. 아 동지를 만났습니다. 맥아더의 말에 이승만 대통령은 우리나라를 자유민주주의로 성장할 수 있게 많은 도움을 부탁드립니다. 아시다시피 지금 우리나라는 소련과 중국을 등에 업고 날뛰는 북한 때문에 아무것도 할 수 없습니다.라고 말하자 맥아더는 그리 해봅시다. 반드시 자유민주주의로 가도록 제가 힘닿는 데까지 도와드리겠습니다. 공산주의를 따르는 정치는 반드시 실패할 겁니다.

반공사상을 가지고 자유롭게 살고자 하는 인간의 본성을 강제로 막으며 국민을 지배하려는 사상체계인 공산주의 이념을 따르는 정치는 우선은 성공할지 몰라도 언젠가 반드시 실패하고 말 것입니다. 이승만 대통령은 생각했다. 지난날 맥아더를 처음 만나던 날 자신은 반드시 맥아더가 큰 인물임을 한눈에 알아보았었다. 그래서 그가 장차 우리나라에 도움이 될 것을 예상하고 생일 때마다 선물도 주고 아주 친분을 쌓았다. 2차 세계대전을 맥아더가 끝을 냈으니 맥아더는 세계 최고 중의 최고 미국 대통령보다 인기가 많아 그야말로 슈퍼스타였다. 이승만 대통령은 맥아더를 쳐다보며 옛날을 상기시키려는 듯 말을 했다. *우리 고종께서 맥아더 장군의 아버지를 존경하고 좋아해서 국보급 향로를 선물했고 당신 맥아더 장군 아버지께서는 굉장히 자랑스럽게 생각해서 항상 자랑하고 다녔고 그 가보를 맥아더 당신에게 물려줘야 한다며 향로를 자랑하고 싶어 부하에게 미국으로 가져오게 했을 정도였다고 합니다. 알고 있습니다. 나도 그 향로를 자랑하고 싶어 비행기에 싣고 가서 필리핀 마닐라의 유행 군사령관 막사에다가 향로를 놓고 전쟁하면서 자랑을 하다가 일본군이 기습공격 할 때 급히 피하다가 두고 왔는데 부하가 가지고 오다가 실수로 태평양 바다에다가 빠트려서 너무 화가 나 태평양 바다를 뒤져서 찾으라고 명령했지만, 태평양 바다가 너무 커서 찾지 못했습니다.* 하고 맥아더는 자신이 향로를 더 좋아하는데 아쉽다는 심정을 털어놓았다. 이승만 대통령은 맥

아더의 마음을 완전히 대한민국으로 휘게 할 전략을 세웠다. 향로를 수소문하다가 경찰을 다 불러놓고 이야기했다. *지금부터 내가 하는 말을 잘 들어야 할 것이다. 나라에 대단히 중요한 일이고 대한민국의 운명이 달려 있기 때문이다. 그게 무엇이길래 그리 뜸을 들이고 중요하다고 합니까?* 하고 묻자 고종황제가 맥아더 아버지께 준 그 향로를 만든 사람을 찾아내라. 그리고 그 장인이 그 향로를 한 개만 만들지 않았을 것이다. 그러니 그 맥아더 아버지가 받은 향로와 국보급 향로를 만드는 사람을 모두 찾아내라. 이 명령을 완수해 찾는 자에게는 3계급 특진이다.* 이승만 대통령의 말에 경찰들의 눈이 휘둥그레진다. 그도 그럴 것이 사실 3계급 진급은 10년이 넘게 걸려야 가능한 진급이기 때문이다. 그때부터 경찰들은 여러 군데 수소문을 하기 시작한다. 그렇게 일주일 만에 대한민국 군인, 경찰이 전국을 다 뒤져서 맥아더 아버지가 받은 비슷한 향로 3개를 찾아낸다. 이승만 대통령은 맥아더를 초대했다. 이승만 대통령은 맥아더 장군에게 인사한다. *멀리 오시느라 수고 많으셨습니다. 그래서 저희가 작은 선물을 준비했는데 마음에 드실지 모르겠습니다.* 맥아더는 어리둥절하며 갑자기 내민 선물을 엉거주춤 받으며 *이거 무슨 선물인지 몰라도 덥석 받아도 되겠습니까?* 하며 받았고 *지금 열어보셔도 좋습니다.* 하고 이승만 대통령이 말하자 맥아더는 이승만 대통령을 쳐다보며 *그럼 주신 선물이니 열어보겠습니다.* 하고 조심스럽게 포장을 하나씩 벗겨낸다. 그의 눈은 너무나 크게 열려 눈알이 튀어나올 것 같았다. *오 마이갓! 오마이 갓!* 선물을 열어본 맥아더 장군은 눈에서는 동글동글 눈알이 돌아가고 입으로는 말이 튀어나왔다. 그의 몸 안에 있던 모든 기쁨이 한꺼번에 눈으로 입으로 튀어나오는 것 같았다.

불 붙은 한반도

12

한참 동안 어린아이가 눈깔사탕을 받아들고 좋아하듯 하더니 *아니 이 향로는 태평양 바다에 빠뜨렸는데 어떻게 찾아 왔습니까?* 한다. 이승만은 시치미를 뚝 떼고 말한다. *다 찾는 방법이 있지요. 내가 맥아더 장군을 위해서라면 뭔들 못 하겠습니까? 고맙습니다. 그렇지만 그 넓은 바다의 물을 모두 퍼내지는 못했을 것이고 도무지 이해가 되지 않는군요.* 하며 좋아하는 맥아더 장군을 바라보던 이승만 대통령은 *우리 한국 사람은 가위바위보를 해도 적어도 3세판을 하고 끝냅니다. 잘못을 해도 세 번은 용서해 주는 아량도 넓은 민족이지요. 그런 성향을 지닌 민족이라 이 향로도 장인이 만들 때 똑같은 것을 3개는 만들어 놓습니다. 한 개가 태평양 바닷속에 가라앉을 걸 대비해서 두 개는 남겨 두었지요.* 맥아더는 의아하게 쳐다보며 말도 안 된다는 눈짓을 보냈다. 이승만은 그 눈짓을 못 본 척 외면하며 말했다. *그 남겨 둔 향로를 장군에겐 특별한 것일 것 같아서 전국을 수소문해서 찾아내었지요. 선물이 마음에 드실지 모르겠습니다.* 그렇게 이승만은 자존심을 다 버리고 나라를 위해 후일 반드시 도움을 요청할 일이 있을 것이라는 신념을 가지고 맥아더를 우리나라에 대해 좋은 감정을 갖도록 하는 데 최선을 다했던 것이다. 그 결과 대한민국을 위해 이승만 대통령의 편에서서 모든 일을 처리해 주었다. 맥아더 장군은 진심으로 이승만을 좋아했다. 비행기 트랩에서 전 세계 언론의 카메라 앞에서 맥아더 장군은 말했다. *이승만 대통령 각하, 만약에 무신론 공산주의자들이 다시 쳐들어온다면 저 맥아더는 있는 힘을 다해 각하의 조국과 각하의 수도와 각하의 정부를 위해 언제든지 달려와서 지켜드리겠습니다. 만약 경기도나 강원도 같은 한국에 어떤 전쟁이 터지면 저 맥아더는 경기도 강원도 같은 지역에서 전쟁이 난 것이 아니고 캘리포니아 또는 텍사스에서 전쟁이 났다고 생각하고 만약에 서울에 공산당이 쳐들어온다면 저 맥아더는 한국 수도가 침략당한 것이 아니고 미국 수도 워싱턴이 침략당했다고 생각하고 있는 힘을 다해 싸워서 각하의 조국과 각하의 정부와 각하의 국민을 지켜드리겠습니다.* 맥아더 장군은 세계 모든 나라가 정신 바짝 차리고 받아적으란 듯이 말했고, 늠름한 말들을 세계 카메라들은 일제히 찰칵찰칵 찍어댔다. 맥아더 장군은 같은 말을 몇 번 반복했었다. 그렇게 이승만 대통령은 앞을 내다보고 조국이 위험에 처할 때를 대비해 조국을 지켜 줄 인물들을 세계 최강국인 미국에 미리 포진해 두고 있었다. 그 덕분에 북한이 한국을 공격할 때 이승만 대통령이 연락하자 맥아더 장군은 한 치의 망설임도 없이 150만 미군을 데려와 대한민국을 지켜주었다. 6.25 이전에 맥아더 장군의 부관 중령이었던 아이젠하워는 수년 후 승진해 맥아더와 동급인 5성 장군, 원수가 됐다. 그 후 대학 총장을 거쳐 공화당 후보로 대통령이 된 아이젠하워는 대통령이 되자마자 자신의 공약인 한국전쟁을 조속히 종식한다고 내세웠던 대로 즉시 한국을 방문하여 이승만 대통령과 전선을 시찰했다. 아이젠하워 대통령은 이승만 대통령과 함께 경기도 광릉 수도사단에서 기갑부대 기동과 포 사격 훈련을 참관하며 나라의 미래를 상의하였다. 이승만 대통령은 *전쟁 중이라 마땅히 숙식할 곳이 없어 미안합니다.* 하자 아이젠하워 대통령은 *우리 미군 부대가 막사로 쓰고 있는 동숭동 서울대학에서 숙박하면 되니 신경 쓰지 마시오.* 하고 그는 3일간 미군 부대 막사에서 숙박했다. 그리고 아이젠하워 대통령은 돌아가면서 이승만 대통령에게 어정쩡한 말을 남기고 가자 이승만 대통령은 이대로 아이젠하워 대통령을 믿을 수 없다는 생각에 자신이 다가서 친분을 쌓아놓은 미국의 언론 재벌인 윌리엄 허스트에게 자신의 생각을 전달하고 언론에 홍보해 달라고 부탁했다. 이승만의 부탁을 받은 윌리엄 허스트는 각 방송과 신문에 다음과 같이 크게 기사를 실었다. *이승만 대통령은 정복되지 않았다. 그는 결코 정복할 수*

없는 인물이다. 그는 오늘날 극동에서 가장 준비가 잘 되어 있는 사람이며 사기도 충만한 반공군(反共軍) 지도자이다. 한국은 서방 진영을 필요로 하고 서방 쪽은 한국이 필요하다. 우리를 분리하려는 어떤 시도도 용납되어서는 안 된다. 신문사와 방송국을 7개나 가지고 있던 세계 최대의 언론 재벌인 그 유명한 윌리엄 허스트는 이승만 대통령의 열렬한 팬이었다. 그리고 *아프리카보다 못사는 저 어렵고 힘든 나라에 북한 공산당까지 쳐들어와 전쟁터가 되었지만, 이승만 대통령은 조금도 굴하지 않고 공산당과 맞서 끝까지 목숨 걸고 싸우는데 세계에서 제일 부자 나라인 미국 아이젠하워 저 바보 멍청이 같은 대통령이 공산당이 무섭다고 도망쳐? 어물전 망신은 꼴뚜기가 시킨다고 이거 미국을 왜 이렇게 망신을 줘. 이 사람이 제일 싫어하는 게 공산당이기에 계속 싸우면 내가 경제는 지원해 줄 텐데.*라고 이승만 대통령 편을 들어 여론몰이를 해줬다. 그리고 미국 부자들을 많이 설득해 주었다. 이승만 대통령이 기독교 정신을 이용해 계속 미국과 싸우면서 공산화를 막아낼 수 있었던 것은 40년간 미국에서 저명한 인맥을 쌓아놓았기 때문이었다. 이승만 대통령이 반공포로를 석방하는 날 500만여 장의 신문 호외를 만들어서 무료로 뉴욕에 신문을 뿌렸다. 이 머리기사에는 *용감한 이승만 대통령이 겁쟁이 아이젠하워 대통령을 한 방 먹였다!* 한국 대통령이 미국 대통령을 한 방 쳤는데 미국 언론은 미국 대통령을 또 한 방 먹인 것이다. 이뿐 아니라 미국 기독교협회 변호

사협회 미국 목사협회 미국 의사협회 미국의 몇 개 주 상원의원 등 각 단체에서 이승만 대통령 지지성명을 발표했다. *이승만 대통령이 미국을 공격했다고 해서 미국이 이승만 대통령을 제거하면 안 된다. 미국 당국은 동맹이 되어서 공산당과 싸워야 한다*고 미국의 각 언론과 여론은 이승만 대통령 편을 들었다. 미국은 아무리 대통령이라도 전쟁 중에는 전쟁 현지에서 싸우는 현지 사령관의 의사를 존중하게 되어 있다. 대통령도 현지 사령관보다 말석에 앉는다. 또한, 이승만 대통령이 반공포로를 풀어줄 때 사령관 클라크 장군은 세계에서 가장 위대한 반공 지도자 맥아더 장군의 후임자인 리지웨이를 *중공군이 맥아더는 싸우기 쉽지만, 리지웨이는 싸우기 어렵고 까다로운 사람*이라고 했다. 이렇게 세계가 벌벌 떠는 상황에서도 이승만 대통령은 미국 대통령에게 당당하다 못해 무례할 정도로 어려운 명령을 계속 내린다. *우리 국민은 지금 먹을 것 없어 굶어 죽게 생겼다. 어서 식량을 공급해 줘야지 배 터져 죽는 나라 미국이 없어서 굶주린 나라를 못 본 척 외면하지 않고 나누어 먹으면 많이 먹어 성인병이 생기지 않아 오래 살아 좋고 우리 대한민국은 배 굶지 않아 좋은 일 아니냐. 욕심을 내려놓고 잘 생각해 보라. 배가 고파 허덕이는 형제에게 지금 빵 한 조각을 나누어 주면 우리 후손들은 그 빵으로 나중에 어떤 보상을 해 줄지 모른다. 우리 민족은 그런 민족이니까.* 온갖 명령 같은 말로 계속해서 요구하자 리지웨이 장군이 말했다. *이승만 대통령, 당신은 정말*

황당하오. 도움을 요구하는 사람이 정중해도 도움을 받을까 말까 한 이제 막 전쟁이 끝나 먹을 것도 희망도 없는 나라가 무엇을 믿고 그렇게 당당하게 말한단 말이오! 했다. 그러자 이승만 대통령은 *그건 우리 국민을 너무 사랑해서 눈에 보이는 것이 없어서 그렇다고 해 두지요. 지금 국민들 배고프다는 소리가 구천을 떠도는데 대통령이 되어서 못 할 말이 어디 있단 말이오? 그리고 형제에게 자비를 베푸는 일을 하라는데 내가 떳떳하지 못할 게 무엇이 있소. 나는 떳떳하오. 그리고 먹을 것이 없는 건 맞지만 희망이 없다는 말은 취소하시오. 희망은 무궁무진해 앞으로 우리나라가 세계를 휘어잡을 것이니 두고 보시오. 지금 밤이라고 아침이 오지 않는다고 말하는 게 무례한 말임을 잊지 마시오.* 미국에 당당하게 말했다. 리지웨이 장군은 *이승만 대통령 당신은 자기 국민에 대한 편애가 심하고 마음속에는 애국심밖에 없는 것으로 보이며 상식적으로 불가능한 일을 끊임없이 미국에 요구하는 희한한 인간이오. 하지만 당신의 배를 불리기 위함이 아니고 국민들을 위한 요구이니 외면할 수도 없고.*라고 말했으며 이승만 대통령이 평소에 친분을 맺어 두었던 밴 플리트 미국 사령관은 별명이 이승만의 양자라고 할 정도였다. 그를 부를 때도 이승만은 밴 플리트라고 부를 만큼 관계가 돈독했다. 그 밴 플리트도 *이승만 대통령은 우리 시대에 가장 위대한 사상가이고 학자이며 정치가이자 애국자*라고 말하면서 이승만 편을 들고 나섰다. 명장과 언론이 이승만 대통령 편

을 들고 나서자 미국에서 이승만 대통령의 인기는 마구 치솟았다. 세계적인 명장이며 대통령이 되면 전쟁을 끝내겠다고 큰소리친 아이젠하워는 한국전쟁에서 5여만 명 죽고 10만여 명 다치고 고춧가루 맞고 포로를 모두 풀어 국제법까지 어기며 미국 대통령을 무시하는 이승만 대통령의 행동으로 인해 인기가 떨어져 인생 최고의 고비가 오자 이승만 대통령을 죽이려는 계획까지 세웠지만 죽이지는 못했다. 그리고 아이젠하워는 성명을 발표한다. *이승만의 일방적인 행동은 약속 파기다. 미국은 또 다른 적을 만났다.*고 성명을 발표했다가 인기가 추락하고 인기를 상승시킬 방법이 없을 만큼 위기가 다가옴을 직시한 아이젠하워 대통령은 다시 말을 바꾸어 *우리는 한국으로부터 절대 퇴장해서는 안 되며 공산주의자들이 한국을 차지하도록 결코 내버려 둬서도 안 된다.*라고 말을 버선목 뒤집듯 홀딱 뒤집는 바람에 오히려 이승만 대통령에게 무릎을 꿇는 꼴이 되고 말았다. 미국 정부는 *우리 미국이 달러를 쏟아붓고 또한 전쟁 중에 미군이 많이 죽었으니 제발 일단 휴전협정을 맺고 보자*고 사정을 하는 바람에 이승만 대통령은 못 이기는 척하면서 국민들이 걱정 없이 살아갈 수 있는 생각을 해냈던 것이다. 그 두 가지를 들어주면 다시는 고춧가루를 뿌리지 않겠다며 내건 공약의 상세한 내역을 아이젠하워에게 써서 보냈었다. *아시아 민주주의 전시장 한국과 그 주변 이 엄청난 우리 대한민국이 초토화되었으니 집도 짓고 병원도 짓고 학교도 세워야 한다. 한국이 잘 살 때까*

지 도와주어야 한다. 미국이 무한정 도와준다고 했으니 시체도 치우고 부상병도 치료하고 미국이 아시아 민주주의 전시장을 짓는 모든 자금을 미국이 지원해 줘야 한다. 단, 이 모두 무료는 아니다. 먼 후일 미국이 어려워질 때 우리 후손들이 갚아 줄 것을 약속한다. 그렇게 당당하게 조건을 붙이자 미국은 일시금으로 8억 달러 그러니까 그 당시 1년 수출액의 34배를 일시금으로 주었다. 미국이 아프리카 54개 나라를 도와준 것보다 한국을 더 많이 도와준 것이다. 이승만 대통령은 미국에 이렇게 당당하게 원조를 받아냈다. 다음으로 요구한 청구서는 이랬다. 달러와 미국 농사 기술을 우리나라에 전수해 주어야 한다. 비료 기술도 없고 우리나라는 자동차 건축 석유화학 모든 기술발전을 할 만한 아무것도 남아 있지 않다. 그러니 그 모든 것을 형제의 나라 미국에서 공짜로 가르쳐 줘야 한다. 그 이유는 대한민국이 아시아 민주주의 전시장이 되기 때문이다. 모든 기술의 출발은 미국이고 첨단 기술도 모두 이전해 주어 한국이 잘 살 때까지 도와주어야 한다. 그걸 공짜로 해 달라고 하지는 않겠다. 먼 후일 우리가 미국보다 더 부강한 나라가 되면 반드시 10배는 갚아 줄 것이다. 대한민국은 미국처럼 유리한 쪽으로 움직이고 눈치만 보는 나라가 아니다. 우리나라는 알다시피 동방예의지국이고 군자의 나라이며 백의민족 단군의 피가 흐르는 나라다. 그러니 믿고 기술을 이전해 주고 짚고 일어설 수 있는 지팡이가 되어 주어야 한다. 그리고 또 하나 미군을 철수하지 않고

휴전선 전방에 배치해 줘야 한다. 언제 북한이 다시 전쟁을 일으킬지 모르기 때문에 미국에서 아무리 기술과 물자를 지원해 준다 해도 전쟁이 일어난다면 또 오늘날과 다를 바 없을 것이다. 북한은 소련과 중국 두 나라를 등에 업고 있으니 그들이 다시 침략의 야욕을 버리게 하는 방법은 미군이 전방을 탄탄하게 지키지 않는 한 장담할 수 없다. 그러니 북한이 절대 다시 쳐들어올 엄두를 못 내게 24개 길목을 미군이 지키고 있어야만 한다. 미국의 법은 해외 주둔 국민이 죽으면 곧바로 공격하게 되어 있는 걸 북한이 알고 있으므로 북한은 미국이 길목을 막고 있는 한 다시는 전쟁을 벌일 생각을 못 할 것이다. 그리고 달러를 주는 것 또한 공짜가 아니다. 이다음에 잘살게 되면 반드시 갚을 것이다. 대한민국이 원조를 받는 게 아니다. 우리가 보호를 받겠다는 것도 아니다. 만약 미국이 망하면 한국에서 먹여 살려주고 지켜줄 것이므로 그래서 한미상호방위조약이라고 맺는 것이다. 이승만 대통령은 아이젠하워 대통령이 추락한 인기를 다시 제자리로 끌어올리고 그 자리를 잘 보존하기 위한 일은 전쟁을 중단시키는 일이라는 심리를 너무나 잘 알고 있기에 나라의 자존심을 살려 가면서 당당하게 보호받는 것이 아니라고 큰소리치면서 *한미상호방위조약*이라고 대등한 말로 한국의 자존심을 살렸다. 미국은 아시아하고는 조약을 맺지 않는다는 것이 미국의 정치이던 때였다. 그러기에 이승만 대통령은 또 같은 문서를 두 번 세 번 아이젠하워 대통령에게 보냈고 이승만 대통령의

전략과 지혜는 한 치의 오차도 없이 잘 들어맞았다. 이렇게 이승만 대통령의 살점을 도려내고 뼈를 갈아서 맺은 한국과 미국의 *한미상호방위조약은* 전 세계가 부러워할 조약이었다. 자세히 보면 모두 우리나라의 이익만 위해서 맺은 조약인 것이다. 그야말로 신의 한 수란 말을 이때 써야 딱 맞는 만점인 것이었다. 미국은 원칙을 지키기 위해 아시아 국가와 동맹을 안 맺다가 한국과만 맺었다. 미국의 아이젠하워 대통령은 죽이려고 혈안이 되었던 이승만 대통령을 최고로 대우했다. 뉴욕 브로드웨이에서 카퍼레이드를 벌였다. 걸어서 20분 정도 걸리는 좁은 땅덩어리에서 피라미드 관광으로 벌어들이는 이집트 전 국민이 벌어들이는 돈보다 브로드웨이에서 버는 돈이 더 많을 정도였다. 그 황금의 땅에서 하루 자동차를 막고 100만여 명이 나온 가운데 카퍼레이드를 했다. 미국 역사상 1차 세계대전을 승리로 이끈 미국인 영웅과 2차 세계대전을 승리로 이끈 사람 등 2명, 몇천만이 죽은 전쟁을 승리로 이끈 명장이 개선식을 할 때, 미국의 동맹국 영국의 처칠이 수상에서 물러났을 때 위로할 겸 카퍼레이드를 해주었고 이번에 이승만 대통령뿐 어느 나라도 없었다. 현직 대통령일 때 전 세계 지도자 중 유일하다고 했다. 한미동맹 이전 60년에는 청일전쟁 러일전쟁 한일합방 만주사변 중일전쟁 태평양전쟁 한국전쟁 등으로 사람이 제일 적게 죽은 게 30만 명 많이는 900만 명이 죽는 위험한 땅이었지만 한미동맹을 맺지 않으면 나라를 후손에게 온전히 넘길 수가 없다는 판단을 했기에 가능한 것이었다. 거제도(巨濟島) 포로수용소에서는 분노를 못 이긴 수감자들 사이에서 수차례에 걸쳐 폭동이 일어났었고 수감자 포로 대표와 담판을 하려던 수용소 소장 돗드 준장이 기어이 포로들에게 납치되는 어처구니없는 소란이 일어난 것 등 이루 말할 수 없는 분쟁과 분노가 자신들의 소리를 서둘 줄 모르고 끝없이 수용소를 들끓게 했던 것을 알고 있던 아이젠하워 대통령은 이승만 대통령이 괘씸하기도 하지만 한 편으론 앓던 이가 빠진 느낌이 들었는지도 모를 일이었다. 어찌했건 이승만 대통령이 포로들을 풀어줌으로써 골치 아프게 무질서했던 질서가 잡힌 결과가 되었다. 사실 포로를 풀어주었다고 해서 미국에서 손해 볼 일이 있는 건 아니었다. 그렇지만 법을 어기고 미국의 반대를 무릅쓰고 자신의 국민을 살리기 위한 일을 한 것이 괘씸했지만, 이승만 대통령으로서는 어쩔 수 없는 일이었다. 이렇게 이승만 대통령은 매일 생과 사를 밥 먹듯 드나들어야 하는 약소국의 비애에도 오로지 조국의 안녕과 질서를 바로 세우고 어서 전쟁으로 쑥밭이 된 조국을 하루빨리 일으켜 세우는 일에 내외로 해야 할 일들로 또 다른 전쟁이 시작되었다. 1953년 7월 27일 한반도를 무력으로 통일하기 위해 일진일퇴를 거듭하는 상황에서 양측은 어느 한 쪽도 결정적인 승세를 갖추지 못했고 이를 해결하기 위해 처음으로 소련의 유엔 대표 말리크는 유엔 라디오 방송을 통해 ***소련은 한반도에서 전쟁의 종식을 위해 휴전을 원한다***는 뜻을 밝히며 정전을 제의해 왔고 같은 달 30일 유엔군 사령관 리지웨이 장군도 휴전회담의 개최를 공식 제안한다. 드디어 마침내 올 것은 반드시 오고야 마는 것이 세상 이치다. 남측은 유엔군 사령관 클라크 장군을 선두로 북측은 김일성과 중국의 펑더화이를 선두로 하는 휴전협정을 하면서 3년 1개월이란 길고 지루하고 상처투성이 나날들이 어디론가 새어 나가 버리고 판문점서 휴전협정이란 문서가 조인됨으로써 강산을 피로 물들인 한국전쟁은 대 장막을 내린 것이다. 단전이 아닌 휴전으로 매듭이 지어지고 있음에 이승만 대통령은 목구멍으로 피가 올라오는 통증을 느낀다. 한편의 긴 역사 드라마가 끝난 것 같다. 같은 민족끼리 전쟁을 매듭짓고 한마음으로 나라를 키울 기회는 또다시 한낱 꿈으로 돌아가고 말았던 것이다. 하나의 하늘을 공유한 두 개로 나누어진 땅. 새카만 밤일수록 가장 밝게 비춰주던 단일 민족의 별자리는 기약 없는 이별을 예고하듯 가장 강한 섬광을 뿌리고는 보이지 않는 먼 곳으로 위치를 옮겨간다. 정령, 이대로 휴전하는 방법밖에 없었단 말인가? 좋은 묘안을 찾아내어 하나로 뭉칠 방법은 진정 없단 말인가? 궁리궁리 궁리들은 모두 어디에 숨어서 이렇게 깜깜한 생각만 머리에 가득한 것인가! 치욕을 견디며 싸우고 또 싸운 수없는 애국지사들의 목숨으로 이 나라를 건져놓고 또 같은 민족끼리 아르리다르르리 죽이고 죽으며 서로의 가슴에 총부리를 겨누고 싸우다 기어이 적이 되어 돌아서다니! 또 다른 치욕이 부글부글 끓어올라 숨을 쉬기도 힘들었다. 감정 전도율을 있는 대로 높여 몸속에 고여 있던 물이란 물이 모두 울컥울컥 몸 밖으로 빠져나온다. 순식간에 세상은 또 암흑으로 침몰하고 만다. 이승만 대통령은 다시 서울에 올라와서 자신이 할 일을 묵묵 수행한다. 암담한 곳에서 함께할 씨앗 한 톨도 찾지 못하고 휴전협정 4조 60항을 협정 체결 후 3개월 안에 한반도 문제의 평화적 해결을 위한 고위급 관계국 정치회의를 개최할 것을 쌍방 정부에 건의한다. 치열하고 뜨겁게 자신의 형제에게 총부리를 겨누느라 보낸 나날들을 냉각은 시켜 두었지만 언제 해동되어 흘러내릴지 모를 일이다. ***소멸!***이란 말이 이렇게 잘 어울릴 때가 있을까! 전쟁이, 남의 나라를 침범하는 일이, 약소국을 깔보는 일이, 인간의 이기심이 모두 소멸이란 말속으로 빨려 들어갔으면 좋겠다. 형제 싸움이 준 피해, 즉 북한이 한반도 전체를 공산화하기 위한 차원에서 무력 침공을 감행한 결과는 눈을 뜨고 볼 수 없는 어쩌면 죽은 자들보다 남은 자들의 슬픔이 더 큰 것이었다. 3년 1개월에 걸친 질기고 지루한 한국전쟁은 한반도 전체를 가상의 세상으로 만들어버린다. 참전한 외국의 병력까지 극심한 해를 입힌다. 이때 사용된 폭탄의 수는 불분명한 수치이지만 1차 세계대전에 맞먹는다고도 할 만큼 엄청나다고 했다. 한국전쟁은 그밖에도 차마 입에 담지 못할 일들을 만들어냈다. 30만여 명의 전쟁미망인과 20여만 명이 넘는 전쟁고아를 낳고 1천여만 명이 넘는 이산가족을 낳고 말았다. 공업 시설의 파괴로 경제적 사회적

암흑기 초래도 문제지만 정신적 황폐함은 언제 복구될지 암담하기만 하다. 살아남은 자들의 정신적 황폐화는 이루 말로 다 할 수가 없을 만큼 크다. 이렇게 무시무시하고 잔인하기 이를 데 없는 형제의 난인 한국전쟁은 미국과 소련을 비롯해 유엔과 의료진 그리고 중공군까지 참전하면서 어느 모로 견주어 보나 제3차 세계대전에 가까운 전쟁 규모다. 소련의 통계에 따르면 북한의 11.1%에 해당하는 1백 13만 명의 인구가 전쟁을 통하여 사망하고 남한과 북한 그리고 전쟁에 참여해 싸워준 나라의 희생자를 포함하면 2백 50만 명 이상의 사망자가 생기고 80%의 산업시설과 공공시설과 교통시설이 어느 나라로 가버렸는지 흔적 없이 사라져 버리고 국민정신은 전부 파괴되거나 손상되었으며 마음 집도 현실의 집과 마찬가지로 모두 파괴되거나 손상되어 전쟁 바람과 함께 사라져 버렸다고 했다. 어느 바람이 전쟁이란 비극을 후르르후르르 뜨거운 숭늉을 식히듯 참담함을 불어 식혀낼 수 있을까? 한국전쟁은 핵무기를 제외한 당대 최신의 살상 무기가 총동원된 새로운 전쟁으로 역사의 페이지에 새겨진다. 한국전쟁 중에 함께 한국을 위해 싸워 희생된 무기들도 엄청나다. 미 극동군 폭탄 50만 톤 네이팜탄 4만 2천 3백 톤 로켓탄 33만 3천 3백 발 연막 로켓탄 5만 5천 5백 97발 기관총 1억 8천 6백 85만 3천 1백 발이 모두 전쟁에 참여한 참전용사다. 한반도 전역은 갈기갈기 찢겨 너덜거리고 시커먼 폐허가 된다. 전쟁이 쓸고 간 남한 땅 전체엔 눈뜨고 귀 뜨고

코 뜨고는 도저히 볼 수 없을 정도의 얼굴이다. 아무 말을 해도 그저 깜깜할 뿐이다. 차라리 눈이라도 내려서 저 모든 것들을 깨끗이 덮어주면 참 좋겠다는 생각이 든다. 또한 이 전쟁은 그 안에 사는 생명체들이 무수히 살상된 것은 말로 다 표현할 수 없을 만큼 전무한 기록을 세운다. 전쟁이 쓸고 간 남한 땅 몰골을 보고 애국지사들의 무덤 앞에서 무슨 말을 할 수 있을까? 포탄이 쓸고 간 반쪽 땅의 그늘마다 비바람이 눈물을 뿌리면서 없는 엄마를, 없는 아버지를, 없는 자식을 찾느라 시간이 소비된다. 어디서 살았는지 죽었는지 소식조차 알 수 없는 막막한 나날은 날로 푸르러 가고. 뜸북새 뜸북뜸북 별빛만 쪼아대고 가족의 기별은 새까맣게 올 생각도 않고 홀로홀로홀로 홀로선 적막감에 울어울어울어 울음이 비가 되어 내리는 나날. 허허허허 허파에 미친바람이 들어 허허허 웃음을 웃는 나날. 한 편의 전쟁 드라마가 흑백으로 끝나고 있다. 치열하게 벌어진 한국전쟁은 동족상잔이라는 찬란해 눈을 감아야만 살아갈 수 있는 불명예 이름을 역사 속으로 밀어 넣는다. 대 참극은 엄청난 피와 죽음을 불렀고 국토는 핏물과 아우성과 포성을 가슴속에 품은 채 초토화되고 산업은 잿더미라는 오명을 뒤집어쓴다. 종전이 아닌 휴전으로 남과 북은 형제간의 총부리 싸움은 가슴앓이를 지우지 못하고 일단 막을 내린다. 한 나라 한 겨레 천년만년 뿌리내려 살아가던 백의민족 동방예의지국 강토 금수강산은 누더기가 되어 너덜거려 기우려면 얼마나 많은 시간이 걸릴지 예측조차 힘이 든다. 산마다 계곡마다 새 울음조차도 비틀거리며 한쪽 날개를 접는다. 다시 허리가 반으로 접힌다. 계절도 반으로 접힌다. 돌 속엔 짐승의 발자국, 바다의 지느러미, 바람의 날개, 풀꽃의 향이 들어 있다. 누구든 죄를 지으면 돌을 맞아야 한다. 돌팔매는 용케도 죄를 찾는 재주를 가졌는지 형제의 싸움에 돌팔매질을 끊이지 않고 해대고 있다. 이 반쪽나라에서 백성들은 도대체 무엇을 어떻게 앞으로앞으로 항해를 해 가야 아니, 어찌 항해를 할 것인지? 우리나라 백성을 위해 울어줄 나라는 이 지구 어디에도 없다. 오로지 자신의 몸에서 울음을 꺼내서 울어야만 한다. 햇살은 가을을 향해 달리고 밭에서는 수박이 자신의 뱃속에다 붉은 물을 길어 넣기에 바쁜 계절. 이렇게 시간은 1953년 7월 30일을 저승으로 끌고 가고 있었다. 어떤 감성적 언어로 감동을 줘야 이 꽁꽁 얼어붙은 땅에 포근한 바람이 폭설처럼 쌓여 봄꽃 같은 싹들이 우후죽순 돋아나게 할 수 있을까? 폐허의 더미 사이로 푸른 싹이 이랑이랑 자라는 소리 꽃잎처럼 피어날까? 골목마다 아이들 뛰어노는 소리가 담장을 넘어가고 구부러진 음파를 반듯하게 펼쳐 멋진 음악 소리가 되게 할까? 마지막 힘까지 모두 뽑아 국민을 위한 쓸모를 쓸쓸히 견디면서 이승만 대통령은 전쟁 중에 짧게 쓰던 시를 앞으로 수습할 암담한 과제로 길게 늘여 쓰며 앞으로의 희망 빛을 뿌려본다.

하루살이, 반일살이

하루를 온전히 갉아먹은
하루살이들의 비행이 바글바글하다

하루살이의 몸에 들어간 하루는
빠져나오지 않는다

하루치 날갯짓엔
깨알 같은 일생의 기록이 있다

하루의 저녁을 닫아걸며
안으로 갇혀버리는 저 하루살이,
마당귀에 입이 없는 하루가
그늘을 늘리며 바람의 혈압을 올린다

하루살이보다 더 짧은
삶살이가 있냐고 묻는다면
하루의 반을 불타는 해를 가리킨다
하루의 반을 차갑게 식히는 달을 가리킨다

하루살이는 그 달의 씨앗들이다
하루살이의 잉크빛 눈알은 보지 못했지만
누군가 하루를 쓰다 말고 두고 간
어제가 어지러이 장난감으로 널려 있다

하루살이임을 증명할
숭고한 명분은 하루밖에 사용하지 못했다

저 하루살이의 시작과 끝엔
반일을 살고 가는
피울음 장엄한 해와 달이 있다.

울음 성분은 꽃을 피우고
꽃진 자리 푸르름 앉힌다

푸르름 영근 곳엔 둥근 열매 열리고
가을이 떨어진 자리엔 얼음 열리는
믿음들이 저장된 창고가 있다

하늘껍질 벗겨보면
핏물 뚝뚝 떨어진다

봄꽃 푸른피 열매 흰피로 다시 태어나는
原始反本이다
온갖 전설을 남기며 화석으로 굳을
하루살이와 반일살이도

오늘에서 사라지기 위해
끝없이 초침을 돌리고 있는 삶

불 붙은 한반도

13

조선민주주의인민공화국

전쟁 과정과 전쟁이 주소도 알지 못하는 곳으로 사라졌다. 북한 정부는 한국전쟁의 책임을 박공산 기무정 등 자신의 정적들에게 전부 뒤집어씌운다. 전쟁이 끝나면 김일성을 죽이겠다고 이를 갈던 박공산은 그 이에 자신이 갈려 한 줌의 먼지로 사라졌다. 당연히 이들을 모두 숙청하여야 자신의 정적을 효과적으로 제거할 수 있기 때문이다. 이렇게 *김일성 공산왕조체제*의 기반을 닦는 데 걸림돌이 되는 사람들은 토사구팽을 당하고, 모두 쥐도 새도 모르게 다른 세상으로 사라진 영혼들은 다 북망산천으로 조국을 위해 싸우고 조국을 위해 떠난다. 북한은 전후 복구를 위해 여기저기 지원 요청을 한다. 소비에트 연방으로부터 10억 루블을 지원받았으며 중화인민공화국으로부터 8억 위안을 지원받는다. 그렇지만 그 금액으로는 안정을 얻기엔 턱없이 부족하다. 한국전쟁에 가장 많은 군사를 지원한 나라는 미국이다. 윌리엄 F. 딘(William F. Dean) 장군을 비롯한 많은 미군이 전쟁포로로 잡혔다. 또한, 이 과정에서 총살된 미군의 숫자도 엄청나게 많았다. 사람의 목숨이 파리 목숨만도 못하게 사라지는 전쟁은 약 6만 7천여 명의 생명을 가차 없이 끌고 가 버렸다. 짧은 시간 내에 이렇게 많은 이름을 산산이 부서지게 한 것이다. 중화인민공화국은 공산주의 진영을 지키고 미국이 주도한 국제연합군에 패하지는 않았기 때문에 신생국가였음에도 불구하고 국제적으로 위상을 손상당하지는 않았다. 그리고 국제법상 대한민국을 침략한 북한을 지원함으로써 국제적으로 외면과 손가락질을 받기도 한 나라도 있었다. 북한은 한동안 같은 사상을 공유하는 소련과 관계가 밀접해졌다. 또한, 이 전쟁 이후 중국의 경제는 피폐해져서 중국 공산당은 다시 날아오를 방법으로 대약진 운동을 벌이기 시작했다. 유엔 미국 이외에 영국 캐나다 터키 그리스 등이 수만여 명을 한국전에 파병해 남의 나라에서 목숨을 잃은 군인들에 이승만 대통령은 가슴이 아팠다. 터키군은 2만 4천 9백 36명을 파병했고, 7백 40여 명이 포화 속으로 사라졌다고 했다. 납북사실이 확인된 납북자 수는 9만 6천 13명, 현재에도 생존하고 있는 납북자가 일부 있을 것으로 추정하고 있으나 북한은 이를 부인했다. 또한, 휴전 후 북한은 모든 유엔군 포로들을 송환했다고 주장하나 아직도 미송환 국군포로가 존재하고 있으며 미군을 비롯한 유엔군 포로들도 전부 돌아오지 않은 것으로 추정되었으나 이를 확인할 방법은 없었다. 속이 빈 만큼 흔들림도 격렬해지는 것이다. 물자도 인구도 훑어가고 파괴해서 텅 빈 이 나라. 잘리고 파괴되고 뚫리고 타버리고 온갖 이유로 사라진 것들 그중에 섞여 있는 어머니나 아버지, 자식이나 형제들이 가장 가슴을 텅 비게 하며 쓸쓸함이 뜨거운 여름을 꽁꽁 얼리고 있었다. 다시는 돌아날 것 같지 않은 것들. 봄을 여름을 가을을 겨울을 구독하고 해마다 미뤄둔 연체료를 내야 했다. 여름 소나기가 흐느끼는 소리 후두두후두두 달려오고 있었다. 땡그랑땡그랑, 바람이 울리는 풍경소리를 듣고 싶은 날. 별빛 쪽물을 받아 술을 빚어 세상이 비뚤어지도록 비틀비틀 취하고 싶은 날. 그럼에도 불구하고 시간은 아무렇지도 않게 달려가고 있었다. 1954년에는 대통령의 중임 제한을 폐지하는 사사오입(四捨五入) 개헌을 통과시켜 커다란 정치 파동을 낳으며 시장바닥의 조소 거리가 되었다. 국회의원 선거에서 여당인 자유당 1백 14명 의원은 확보하였지만 의석수 3분의 2인 선에는 어림도 없었다. 정부와 자유당은 무소속 국회의원을 설득하여 *대통령 3선 금지조항 폐지* 개헌안을 국회 표결에 부친다. 통과 가결에서 딱 1표가 모자란 135표가 나온다. 이승만 대통령의 날개는 잿더미가 된 나라를 새로이 만들기 위한 도약을 위해 큰 날개를 펼치기 시작한다. 그렇지만 아직도 공산주의에 물든 사람들의 뚜벅뚜벅 투박한 발소리는 또 얼마나 허위허위 허공을 밟고 다닐까? 새처럼 바람처럼 꽃처럼. 다 찢어져 누더기가 된 이 조국을 위해 이승만 대통령은 날개가 다 닳아 없어지도록 날아다니며 너덜거리는 나라를 기워야 한다는 생각에 기쁨보다는 걱정으로 다시 잠을 못 이룬다. 어찌 수습해야 할까? 폐허가 된 황무지가 된 이 반쪽짜리 나라. 가족을 잃은 국민의 아픈 가슴에 어떤 새소리를 덧대어 기워야 어서 상처가 회복되고 부강한 나라로 만들 수 있을지에 밤새 마당에서 서성인다. *하늘이여 부디 도와주소서. 이 나라 국민에게 희망과 용기를 주소서. 다시 일어서서 아이를 낳고 기르며 행복한 가정을 이룰 수 있는 터전이 되게 덕화를 주소서.* 간절한 기도를 마치고 나자 이승만 대통령에게 기도에 대한 답례로 하나님은 프랑스 시인의 말과 미국 시인이 한 희망적인 말 한 가마니를 던져 주었다. 그래 프랑스 시인인 앙리 프레데릭 아미엘은 *희망만이 인생을 유일하게 사랑하는 것이다. 열정이 없는 인간은, 쇠붙이와 부딪히지 않으면 불꽃이 일어나지 않는 부싯돌처럼, 한낱 잠재력과 가능성에 불과하다.*고 했다. 그리고 미국 시인 그웬돌린 브룩스는 *당신이 긴급히 해야 할 일은 이것이다. 살아라! 그리고 시끄러운 회오리바람 속에서 당신의 꽃을 피워라.*고 말했다. 번개처럼 스치는 이 명언에 이승만은 그래 내가 지금 할 일은 희망만이 인생을 유일하게 사랑하는 것이다. 열정이 없는 인간은, 쇠붙이와 부딪히지 않으면 불꽃이 일어나지 않는 부싯돌처럼, 한

날 잠재력과 가능성에 불과한 생을 살 수 없고 또 긴급히 해야 할 태풍이 쓸고 간 나라를 어서 일으켜 세워 흙을 털어내고 물로 씻어 잘 일으켜 세워 열매를 주렁주렁 맺는 나라를 만들어야 한다. 그리고 급한 불만 껐을 뿐 아무것도 장담할 수 없는 어수선하고 시끄러운 회오리바람 속에서 내 한 몸을 녹여서 이 금수강산에 화려한 꽃을 피우고 꽃에서 향기가 나고 벌나비가 날아다닐 수 있는 푸른 나라를 만들어야 함을 피할 수 없는 운명으로 가지고 태어났다면 몸을 녹여서라도 그렇게 하리라. 주먹을 불끈 쥐고 다시 일어설 용기를 몸속에 장착한다. 갑자기 어릴 때 어머니가 가르쳐 주신 각설이 타령이 생각난다. 각설이 타령을 한자(漢字)로 표기하면 각설리 타령(覺說理打令)이라고 했다. 각설리(覺說理)의 각(覺)은 깨달을 각(覺)이고, 설(說)은 말씀 설(說)이며, 리(理)는 이치리(理)이다. 이것을 풀이해서 설명하면 깨달음을 전(傳)하는 말로서, 이치(理致)를 깨우쳐 알려 준다는 뜻이라고 했으니 이 말은 다시 말해 한마디로 깨우치지 못한 민중(民衆)들에게 세상 이치(理致)를 알려준다는 뜻이라는 이야기이니 깨닫게 해주라고 이렇게 미리 공부를 시킨 것 같다는 생각이 든다. 이것은 삼국시대(三國時代) 신라(新羅)의 원효대사(元曉大師)께서 한때 부처님의 진리를 설파(說破)하기 위해 중생(衆生)들이 알기 쉽도록 바가지를 두드리며 민중(民衆) 속에 들어가 법문(法文)을 노래하며 풍자 해학으로 민중들이 불교 교리를 쉽게 알아듣고 익히게 하기 위해 민중 속에 교화(敎化)로 사용했다고 했다. 각설이 타령의 시작은 *얼씨구 씨구 들어간다.*로 시작되는데 여기서 얼씨구는 얼의 씨를 구한다는 의미라고 했다. 그래서 *얼씨구 씨구 들어간다.*라는 말의 의미는 *얼의 씨가 몸 안에 들어간다.*는 뜻이라고 했다. 또 *저얼씨구 씨구 들어간다.*에서도 *저얼의 씨도 몸 안으로 들어간다.*는 뜻이라고 했다. 다음 *작년에 왔던 각설이 죽지도 않고 또 왔네.*라는 말은 *전생(前生)에 깨달았던 영(靈)은 죽지 않고 이 세상 살아있는 동안에 다시 태어난다.*라는 뜻이라고 했다. *이놈의 자식이 이래 봐도 정승판서(政丞判書)의 자제로서.*라는 말은 *이생에서는 이 모양 이 꼴이지만 전생(前生)에서는 정승판서의 아들이었다는 전생론을 말한다.*고 했다. *영(靈)은 돌고 돌아 다시 태어나는데 살아생전에 덕(德)을 쌓지 않으면 다음 생에 이 꼬락서니가 되기 쉬우니 이 사실을 잘 알아라!*라는 뜻을 가졌다고 했다. 그러기에 각설이(覺說理)는 영(靈)의 윤회(輪廻)를 노래한 선각자(先覺者)들에 의한 민중문화(民衆文化) 운동이었고 대단히 높은 영(靈)의 소유자인 민족의 자부심을 알 수 있는 대목이었다. 그리고 사람이 흥(興)이 날 때 누구나 하는 소리로 *얼씨구 절씨구*라고 하는데, 그 말의 어원(語源)도 원인 없는 결과가 없듯 모두 뜻이 있는 구절이란 걸 뼈에 새기면서 공부했었다. 우리나라는 역사상 900여 회가 넘는 외세 침략을 받았는데, 한번 전쟁을 치르고 나면 전쟁에 나간 남자들은 거의 씨가 말라버릴 정도로 수없이 많이 죽었다고 했다. 전쟁에 참여하는 사람이 모두 젊은 사람들이고 남자인 까닭에 졸지에 과부(寡婦)가 된 여자들과, 과년(過年)한 처녀들은 시집도 못 가고 아이를 낳고 싶어도 낳을 수가 없었다고 했다. 그러니 나라에 남자의 숫자가 늘어나면 반드시 전쟁이 일어난다는 말까지 돌 정도로 남자가 귀하게 되었기에 어디를 가더라도 쉽게 처녀들이 씨를 받기가 어려웠고 여자들이 3대 과부가 생길 정도였으니 여자들은 한이 맺혔다고 했다. 그렇게 신세타령으로 여자가 하는 소리가 있었으니 그 소리가 바로 얼씨구 절씨구 지하자 졸씨구(卒氏求).라고 했다. 이 말의 뜻을 풀이하면 얼씨구(蘗氏求)는 세상에서 가장 멸시당하는 서자(庶子)의 씨라도 구해야겠다는 말이고 절씨구(卍氏求)는 당시 사회에서 천노(賤奴) 취급을 받던 절간의 중(승려)의 씨라도 받아야겠다는 말이고 '지하자 졸씨구(至下者 卒氏求)'는 가장 낮은 졸병(卒兵)의 씨라도 구해야겠다.라는 의미라고 했다. 한자로 자세히 살펴보면 얼씨구(孼氏求)란? 우리나라의 가족사에 서얼(庶孼)이란 말과 서자(庶子)와 얼자(孼子)를 합친 말이고 서자(庶子)는 양반의 남자가 양가나 중인의 여자를 첩으로 얻어 낳은 자식을 말하며, 얼자(孼子)란 천민의 여자로부터 얻은 자식을 말하는 것이니 천대받는 서얼(庶孼)의 씨라도 구한다.는 의미가 되는 것이니 얼마나 기막힌 말인가? 또 절씨구(卍氏求)란? 절간에서 씨를 구한다는 의미이니 중(승려)의 씨를 구한다는 뜻이다. 그러나 당시 중(승려 僧侶)의 계급이란 가장 낮은 것이어서 사람 취급을 못 받을 정도였으니 이 비참함을 다시 겪을 수는 없다. 그 당시 계급을 보면 팔천(八

*賤)이란 계급이 있었다. 그중 승려 계급은 천민(賤民) 중에서도 최하위(最下位) 천민에 속해 있었다.*고 한다.

사노비(私奴婢),
백정(白丁),
무당(巫堂),
광대(廣大),
상여(喪輿)꾼,
기생(妓生),
공장(工匠)과 함께 중(승려 僧侶)

그런데도 얼마나 남자가 없었으면 천민에 속해 있는 중의 씨라도 구한다는 의미의 노래가 유행을 했는지 짐작할 수 있다. *지하자졸씨구(至下子卒氏救)*는 세상에서 가장 바닥 생활을 하던 자로 어딘가 모자라거나 신체적으로 불구(至下者)인 사람들은 전쟁터에 나가는 최하위 졸병들의 수발을 들며 허드렛일을 하던 사람들이었는데 하다못해 병신(病身)인 졸병의 씨라도 구한다는 의미였다고 한다. 우리 각설이 타령에 이렇게 가슴 아픈 사연과 뼈가 시린 사연이 숨어 있는지도 모르고 그저 각설이 타령은 거지들이 구걸하는 모습으로만 알고 있으니 실로 안타깝기 그지없지만, 어느 교육 기관에서도 그걸 가르치지 않고 어느 부모도 그걸 가르치지 않으니 이

나라는 교육의 부재 나라라고 해야 할 것이다. 그것뿐 아니라 해방이 되었다고 전쟁이 끝났다고 철딱서니 없는 국민들은 한술 더 떠서 술자리에서 건배하면서도 마치 태평성대를 즐기기라도 하는 듯 외치는 소리 *얼씨구 절씨구 지하자 좋다.* 소리소리 지르며 술을 마시고 춤을 추고 있으니 이 슬픈 역사를 즐기고 있는 이 국민을 어떻게 해야 할지 하늘이 깜깜해진다. 정신없이 전쟁에서 나라를 구해놓고 나니 산 넘어 산이라고 이렇게 정체성도 자부심도 애국심도 모르는 문맹인 국민을 이제라도 이러한 슬픈 역사와 각설이 타령에 숨어 있는 비애(悲哀)를 가슴 깊이 새기게 교육하고, 다시는 전쟁이 일어나서 이런 일이 일어나지 않도록 부강한 나라 전쟁 없는 평화로운 나라를 만들어야 하겠다. 오롯이 지금 시점에 해야 할 가장 시급한 일이다. 그러나 입에 풀칠하기도 어려운 이 시국에도 잊지 말아야 할 것은 전쟁이란 이렇게 인간을 참혹하고 황홀하도록 처참하게 만들어 이렇게라도 남자의 씨를 구하고자 했던 아픈 사연이 숨어 있는 내용이다. 따라서 이 땅에 다시는 전쟁이 일어나서는 안 될 것이다. 그것은 나 이승만의 목숨을 걸고 이 땅에 전쟁을 막아줄 나라와 보호조약을 맺어두어야 후손들이 이 기막힌 노래를 부르지 않고 자자손손 잘살아갈 것이다. 지금 세계 지도자들과 혼자 맞서서 싸운 전쟁 중의 전쟁 세계 대전인 것이다. 통일 없는 휴전인 사형선고가 내려졌다. 이제 또 전쟁의 위태로움을 감내해야 한다. 그렇게 통일 없는 휴전은 안 된다고 외쳤지만 허무한 메아리로 흘러 가버렸다. 아니 어쩌면 강대국들의 꼭두각시놀음에 힘이 없어 놀아난 느낌에 이승만 대통령은 기쁨보다 쓰리고 아픔이 온몸을 싸고 있었다. 그렇게 휴전되고 부산항에는 피란민촌이 형성되었다. 이리저리 뛰어다니며 전쟁의 후유증을 수습하며 국내외를 뛰어다녔다. 그러나 정치를 하는 정부 관료들은 나라 걱정은 뒷전이고 내각책임제 개헌안을 제출하며 야당은 전쟁이 한창인데 전쟁 분위기 속에서 권력 쟁탈에 전쟁을 이용함에 지쳐갔다. 야당과 미국의 음모가 이승만 대통령을 축출하자고 다시 나라를 혼란 속으로 밀어 넣기 시작했다. 기가 막혀 모든 걸 포기하고 싶었다. 이제 나라를 건져 놓았으니 좀 쉴까? 생각하는데 또 하늘에서 벼락 치듯 음성이 들려온다. *이승만 네가 또 미치광이가 되어 나라를 보호하고 평정시켜라!* 새벽 기도를 하던 이승만 대통령은 꿈인지 생시인지 모를 음성을 듣고 아무리 힘들어도 다시 뛰어야겠다고 생각을 고쳐먹는다. 미치광이가 된다는 말은 사실 독립운동 때 미국에서 이승만 대통령이 끊임없이 미국 정부를 상대로 대한민국 임시정부를 승인해 달라고 노상 찾아가서 독촉할 때 미국 국무부에 있던 소련 간첩 당시 루스벨트 대통령의 측근 실세인 사람이 붙인 별명이다. 그는 이승만을 *독립 미치광이가 또 왔군.* 했다. 그 말을 그대로 받아서 미국 언론들이 *이승만은 독립 미치광이*라고 보도를 했다. 그때부터 이승만 대통령은 *독립 미치광이*라는 별명이 붙어버렸다. 그렇지만 이승만 대통령은 내 조국을 내가 찾는데 미치광이라고 부르든 정신병자라고 부르든 개의치 않았다. 그들이 조국을 잃어본 경험이 없는데 내 이 절박한 심정을 어찌 알겠는가?라며 무관심하게 생각했다. 그러나 국내에서 전쟁이 끝나기 무섭게 야당은 개헌안을 제출하는 등 이해할 수 없는 일만 하고 있었다. 이제 막 전쟁이 끝나 수습하기에도 정신이 없는데 왜 이렇게까지 해야 하는지 이승만 대통령은 답답했다. 대한민국 정부 수립 전부터 벌어지는 권력다툼 드라마가 벌어짐에 이승만 대통령은 질렸었다. 나라가 폐허가 된 마당에 제헌국회는 내각책임제냐 대통령 중심제냐?를 가지고 싸우기만 한다. 그보다 더 시급한 문제가 민생 문제임을 야당은 생각하지 않고 무조건 권력에 독이 오른 사람들 같았다. 한민당이 계속 이승만 대통령을 지원하고 지지하자 *한민당은 나이 많은 노인네 대통령을 실권 없는 왕처럼 모셔놓고 권력을 차지한다*는 말까지 공공연하게 하고 다녔다. 그건 너무나 어이없는 한심한 이야기인 것이다. 나라를 위해서 하는 일에 누구라도 해야 하는 일이 아닌가? 심지어 야당은 전쟁 후에 나라를 수습하기에 젊은 사람 몇 배를 하는 대통령을 임기 중에 사망할 것을 우려해서 내각제 개헌을 논의하고 추진했다. 하물며 젊은 법학 교수를 시켜서 내각제 개헌안을 만들어 놓고 무법천지로 이승만 대통령을 압박하기 시작했다. 이승만 대통령은 내각제는 우리 실정에 안 맞는다며 대통령 중심제로 바꾸라고 여러 번 제시했다. 이는 미국 유학 때부터 직선제 민주주의를 결심했기 때문이다. 미국식 자유민주주의가 꿈이었기 때문이다. 귀국 전에 이미 그는 대통령 직선제 헌법을 생각해 왔다. 한민당은 고민 끝에 대통령 중심제로 헌법 일부 수정을 하고 당당하게 이 나라를 대통령 직선제로 자리매김해서 어느 나라도 넘보지 못하는 튼튼한 자유 대한민국을 만들어야겠다고 생각했다. 그러나 야당은 오직 자신들 밥그릇 채우기 위해 반대를 위한 반대를 하면서 이승만 대통령을 공격하며 개탄했다. 그렇지만 결국 이 나라는 자유민주주의를 굳건하게 세울 선진 문화를 받아들여 대통령 중심제 헌법에 따라서 제헌국회서 국회의원들의 간접선거로 이승만 대통령이 당선되었다. 이승만 180표 김구 13표, 대통령이 된 이승만 대통령은 건국 정부의 내각을 조직한다. 내각을 조직했다고 해서 조각당이라 이름 지었고 그렇게 되었으나 한민당은 총리와 장관 6명을 시켜달라고 했다. 이 정부는 한민당 정부가 되어야 한다고 했으나 이승만 대통령은 거절한다. *하나의 정당이 독점하는 내각 하나의 정당 정부가 될 수 없노라. 일제 36년 만에 겨우 나라를 찾아 첫 정부를 개국하는데 한 정당이 독점해서는 안 된다. 우리 정부는 유엔 감시하에 유엔이 도와주어 유엔의 승인을 받아야 하는데 한민당 중심의 정부는 통일 정부 거국 정부가 될 수는 없다*면서 한민당의 요구를 물리치고 북한 출신 이윤영 목사를 총리로 지명했다. 소련군 탄압에 못 이겨 나온 사람인데 이 사람을 선택했다. 다른 장관들도 독립운동가로 모두 채운다. 한민당은 꿈을 못 이루자 *내각 철*

*회하라.*고 동아일보에 사설을 썼다. 이승만 대통령은 오로지 나라의 미래만 생각하지만, 자신들의 출세에만 전전긍긍하는 무리 때문에 참으로 답답하고 암울하고 난감했다. 국제 여론도 살펴야 하고 나라에 다시 전쟁이 일어나지 않고 발전시키기 위해서는 인재를 골고루 뽑아서 각계각층에 제대로 일을 할 수 있어야 한다. 하루빨리 나라가 안정되고 다시는 북에서 남침할 야욕을 못 하게 하는 게 우선인데 자신의 부귀영화만을 위해서 밥그릇 싸움을 하는 저들은 조선 시대 나라를 빼앗길 때와 조금도 다를 바 없다는 생각에 이승만 대통령은 비통함에 잠긴다. 왜 저럴까? 모두 힘을 합해서 나라를 평정해도 안 될 판에 왜 저럴까? 그까짓 한 줌도 안 되는 권력이 무엇이길래? 답답함에 가슴이 면도날로 긋는 듯한 통증이 생긴다. 8월 15일 축하식을 해야 하는데 8일 자 신문에 대통령을 향해 반기를 드는 연설문을 싣는다. 야당은 건국출범 직후부터 내각제 개헌을 해야 한다면서 부산 피란 시절에도 개헌 공방전을 벌였었다. 초대 대통령 임기가 곧 끝나기에 마지막 투쟁을 한 것이다. 국제 정세를 너무 모르고 내각제 개헌 공방을 벌이며 오로지 대통령 자리를 차지하려는 욕심밖에 없는 저들, 이승만은 저들이 세상 물정을 아는 자들이라면 정말로 대통령 자리를 내려놓고 싶을 정도였다. 그렇지만 저들의 저 정도의 정신과 세상을 보는 눈으로는 또다시 이 나라를 낭떠러지로 떨어지게 할 것이 뻔하기에 이러지도 저러지도 못하는 것이었다. 야당에서는 ***이승만은 내***

*각제 개헌을 하지 않고 부정선거를 통해서라도 자신을 대통령 이기붕을 부통령에 당선시켜 자유당 내부에서 나오는 우려를 불식시키고자 한다*면서 억지 거짓말을 훌훌 뿌리고 다녔다. 아무것도 모르는 사람들은 그 말을 믿겠지만 이승만 대통령은 자신의 진심은 하늘이 알 것이라며 묵묵하게 나라만을 생각했다. 1959년 6월 23일 울산 을구와 월성 을구에서 재선거 또는 일부 재선거가 있었는데, 당시에도 거리에서 시위하는 바람에 이들을 진압하기 위해 경찰들이 동원되자 야당은 *경찰들이 선거를 지휘하면서 선거 중립성을 훼손하는 행위들을 벌인다*며 자신들의 시위는 늑대의 발처럼 감추고 뽀얀 발을 내밀며 정부의 탓으로 돌렸다. 제2대 대통령 선거를 앞두고 국회와 미국의 동향에 대하여 이승만 대통령은 머리를 끓이고 있었다. 통일이 되지 못하고 휴전을 했기에 답답하기도 했지만, 정국의 어지러움에 더욱 환멸을 느낀 이승만 대통령은 올리버 교수에게 편지를 썼다. *국회가 나를 재선출하지 않을지도 모르지요. 그 이유를 아시오? 일본과 미국은 제각기 나름의 이유로 한국의 대통령이 바뀌기를 원하고 있소. 우리 국회는 한국 국민을 위해서가 아니라 외국의 이해관계를 충족시키기 위해 뇌물도 받고 압력도 받고 있는 형편이오. 한마디로 말해서 현행 헌법에 따른 대통령 선출은 사실상 한국 국민의 선택이 아니라 외국의 압력에 의한 선택이 될 것이오. 이제 우리나라가 어지러운 시국을 수습하고 잘 살 수 있게 좀 도와주시오. 전쟁은 이 나라의 평화를 끝내버려*

빈 기슭 같은 나라가 되었소. 소소하던 행복도, 하나였던 나라도 이제 모두 물 건너 가버렸소. 푸르게 매달리던 풋과실도 알곡식도 푸르던 이 나라 강토도 푸르름이 떠나버려 무엇으로 채워야 이 허전한 나라의 못 견디게 황량한 바람만 부는 이 강토에 주렁주렁 과실이 푸르게 열리게 할 수 있을지? 하나님을 목이 터지라 불러보아도 대답이 없소이다. 그리운 이도 없는데 불타듯 부르짖어 보며 당신에게 기다리지 않는 고운 소식도 아닌 편지를 띄우오. 미국이란 멀기만 한 나라에 꿈이 싱싱한 나라를 보고 이를 물고 이 나라도 미국 같은 나라로 만들려고 죽을힘을 다해 미국에서 잠도 반납하고 배우고 또 배웠는데 부끄럽게도 우리나라 수준은 아직 저 밑바닥이라 세상 정세를 잘 몰라 가슴이 아픕니다. 이러다가 내가 피우고 싶은 꽃도 져버리고 나비도 날아가 버리고 새도 가버리고 내 가여운 넋마저 데리고 가버려 이 나라가 다시 수렁으로 빠질까 생각이 너무 깊어가는 요즘입니다. 대통령 직선제와 양원제는 급속히 실현되어야 한다고 생각합니다. 이 사업까지 완수하면 내가 일생에 하고자 하던 일은 다 하는 셈입니다. 이렇게 굳건하게 나라의 질서를 잡고 기초를 다져놓고 죽어도 여한이 없습니다. 도와주십시오. 나에 대한 미국의 반감도 일본의 반감도 다 압니다. 그럼에도 나는 이 나라를 세워야만 하니 도와주십시오. 당신의 나라에서 형제인 저를 도와주셔야 합니다. 경제 물질 기술 군사까지 모두 차질 없게 도와주시길 간절하게 부탁하는 바입니다. 그렇게 편지를 써 보내자 간단한 답장이 왔다. *당신의 애국심에 하나님도 감동할 겁니다. 힘닿는 데까지 모든 걸 지원하도록 노력해 드리겠으니 자유민주주의를 세우는 데 힘내시길 바랍니다.* 이승만 대통령은 든든하고 기뻤다. 한편 미국에서도 올리버 교수가 전하는 이승만 대통령의 편지를 읽고 모두 *미리 보고 멀리 보고 깊이 보는 이승만 대통령 안목에 외국 지도자들도 모두 놀랐다. 그 애국정신 또한 타의 추종을 불허하니 대한민국은 이승만 대통령이 있는 한 반드시 일어설 거*란 말들로 여론이 압축되어 가고 있었다. 미리 보고 멀리 보는 이승만 대통령의 전략은 이승만 대통령의 승부수이기도 하지만 국민 통합용 선거였다. *뭉치면 살고 흩어지면 죽는다.* 이 구절은 이승만 대통령이 청년 시절 독립운동할 때부터 썼던 말이다. 휴전 강요 미국 압력에 전 국민 저항작전을 우리 힘으로 벌여야겠다고 생각하고 전국 지방자치제 선거를 앞두고 자유당을 창당했다. 그 자유당을 창당한 이듬해 지방자치제 선거를 했다. 지방자치제 선거도 5천 년 만에 처음 있는 일이었다. 외국에서도 찾아보기 힘든 유례지만 이승만 대통령은 압승을 하고 야당은 참패했다. 그때는 정부가 임시수도에 피란 중이었기 때문에 하루빨리 결단을 내리지 않으면 폐허가 된 나라 안에 혼란이 가중되고 아직도 이기지 못한 북한의 야욕 패거리들이 대거 한국에 머물러 있음을 파악했기에 하루빨리 지방자치를 실시해 정상으로 나라를 안정시키려는 이승만 대통령만이 나라의 혼란을 잡을 것이라는 국민의 여론이 크게 작용했다. 당시 이승만 대통령이 승리하자 야당에서는 *이 대통령은 국회와 원만한 관계를 유지하지 못하여 재선에 자신을 갖지 못함에 따라 간선제에서 국민 직선제로의 헌법 개정을 시도한다. 이승만은 거짓과 허위를 떠벌리며 나라의 안정과 민생은 뒤로하고 오로지 대통령 직선제 개헌안을 지지해 줄 정치적 기반을 확보해야 할 필요성을 느끼고 지방의회를 구성하여 자신의 입장을 지지하여 줄 세력으로 키우기 위한 수단이다.*라며 수세미 넝쿨 같은 말을 시퍼렇게 키우며 민생을 혼란스럽게 만들었다. 이승만 대통령은 전쟁 중에 지방자치를 실시한다는 것이 여러 가지로 얼마나 많은 어려움이 따른다는 것을 모르는 바는 아니었다. 그러나 그렇게 하지 않고는 이제 겨우 일본의 간섭을 벗어난 나라가 전쟁을 치르느라 지쳐 있었을 때임을 간파했다. 지금 한시바삐 지방자치제를 시행해 대한민국은 민주공화국임을 선포하고 공산주의의 야욕을 버리게 해야만 한다고 생각했다. 그러기 위해서는 정부가 민주공화국으로 발전을 해야만 국민이 모두 염원하는 평화로운 나라에 살 수 있을 거란 생각을 이미 미국이란 사회에서 훤하게 보이도록 공부를 했다. 이승만의 생각은 적중했다. 지방자치제에 나라를 위하는 애국자들은 크게 환영하였다. 1952년 4월 25일에는 시·읍·면의회 의원선거를 전격적으로 실시했다. 질서가 잡히는 걸 확인하고 5월 10일에 도의회 의원선거를 시행했다. 그렇게 각급 선거는 주민의 보통·직접·평등·비밀선거로 선출하는 데 성공했다. 지방의회 의원의 선거권은 동일 자치단체의 구역 내에 주소를 가진 21세 이상의 주민으로 하였고, 피선거권은 선거권이 있는 25세 이상의 사람으로 특정한 공직에 있는 자는 제외했다. 선거구는 행정구역으로 구분하되 인구 비례로 책정하였으며, 한 선거구에서 여러 사람을 선출하는 중선거구제를 채택하였다. 당선인은 유효 투표의 많은 득표 순위로 정하고 선거운동은 공무원을 제외하고 자유롭게 할 수 있도록 하였다. 여성 투표권 문제는 지난 수십 년간 각 나라에 점진적으로 확대되면서 법으로 인정받고 여성의 권리를 주장할 수 있게 했다. 이를테면 지역 선거에서 전국 선거로 확장되는 식으로 진행되었다. 한편 이승만 대통령은 조선에서 가장 불쌍한 존재는 여자와 아이들이라고 생각했다. 인권도 없이 노예처럼 시키는 대로 일하고 밟으면 밟히는 여성들이 너무 안쓰럽다는 생각을 하고 있었다. 그러던 중 1910년 이후 나라를 잃은 조선의 한인들은 생계를 위해서 하와이로 이주를 시작했다. 대부분 한인이 정착한 곳이 하와이 8개 섬 곳곳에 흩어져 사탕수수농장에서 일한다는 소식을 들었다. 이승만은 이 소식을 듣고 눈이 희끄무레 안개가 낀 것 같았다. 열 일을 뒤로하고 사탕수수농장을 찾아갔다. 어리광을 부리고 뛰어놀아야 할 어린이들이 새까맣게 그을린 얼굴과 움푹 들어간 눈을 하고 손등에서 흘러내린 핏자국은 우그러지고 찌그러지고 밑이 빠져버린 녹슨 양은그릇 같다.

불 붙은 한반도

14

지난 시간이 한 편의 영화처럼 지나갔다. 지나간 시간을 생각하는 것조차 시간 낭비라는 생각으로 고개를 흔들어 비듬 털듯 털었다. 그러나 이승만 대통령은 또 지난 시절이 생생하게 생각났다. 태어남이 죄일까? 누가 낳아 달라고 했는가? 아무 영문도 모르고 태어나 저렇게 죽을힘으로 버티어야 한다니? 천형(天刑)이란 생각이 갑자기 떠올랐다. 까무룩, 한참을 몸도 정신도 굳어 있다가 정신을 차리니 몸도 움직였다. *어쩌랴! 어찌하랴!* 어찌해야 한단 말인가? 대부분 가부장적이고 남성 중심과 권위주의에 사로잡혀 있다 보니 여성에 대한 권익이나 여성 인권은 생각할 수 없는 비참한 상황이 계속됨을 목격했다. 사탕수수 농장에서 아이의 어머니들과 잠시 이야기를 나누었다. 심지어 여자아이가 태어나면 그냥 버리는 일도 있다고 했다. 남자아이보다 힘이 약한 여자아이를 길러 봐야 별로 도움이 되지 않는다고 생각했기 때문이라고 했다. 노예나 인신매매로 여자아이를 돈을 받고 팔아버리는 사람들도 있다고 했다. 이승만은 비탄과 경악을 금치 못했다. 무지와 가난이 낳은 비참한 일들이었다. 당시 아이들이 처한 비참함에 대한 소식을 듣고 하와이섬 곳곳을 돌아다니면서 여자아이들도 교육을 받아야 한다고 주장하고 외치면서 빼앗긴 나라를 되찾기 위해서는 교육의 힘이 가장 중요하니 배워야 한다는 교육철학을 부르짖으며 약자에 대한 생각이 더욱 강해졌다. 이승만 대통령은 여성 인권에 대한 측은함에 여자들을 데려다 교육을 하기에 이른 것이다. 이승만 대통령은 미국인에게 여자아이를 팔아넘겼다는 말을 듣고 곧바로 그 아이가 머물고 있다는 곳을 찾아가 미국인과 난투극을 벌이면서 경찰이 달려오도록 소동을 일으켰다. 그러다 목숨을 몇 번 잃을 뻔했으나 함께 간 선교사들에 의해 구출되기도 했다. 덕분에 미국인에게 노예처럼 팔려 갈 운명이었던 여자아이가 극적으로 구출되기도 하면서 여성 인권이 무언지도 모르는 사람들에게 교육으로 눈을 뜨게 했다. 이승만 대통령은 여성 존중 사상을 계속 이어갔다. 1915년에는 하와이 한인들을 설득해서 여자아이들로만 구성된 학교를 설립해 하와이 최초의 여성 학교인 한인여학원이라는 학원을 설립했다. 여성 인권에 대한 진보적인 사상이 당시로서는 얼마나 시급했는지 깨닫게 해주는 급진적 행동이었다. 이승만 대통령의 여성 인권에 대한 사상은 1948년 여성 투표권으로까지 이어졌다. 당시 여성에게 투표권을 줘야 한다고 생각하는 사람은 극소수였고 실제로 여성 인권은 고사하고 양반과 노비 사이에 차별도 존재했던 시절 전 근대적인 시대 속에서 이승만은 과감하게 여자의 어깨를 남자들과 나란히 해야 나라에 미래가 있다고 주장하며 투표권을 주었다. 이런 상황은 인권의 선진국이라 불리는 서구 사회에서 여성 투표권이 사회적 갈등과 여성들의 참정권 투쟁을 통해서 얻어지는 결과라는 사실만 봐도 알 수 있다, 1944년 프랑스가 여성에게 투표권을 부여했다. 이승만의 이런 건국 과정 하나하나가 그의 철저한 100년을 앞선 생각이었다. 그렇게 해야만 번영의 토대가 되고 성공하는 기업이 생기고 발전하는 국가가 생기는 것으로 생각했다. 발전에 뿌리를 심어서 자라서 꽃피고 열매를 맺게 하며 미래를 위해서 목숨 걸고 희생했다. 이승만은 벌써 선진국인 미국 여성 노동자 20여만 명이 1908년 뉴욕 거리를 가로지르며 역사상 유례를 뒤집으며 거리행진을 하는 것을 보았다. 그 여성들의 대규모 시위는 노동시간 단축, 임금 인상, 노동환경 개선과 여성 투표권 쟁취 등을 외쳤다. 그리고 일년 후, 미국 사회당이 이를 기념하여 국가 여성의 날(National Women's Day)을 발표하고 뉴욕시 행진을 기획하며 발전하는 모습을 똑똑히 보아냈다. 그 이후 여성의 날을 국제 기념일로 만들어야 한다는 제안이 줄지어 일어났다. 1910년 덴마크 코펜하겐에서 열린 제2차 세계 사회주의 여성 회의에서 클라라 제트킨이 제안했으며 그 자리에 참석한 17개국에서 온 200명의 여성이 만장일치로 클라라 제트킨 제안에 찬성했다. 세계 여성의 날은 오스트리아, 덴마크, 독일과 스위스에서 1911년에 기념하기 시작했다. 처음 클라라 체트킨이 세계 여성의 날을 제안했을 때만 해도 특정 날짜를 정하자는 것은 아니었다. 원래 역사는 한 발 한 발 진보해 나가는 것이지 한꺼번에 빅뱅이 일어나는 것은 아니었다. 이렇게 시작된 세계 여성의 발언권이 생겼고 여성들의 목소리가 높아지기 시작했다. 그렇게 시작된 운동은 러시아 여성 노동자들이 *빵과 평화*를 내세우며 제1차 세계대전이 한창이던 1917년, 대규모 파업을 벌이며 거리행진을 시작했다. 이후 4일 만에 러시아의 차르 니콜라이 2세는 힘 한 번 못 쓰고 폐위됐다. 거기에 힘을 얻은 여성들은 임시 정부로부터 참정권을 얻어냈다. *빵과 평화* 시위가 시작된 날이 양력 3월 8일이기도 하고 미국 여성 노동자들이 근로 여성의 노동 조건 개선과 여성 지위 향상을 요구하며 거리행진을 하며 시위를 벌인 것도 1857년과 1908년의 3월 8일이기에 여기에 영향을 받아 세계 여성의 날이 3월 8일로 정해졌다. 미국에서는 1857년 뉴욕시의 열악하기 짝이 없고 노예 취급을 당하며 버티던 섬유·의류 공장 여직공들이 드디어 폭발하기에 이른 것이다. *우리는 노예가 아니다. 이대로는 못 살겠다. 숨을 쉴 수 없는 작업장의 환경을 개선하고 개선과 무상처럼 사탕발림으로 주는 임금을 일하는 만큼 인상하고 개선하라. 우리도 사람이다. 인격적인 대우를 하는*

*처우로 개선하라.*며 거리시위를 벌이기 시작했다. 들불처럼 번진 이들의 시위를 진압과정에서 격렬한 충돌이 일어났다. 그것을 시작으로 1908년에는 수천 명의 미국 봉제산업 여종업원이 또 일어났다. *미성년자의 노동을 금지하라. 우리도 사람이다. 우리도 인권이 있으니 여성 참정권을 인정하라.*라며 요구조건을 내세워 시위를 벌였다. 그렇게 여성들의 참정권과 인권을 끊임없이 주장한 끝에 여성의 날이 세계 역사에서 가장 인정받을 수 있는 계기가 되었다. 1917년 러시아에서 여성의 날을 맞이하여 페트로그라드를 행진한 푸틸로프 공장의 여성 노동자들을 시작으로 온 나라를 장식했다. 기어이 마침내 300년간 이어져 온 로마노프 왕조가 무너졌다. 그 후 새로운 소비에트 연방으로 가는 길이 열리는 것을 이승만은 똑똑하게 보았다. 그렇게 나라의 미래를 튼튼하게 하는 길은 여성들을 여왕처럼 대접하는 길이라는 걸 깨달았다. 모든 여성의 숨은 저력을 인정하고 계발하고 발전시켜야 한다. 신라의 세 여왕이 신라 천 년을 이어가도록 한 역사를 보더라도 여성을 여왕처럼 대접하는 나라가 되어야 하고 그러려면 여성도 교육을 받고 세상을 보는 지혜를 키워야 함을 미국에서부터 깨닫고 있었다. 세계 최초로 전국 선거에 여성 투표권을 보장한 국가는 뉴질랜드(1893)였으며, 오스트레일리아와 남부 웨일스(1902)가 그 뒤를 따랐다. 1906년에는 핀란드가, 1910년대에는 스칸디나비아반도 국가들을 비롯하여 오스트리아, 덴마크, 독일, 룩셈부르크, 네덜란드, 폴

란드 그리고 러시아에서 제1차 세계대전을 계기로 여성 투표권을 보장해 주었다. 1920년대 들어서면서 영국과 미국에서도 여성 투표권이 보장되었고, 계속해서 체코와 스웨덴을 비롯한 수십 개 국가에서 여성 투표권을 보장받게 되었다. 이후 수많은 국가가 여성 투표권을 인정했다. 선진국의 좋은 문화는 본받고 폐단을 과감하게 고쳐 나가야 나라의 미래가 있다는 걸 이승만은 알고 있었다.
시·읍·면의회 의원선거 결과를 보면 인구 1,788만여 명 중 42%에 해당하는 753만여 명이 선거인명부에 등재되어 그중에서 91%인 683만여 명이 투표하였고 평균 투표율은 91%로 높았다. 면의원 선거가 93%로 가장 높고, 읍의원 선거가 88%, 시의원 선거가 80%였다. 특기할 것은 무투표 당선자가 많았는데, 이는 다섯 명 중 한 명이 경쟁 없이 지방의회 의원직에 당선된 것으로 지방선거에 대한 관심이 저조하였다. 국민의 정치적 의식이 낮은 상태에서 실시했기 때문이었다. 면의원 선거는 높은 투표율을 보여 선거 과열 현상을 보이기도 했다. 17개 시에서 실시된 시의회 의원선거는 80%에 해당하는 891,728명이 투표했고 378명의 의원이 선출됐으며 의원의 연령층은 41~45세가 26.5%, 36~40세가 24.3%로 장년층이 가장 많았다. 직업별로는 농업이 가장 많고 그다음이 상업이었다. 72개 읍에서 실시한 읍 의회 의원선거는 선거를 한 읍의 88%가 투표에 참여했고 의원의 나이는 36~40세가 26.4%로 가장 많았고 농업이 54.5%였다. 1,308개 면에서 실시된 면의회 의원선거를 시행한 면은 많은 사람이 투표에 참여하여 93%라는 높은 투표율을 보여 시·읍보다 지방의원 선거에 많은 관심을 가졌다. 이 선거는 씨족, 문벌 간의 선거전이 치열했고 의원의 나이는 36~40세가 많았으며, 71세 이상 고령자가 7명이나 당선되었다. 직업별로 보면 농업이 절대다수로 91.2%였다. 1952년 5월 10일 실시된 도의회 의원선거는 서울특별시를 비롯해 경기도, 강원도는 완전 미수복 지역이라 선거지역을 제외하고, 전라북도 남원·완주·순창 및 정읍의 4개 군은 치안 관계로 선거를 연기했기에 7개 도에서만 실시되었는데 81%가 투표에 참여하여 입후보자 824명 중 306명이 선출되었다. 의원의 나이는 36~40세가 24.8%인 76명이며, 41~45세의 연령층이 19%였고 직업은 농업이 51%에 해당하는 156명이었다. 이승만 대통령이 지방자치단체장의 간선제를 채택한 것은 주민의 자치 경험이 전혀 없었고 어지럽던 조선이 일제 저항기를 거치면서 전쟁까지 치르느라 정치의식이란 의식조차 낮았던 당시의 사정을 고려하여 어떻게 하든 국민이 어서 깨어나기를 바라는 마음으로 한 것이었다. 결과적으로 그 선거법이 좋고 나쁘고는 차후에 국민의식이 좋아지고 나라가 발전해 가는 과정을 보면 알 수 있다. 소수에 의한 권리 남용 선거를 둘러싼 잡음, 이권 개입 등 많은 부작용이 뒤따른다며 반대를 위한 반대를 하는 사람들에게 나라를 그냥 버려둘 수 없다는 생각으로 이승만은 오직 먼 미래를 내다보며 밀고 나갔다. 1952년 5월 25일 경남과 전라남북도 23개 시·군에 비상계엄령이 선포됐다. 전라남북도와 경남은 공산당의 잔당들이 버젓이 거리를 휘젓고 다녀도 누구 하나 눈여겨보는 사람이 없었다. 엄지휘는 *이대로는 도저히 공산당 간첩들을 진압하기 어렵습니다. 시 전체가 공산당이라 해야 할 정도로 공산당 패거리들이 활개를 치며 국내 질서를 마구 무너뜨리고 있습니다. 이제 평화롭게 제압하기는 틀린 것 같습니다. 일이 더 커지기 전에 계엄령을 선포하지 않으면 호미로 막을 일을 굴착기로도 못 막는 결과를 초래할 것입니다.* 엄지휘의 보고에 이승만 대통령은 서성이며 생각했다. 계엄령이라 그래 현장 사태가 얼마나 엄중하면 엄지휘가 계엄령까지 선포하려 할까? 내가 현장을 직접 방문해 본들 다 파악하는데 시간이 너무 걸릴 것이고 현지 책임자가 가장 잘 알 것이라는 판단하에 엄지휘를 계엄사령관으로 임명하고 계엄령을 선포했다. 엄지휘가 철저하게 동태를 파악하게 지역마다 책임을 맡긴 뒤 26일 국회에 등원한다. 의원까지 간첩이라는 데 경악을 금치 못하고 그들이 탄 통근버스를 헌병대를 시켜 연행하게 했다. 모두 국제 공산당 사건으로 지명수배를 받은 이들을 수사해야 한다고 연행해 조사한 결과 3명만 빼고 모두 간첩선에 발을 담근 사람들이었다. 엄지휘가 심각함을 보고하자 이승만 대통령은 계엄령 3일 후에 내무부 장관을 통해 *정부 혁신 전국지도위원회*를 구성하고 수사를 시작했다. 수사 결과 공산주의자인 이자식을 대통령에 당선시키기 위해 비서실장을 통해 20억 원의 비밀자금을 뿌리며 국회의원들을 매수했다고 자백하는 바람에 사태가 악화되자 공산주의 편에 있던 국제연합 한국위원단은 이승만 대통령의 국회 탄압을 비난하며 계엄령 해제를 요구하는 압력을 행사했다. 이승만 대통령은 *아니 남의 나라 정치에 외국이 왜 다시 국내정치 개입을 하려는지 알 수가 없다. 어떤 일이 있어도 우리나라는 자유민주주의를 할 것이지 결코 공산주의가 될 일은 없으니 남의 내정에 간섭하지 말라.*고 반발했다. 이승만의 반박문을 들은 미국 대사관 국방부 장관 로베트가 나서서 공개적 군사개입을 자제하는 정치적 해법을 촉구했다. 국무장관 애치슨 역시 *한국에 안정적 정권을 확보하는 선택이 최선이고 한국은 한국의 법에 따라 모든 일을 처리하는데 왜 외부에서 간섭하느냐?*며 거들었다. 독립 운동가 출신인 장택상이 명석한 대안을 만들고 혼란한 나라의 수습을 위해 오직 나라의 발전을 위한 개헌안이 추진되면서 정국은 급속히 안정을 되찾았다. 그러나 공산주의를 지지하는 간첩들은 대한민국에 여기저기 깨알처럼 박혀서 호시탐탐 이 나라를 공산주의화하기 위해 소련과 러시아와 북한의 두둑한 활동 자금을 받으며 활동을 하며 활개를 치고 다녔다. 6.25 발발이 멈춘 2주년 기념식이 있는 날이다. 이승만은 왠지 으스스한 생각이 들어 기사에게 먼저 빈 차로 가라고 시키고 자신은 20분 후에 출발하기로 마음먹는다. 기념식 전날 저녁 황급히 이승만 대통령 집에 미국 선교사가 찾아왔다. 그는 밑도 끝도 없이 *대통령 운전기사가 공산당 간첩선*

과 연결되어 있으니 내일은 그 운전사의 차를 타지 말고 내가 별도로 차를 보낼 것이니 타고 가시오. 그들은 대통령을 암살하기 위해 만반의 준비를 하였으니 그 차는 먼저 보내고 바로 뒤따라간다고 하고 20분만 기다리시오. 그러면 제가 차를 보내겠습니다. 그리고 식장에 들어갈 때도 권총을 소지한 간첩 둘이 정문에 숨어 있으니 경호원들은 그대로 두고 뒷문에 미국 대사관 국방부 장관 로베트가 온다고 경비를 세워놓았으니 그때 로베트 장관과 함께 들어가면 감히 간첩들이 총을 겨누지 못할 것이오. 가능하면 바짝 붙어서 들어가시오. 이승만 대통령은 암살 시도가 있다는 선교사의 말에 살이 벌벌 떨렸다. 도무지 이 나라를 어찌해야 한단 말인가? 선교사의 발 빠른 움직임에 그들의 작전은 싱겁게 끝나고 말았다. 그렇게 위급함을 피하고 나니 미국 대사관 국방부 장관 로베트가 만나기를 요청했다. 로베트는 대통령께서 미국은 내정간섭 말라고 말하는 것에 기분이 나빠 이승만은 대한민국 민주국가 확립에 힘쓰지 않고 말썽을 부리는 독재라고 미국 언론에 보도되었고 미국은 이승만 대통령을 제거하라는 비밀 명령을 내렸습니다. 이승만 대통령을 납치하든지 연금하든지 암살하든지 군사작전을 준비하라는 명령을 내렸습니다. 또한, 미국은 계엄령 때문에 미군이 죄없이 두 명이나 죽었으니 모든 원조를 끊을 것이라며 박 종류 중에서 가장 못 쓸 협박을 꽃 피웠습니다. 이승만 대통령은 갑자기 그의 말을 자르며 자신의 말을 이었다. 미국은 미군이 죽은 핑계일 뿐 내가 내정간섭을 하지 말라고 한 말에 미국 대통령이 기분이 상한 것인 줄 내 모르는 줄 압니까? 당신네 나라는 기분이 상한다고 남의 나라 대통령을 암살하는 파렴치범이란 말이오? 하고 소리를 지르며 버럭 화를 내자 로베트는 그건 저도 잘 모르겠습니다만. 하고 말끝이 가늘어지자 당신네 나라 미국은 언제까지 한국을 당신들의 손안에 두려고 하는 겁니까? 형제의 나라가 일어서도록 도와주었으면 생색내지 말고 멀리서 잘 되기를 기도해 주고 어려움에 부닥쳤을 때 도와주면 되지 내정간섭을 하려고 한다면 일본과 다를 게 무에 있습니까? 하고 열을 펄펄 끓인다. 우리가 이번에 계엄령을 내린 것은 공산주의자들이 쿠데타를 일으키려는 것을 봉쇄하기 위한 불가피한 조치였으며 이 기회를 이용해서 우리 정치인과 국민들이 무지몽매한 자유민주주의에 대한 교육과 훈련을 시켜야겠다 결심하고 끊임없이 담화문을 발표한 것입니다. 공산주의 물이 든 기자들이 독재라고 하고 담화 정치한다고 욕을 했지만 진짜 독재자라면 국회를 해산할 수도 있지 왜 자유민주주의에 대한 교육과 훈련을 시키며 국회를 해산하지 않고 반대로 지방자치제 선거까지 하고 우리 구습 사대주의 정치를 일깨우고 자주성을 훈련하자는 담화를 계속 발표했겠습니까? 당신들 나라 진정으로 자유민주주의를 수호하며 하나님을 믿는 나라 맞습니까? 자 당신도 미국인이니 나를 암살하시오. 자 어서 암살해 보란 말이오. 이승만의 당당한 모습에 로베트는 기가 질려 진정하시고 이야기합시다. 하고 이승만을 진정시키기에 바빴다. 나는 이 땅에 자유민주주의를 굳건하게 뿌리내리기 위해서 대통령일 때 직선제는 꼭 해놓고 나가겠다는 나라를 위한 책임감으로 추진한 것입니다. 대통령을 국회에서 선출하는 것인 간선제가 얼마나 위험한가를 모르고 국회의원들이 자기권리만 주장하는 저들의 뜻대로 하다 보면 이 나라를 또다시 공산당에 빼앗기고 말지도 모를 일이니 그렇다고 하더라도 저 공산당들이 독재자라 비난하는 것에 국민들이 정신을 바로 차리고 알아야 하기에 나는 또 담화문을 발표했습니다. 대통령이 헌법을 무시하거나 민의를 반대할 때에는 국회에서 탄핵조건을 정해서 탈선하지 못하게 하여 민권을 보장했으나, 국회가 탈선하는 경우에는 어찌 방비한다는 조건은 아직 없기에 민의에 반항하는 국회의원을 소환할 수 있게 하고 대통령 직접 선제와 양원제를 통과해서 헌법을 개정해 놓는 것이 내가 이 자리에 있을 때 나라를 위해 최선을 다하는 길이기에 이것을 해놓고 나가자는 것이니 나를 믿어달라.고 말했다. 나라를 위하는 것은 둘째고 서로 당파싸움을 되풀이하는 정치권이 얼마나 안타까운지 모른다. 자기들이 권리를 잡겠다고 덤비는 자들은 모두 독립운동할 때 따르고 도와주던 후배들이다. 나이들이 15세 20세 아래들이고 제자들이기도 한 독립운동의 큰 기둥이었던 그 아끼는 보배 같은 사람들이 자기들을 뽑지 않았다는 이유로 덤벼들 때 그 기분이 어떻겠는가? 그렇지만 대통령 직선제 만

이 자유 독립을 유지하는 길, 외국간섭을 배제하고 당파싸움을 견제하는 길이라고 생각했던 것이다. 이승만 대통령은 나의 마지막 소원이다. 명나라 청나라 러시아 일본의 지배도 모자라 미국 지배까지 받고 싶으냐? 골수에 박힌 노예근성 강대국 업은 권력 쟁탈전을 이번에 뿌리 뽑아 반드시 자주독립 국가 만들자는 것이다. 로베트는 이승만의 말을 듣고 그 말을 본국에 날려 보냈다. 로베트는 다행스럽게도 이승만 대통령을 진정으로 아끼던 터라 홍보, 그러니까 이승만에게 불리한 건 피하고 이승만에게 유리한 건 알려주었다. 미국 측면에서 본다면 어쩌면 매국노라는 말이 나올 만도 할 정도로 이승만 대통령을 옹호하는 이야기를 아주 그럴듯하게 소설을 쓰듯 써서 보냈다. 로베트의 소식을 들은 미국에서는 결국 미국 백악관 회의를 연다. 백악관 회의에서 이승만 제거 작전을 포기하기로 결정이 난다. 한국전쟁을 지휘하던 지휘자들 역시 모두 로베트의 편에 서 있던 사람들이었다. 로베트 편에 서 있던 모든 장성이 이구동성으로 *지금 한국에 이승만을 대체할 지도자가 단 한 명도 없다. 제거하는 건 조금 늦추어도 늦지 않으니 제거 작전 대신 우리나라에 유리하도록 회유하는 것이 더 나을 것이다.*라는 말에 거의 모든 장성이 동의했다. 백악관은 다시 백악관 안보회의를 거듭하기에 들어갔다. 오랜 설전 끝에 결론은 차라리 이승만에게 휴전목표를 받아내는 쪽이 낫겠다는 쪽으로 결론이 났다. 특히 이승만과 밀접한 사이였던 무초는 미국의회의 증언에

서 공산군의 위협에 대해 경고하며 한국에 대한 원조 증가를 촉구했다. 원조를 해주며 한국이 자리를 잡은 후에 그에 대한 보상을 요구하는 편이 지금 상황에서는 최선의 길이라며 강력히 주장했고 다른 장성들도 모두 그의 말에 동의했다. 그렇게 이승만의 암살 계획이 무산되고 미국이 손을 떼자 야당은 자동으로 무너져버렸다. 이승만 대통령은 *발췌개헌안* 국회서 기립표결 확정을 하고 조사받던 10여 명 국회의원을 석방한다. 정치파동 40일 동안 야당은 이승만 대통령을 독재자로 규탄하고 간선제 헌법 수호하자고 규탄대회를 열며 이승만 대통령을 독재자라고 언론들을 부추기던 자들이다. 이승만 대통령은 간절히 기도했다. *하나님 이 어리석은 양을 도와주십시오. 아름다운 나라 대한국민을 하나님 우리 조국의 저 무지한 사람들을 어찌하면 하루빨리 무지를 깨우칠 수 있단 말입니까? 당신은 이 나라를 사랑해서 조선에서 빼앗긴 나라를 구해 주셨습니다. 아직 무엇 하나 제자리를 못 잡은 척박한 나라입니다. 남의 나라 눈치 보느라 배우지 못해 글을 몰라 생각이 모자라는 국민이 지금 백척간두 벼랑 끝에 있습니다. 이곳에는 당신의 선한 양들이 살고 있습니다. 헤지고 구멍 나고 비가 새고 고칠 곳이 많은 나라여서 할 일이 너무도 많습니다. 버리지 마시고 힘을 주시고 용기를 주시고 절망의 늪에서 구해 주시고 절망의 구렁텅이에서 헤어날 희망의 날개를 달아 주소서. 어떻게 여가까지 온 사람들입니까? 멀고 먼 험난한 이웃 나라에 눌러 햇빛 한 모금*

구하기 위해 불철주야 뛰었습니다. 기아에 허덕이면서도 당신이 내려준 희망의 손을 뿌리치지 않았습니다. 아무리 위험한 전란의 들판이라도 등에 업은 짐을 내려놓지 않았습니다. 남들이 앉아 있을 때 걷고 걸으면 우리는 뛰었습니다. 오로지 나라 걱정으로 평생을 숨 가쁘게 달려와 이제 이 나라를 찾았습니다. 그러나 너무나 억압받고 노예 아닌 노예가 되어 살아온 세월이 너무 길어서 눌렸던 자국이 정상으로 살아나게 하기까지는 걱정이 태산 같지만 나는 조국의 걱정이 끝나는 날이 눈앞인데 그냥 추락할 수는 없습니다. 우리는 지금이 가장 중요한 시간인 줄도 모르는 사람들입니다. 북한이 반쪽 정부를 세우고 나라를 공산주의로 만들기 위해 거짓 선동을 하고 있습니다. 우리 민족이 거짓 선지자들에게 모르고 흔들리고 있는 것이 죄입니까? 남의 나라 눈치 보다 길을 잘못 든 탓입니다. 정치의 기둥이 조금만 더 기울어도 시장 경제의 지붕에 구멍 하나만 더 생겨도 법과 안보의 울타리보다 겁 없는 공산주의자들의 키가 한 치만 더 높아져도 그때는 우리나라는 천인단애(千仞斷崖)의 나락으로 떨어집니다. 비상(非常)에는 비상(飛翔)하여야 합니다. 공산주의를 위해 싸우려는 북한에 자유민주주의인 비둘기의 날개를 주시고 한 끼의 끼니에 목마른 국민들에게는 독수리의 날개를 주십시오. 주눅이 든 자유민주주의 인들에게는 갈매기의 비행을 가르쳐 주시고 진흙투성이 지식인들에게는 구름보다 높이 날 종달새의 날개를 달아 높이 높이 날아오르게

해주소서. 당신의 불쌍한 뒤처진 양들에게는 제비의 날개를 달아 주시고 헐벗은 사람에게는 공작의 날개를 달아 주시고 홀로 고독해 나라 걱정에 밤새우는 사람들에게 학과 같은 날개를 달아 주소서. 그리고 남남처럼 되어가는 민족에게는 원앙새의 깃털을 내려주소서. 이 나라가 갈등으로 더 이상 찢기기 전에 기러기처럼 나는 법을 가르쳐주소서. 소리를 내어 서로 격려하고 선두의 자리를 바꾸어가며 대열을 이끌어가는 저 따스한 기러기처럼 우리 모두를 날게 하소서. 그래서 이 나라가 두 동강이 아닌 하나가 되어 함께 얼싸안고 울고 웃으며 살아갈 지혜의 날개를 내려주소서. 그렇게 사랑하며 살게 해주소서. 이승만 대통령은 정말이지 외로움이 무엇인지 사람이 살면서 어디 상의할 수 있는 사람이 없는 것처럼 외로운 일은 없으며 외로움보다 더한 형벌은 없다는 생각이 든다. 아무리 외롭고 괴로워도 나에게는 이 세상에서 해야 할 소임이 있다. 외로움과 괴로움을 잘라서 다리를 놓아서라도 소임을 단념하지 못한다. 그것은 일본으로부터 겨우 찾은 이 나라를 자유, 그러니까 자유를 송두리째 반납해야 하는 삶은 살 수 없음이다. 그런 삶은 노예이지 사람이 아니라는 것을 모르는 국민들에게 알려야 한다. 자유, 자유 그 자유를 위한 갈망과 믿음은 나의 가슴에서 뼛속까지 이어져 있다. 완전한 자유가 없다면 삶, 그 자체는 또 하나의 고통이며 유리 감옥인 것이다. 우리는 우리의 글도 있고 언어가 있다. 그 말과 글로 아주 완전한 자유를 확보해 주는

보증이 되리라는 명확한 진실 앞에서 나는 절망하지는 않을 것이다. 절망이 크면 클수록 나는 절망에 더욱 무겁게 짓눌려 국민들에게 자유의 날개를 가지고도 날지 못하는 닭, 그러니까 닭장에 갇힌 닭 신세가 될 것이 불 보듯 환하다. 그래서 김구의 말을 절대로 받아들여서는 내 양심이 이다음에 후세 앞에 죄인이 될 것 같다. 그래서 결심을 큰 돌덩이로 눌러둔다. 자유를 눌러둔다. 고개를 들어 하늘을 쳐다보니 서쪽 하늘에 빛을 잃은 반달이 외롭게 새벽을 맞으며 자신에게 *많이 힘들고 지치고 외롭지요? 오늘따라 외롭게 보이더군요.* 하고 위로를 건네는 것 같아 씨익 웃는다. 은혜를 모르는 인간은 사람이 아니라는 말을 듣고 자랐다. 국내외에서 우리의 앞날을 걱정하는 소리를 듣기도 하지만 뜻있는 분들이 받은 은혜를 잊지 않고 인류를 위해 갚으려는 활동도 간간이 접하게 되는 기쁨에 커다란 위안도 받고 있다. 일찍이 우리는 다른 나라의 지배를 받고 전쟁을 겪으면서 글자 그대로 풍전등화(風前燈火) 같은 세월을 견디고 아주 굳세게 잘 견디고 오늘날 이렇게 반쪽 나라지만 내 나라에서 자유로이 살게 되었다. 어느 나라가 도와주었는지 미처 은혜를 생각도 못 하고 사는 자신이 미안하다는 생각이 든다. 그러나 먼 후일 내가 못다 갚으면 후손들이라도 그 은혜를 잊지 않고 갚아야 한다. 한국전쟁이 발발하자 미국의 수송선들은 병력과 탱크, 장갑차 등 무기와 전쟁물자를 한반도로 실어 날랐다. 총알이 빗발쳐서 언제 총알에 맞아 죽을지 모르는 이름도

성도 안면도 없는 이 머나먼 나라에 전쟁물자를 가득 싣고 태평양을 건넜다. 전쟁물자 수송선 중에는 눈에 띄는 일도 있었다. 미국 중남부 아칸소주에 본부를 둔 국제개발 비영리기관인 *헤퍼 인터내셔널*(Heifer International)을 통해 한국으로 보내지는 가축을 돌보기 위해 배에 탄 목동들이 있었다. 카우보이 모자를 쓰고 가죽 장화를 신은 목동들이었다. 이 목동들이 소 떼를 몰고 바다를 건넌다고 해서 이들을 *원양항해 목동*(Seagoing Cowboys)이라고 불렀다. 원양항해 목동들은 한국의 구호사업에 쓰일 가축들을 데리고 초원이 아닌 바다를 통해서 기나긴 여정을 파도와 싸우며 견뎌야 했다. 멀미가 심해서 얼굴이 백지장같이 하얘 까무러치는 사람도 있었고 거센 파도가 치고 폭풍우가 심해 뱃멀미를 해 허옇게 눈을 뒤집고 쓰러져 있는 가축을 돌보기 위해 배에 올랐지만, 자신들의 뱃멀미도 감당이 안 될 만큼 파도가 거세 배 위에서 가축을 돌보는 일은 쉽지 않았다. 그렇게 멀미와 폭풍우로 부산항까지 2달가량이 걸려서야 도착했다. 멀미로 나뒹구는 가축들을 돌봐야 했기에 자신이 죽을 위기를 넘기며, 가축에게 먹일 건초와 귀리 더미를 나르느라 몸살이 나도 쉬지도 못하고 심한 근육통에 시달리면서도 가축을 먹이고 잠자리를 봐주는 일은 그야말로 이루 다 말로 할 수 없는 일이었다. 그래도 그 고역 정도는 어찌 참지만 여기저기 쏟아지는 가축 배설물을 신속히 치우는 일은 정말 해보지 않고는 무어라 형언하기 어려웠다. 말하자면 혈관 속에 장미 가시가 돌아다니는 것 같은 생각에 잠시도 마음을 놓을 수도 없는 상황이었다. 누가 이 현장을 겪지 않고 감히 이해가 간다고 말할 수 있을까? 저러다 사람이 미칠까? 가축이 미칠까? 아님, 사람과 가축이 공동으로 미칠까? 생각이 우글우글 끓어올라 있었다는 생각에 아무 말도 잇지 못하고 망부석이 되었다.

11권으로 계속